現文因緣

白先勇——編

水晶　王文興　王禎和　白先勇　朱西甯　何欣　余光中　李昂　李黎　李歐梵　杜國清　辛鬱　林清玄　林懷民　姚一葦　施叔青　柏楊　柯慶明　夏志清　夏濟安　奚淞　荊棘　張錯　陳雨航　陳映真　陳若曦　楊牧　葉維廉　蓉子　劉大任　劉紹銘　歐陽子　鄭樹森　戴天　鍾玲　叢甦　羅門

本書記錄了《現代文學》創刊、休刊、復刊、停刊、重刊的故事與因緣。

《現代文學》小檔案

1960 創刊　第一期
台大外文系同學
白先勇、歐陽子、陳若曦、王文興
李歐梵、葉維廉、劉紹銘等人創辦

1973 休刊　第五十一期

1977 復刊　第一期（總第五十二期）
遠景出版社支持復刊

1984 停刊　第二十二期（總第七十三期）

1991 重刊　第一期至第五十一期
共十九冊，並附索引一冊、
《現文因緣》一冊

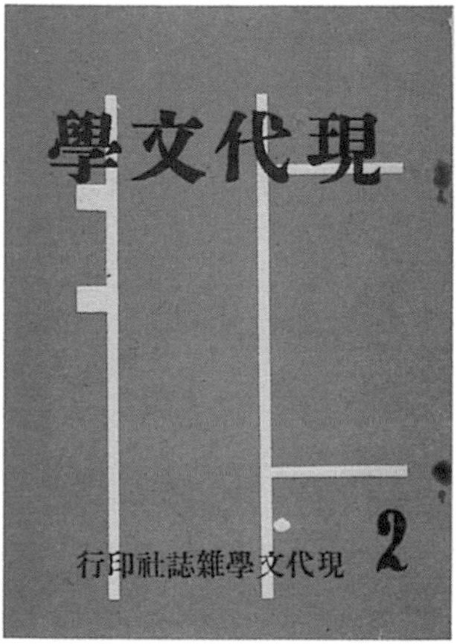
現代文學
2
現代文學雜誌社印行

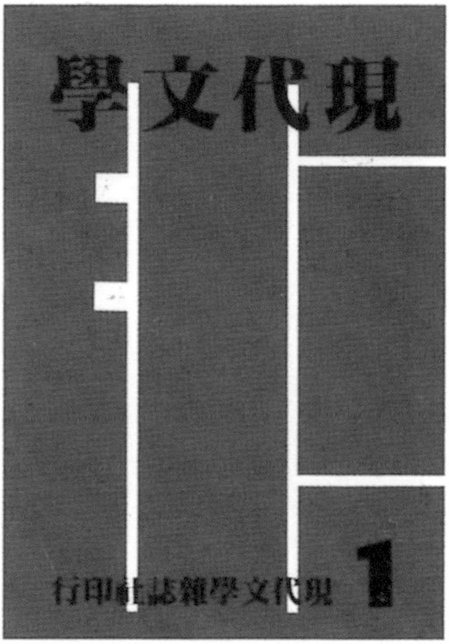
現代文學
1
現代文學雜誌社印行

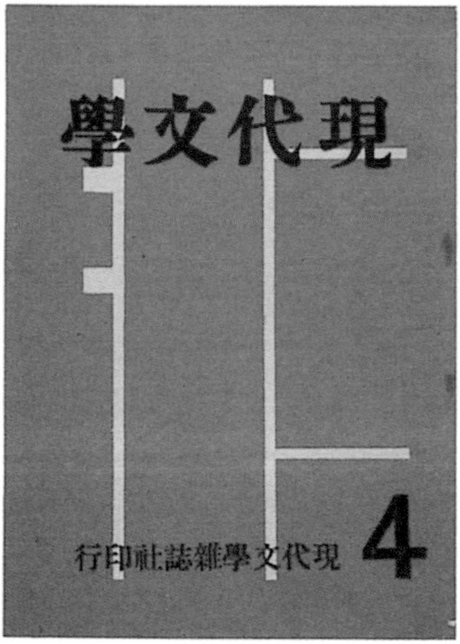
現代文學
4
現代文學雜誌社印行

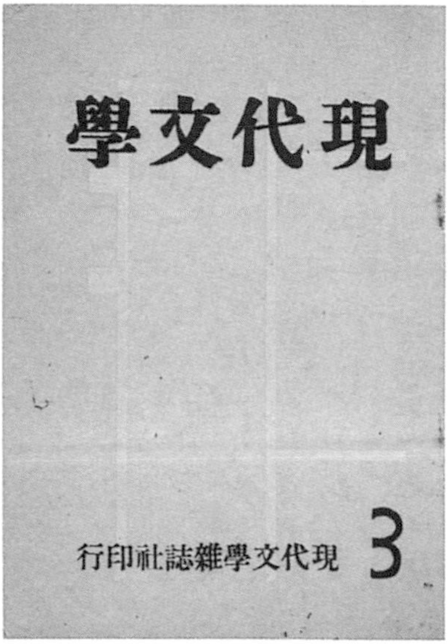
現代文學
3
現代文學雜誌社印行

現代文學
VII
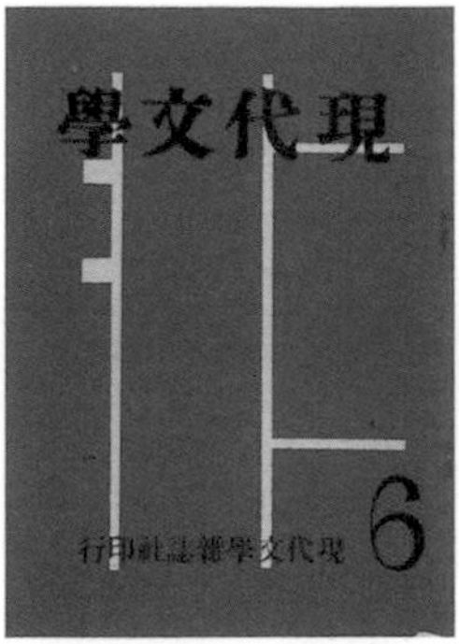
現代文學
現代文學雜誌社印行
6

現代文學
現代文學雜誌社印行
5

現代文學
X
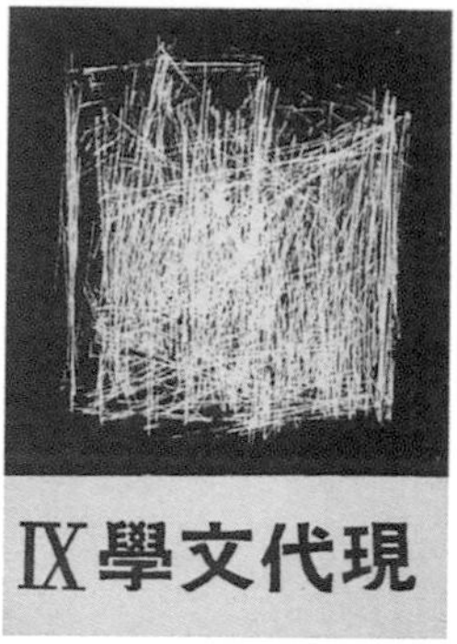
IX 現代文學
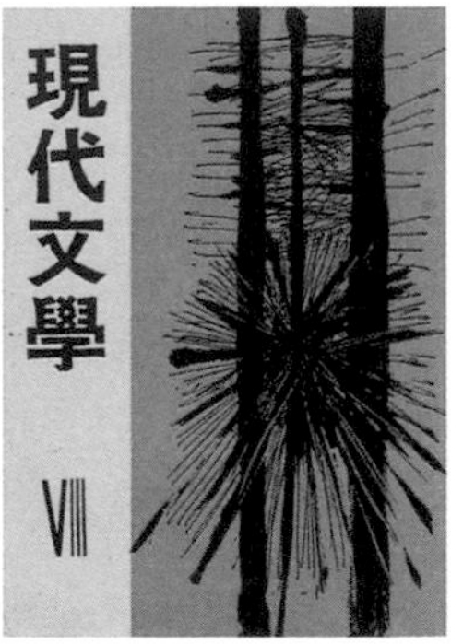
現代文學
VIII

現代文學
13
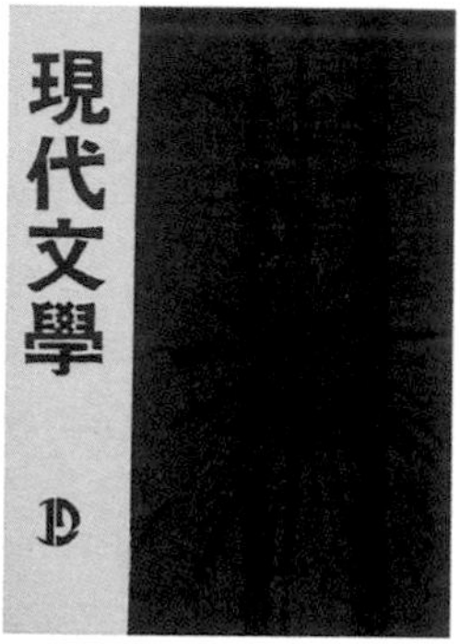
現代文學
10
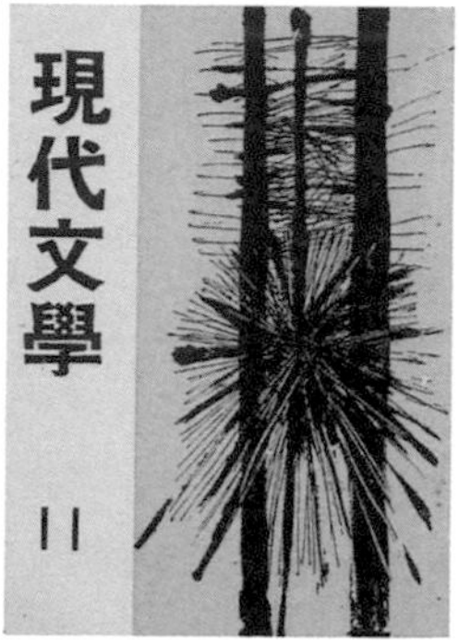
現代文學
11

現代文學
季刊16
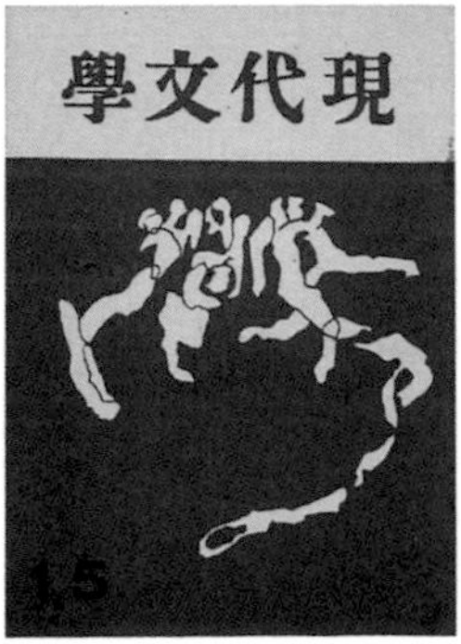
現代文學
15

現代文學
14

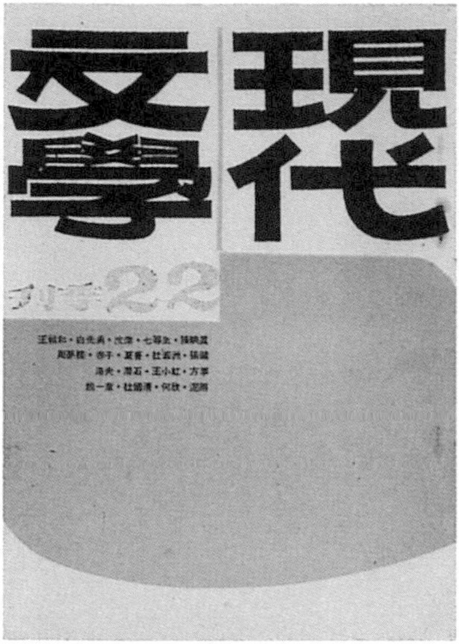
現代文學
季刊22

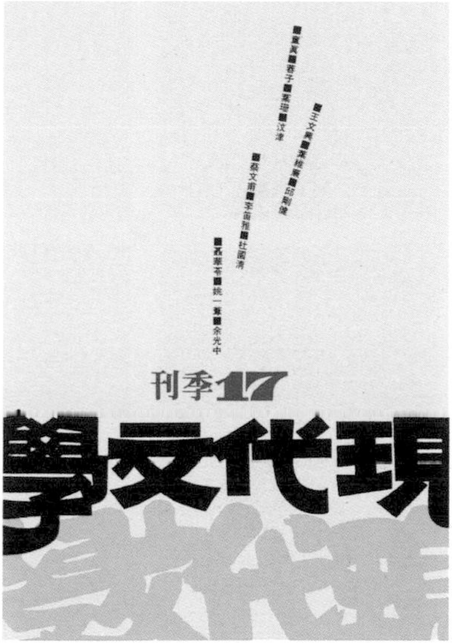
季刊17
現代文學

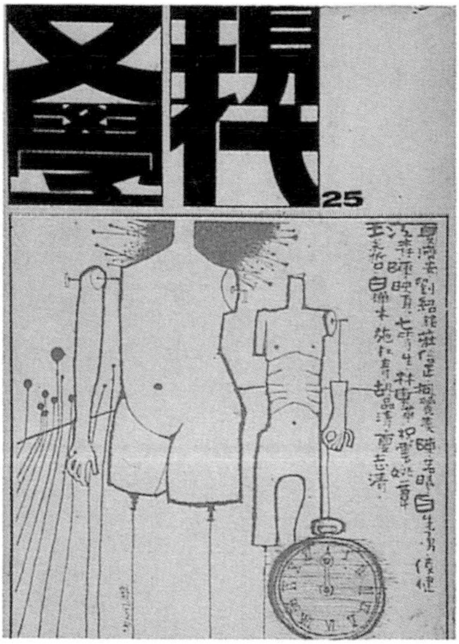
現代文學
25

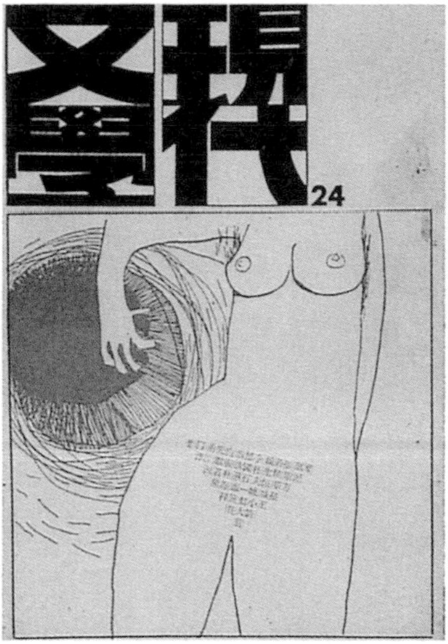
現代文學
24

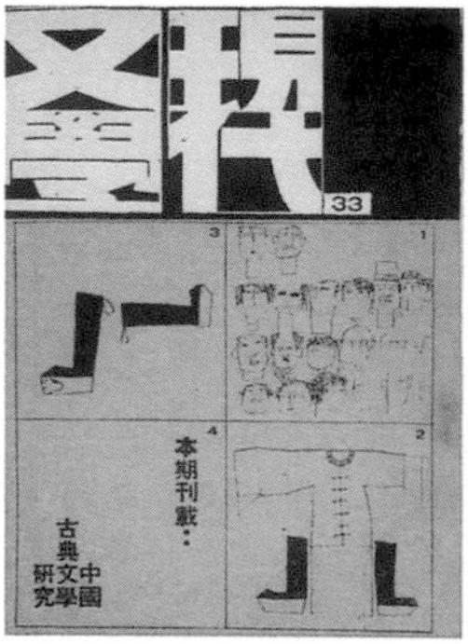
現代文學
33
本期刊載：
中國古典文學研究
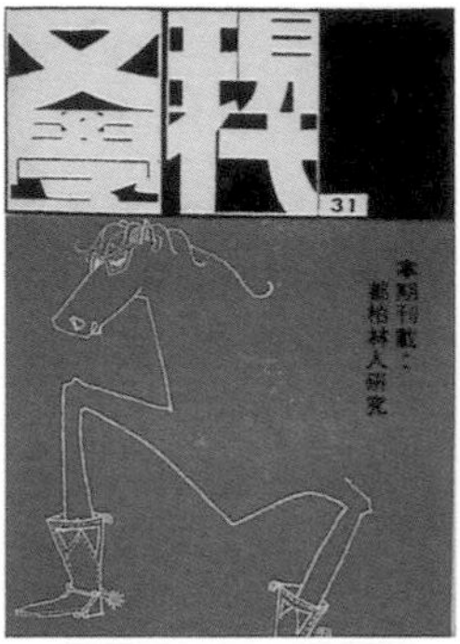
現代文學
31
本期刊載：
都柏林人研究
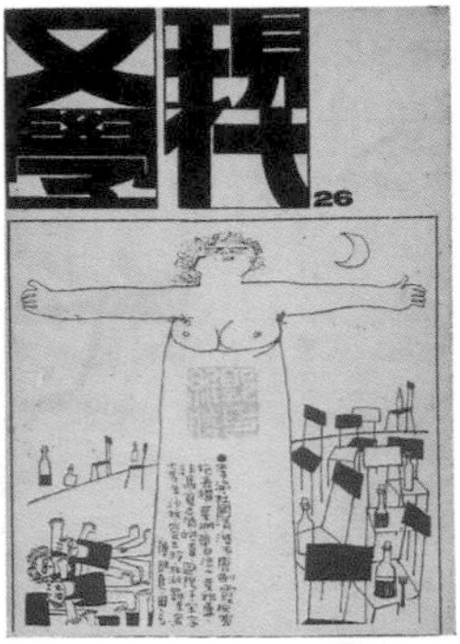
現代文學
26

現代文學
雙月刊
58' 3月號

現代文學
雙月刊

現代文學
34
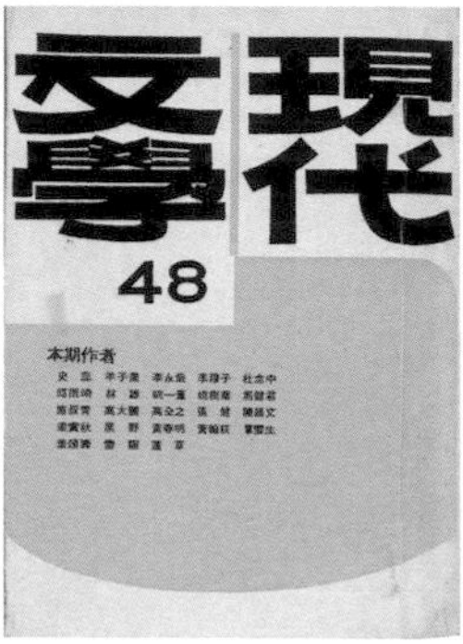
現代文學
48
本期作者

現代文學
39
期

現代文學
雙月刊
38
期

現代文學
51
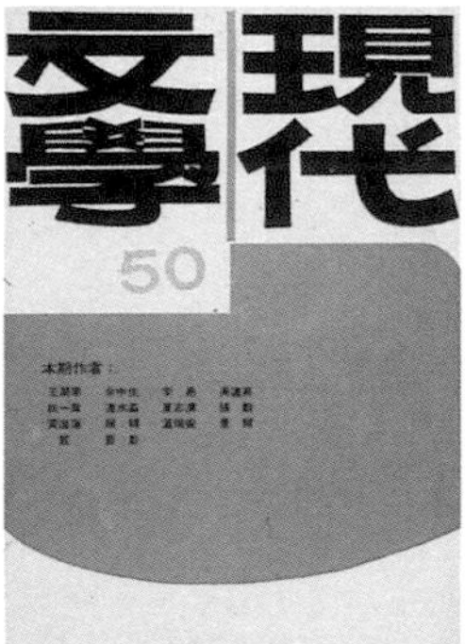
現代文學
50
本期作者：
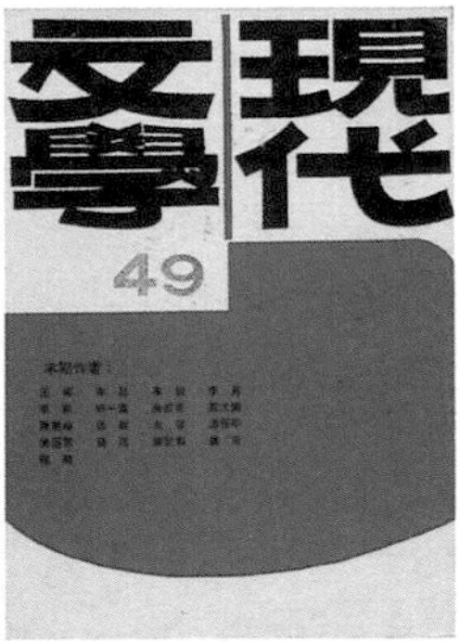
現代文學
49
本期作者：

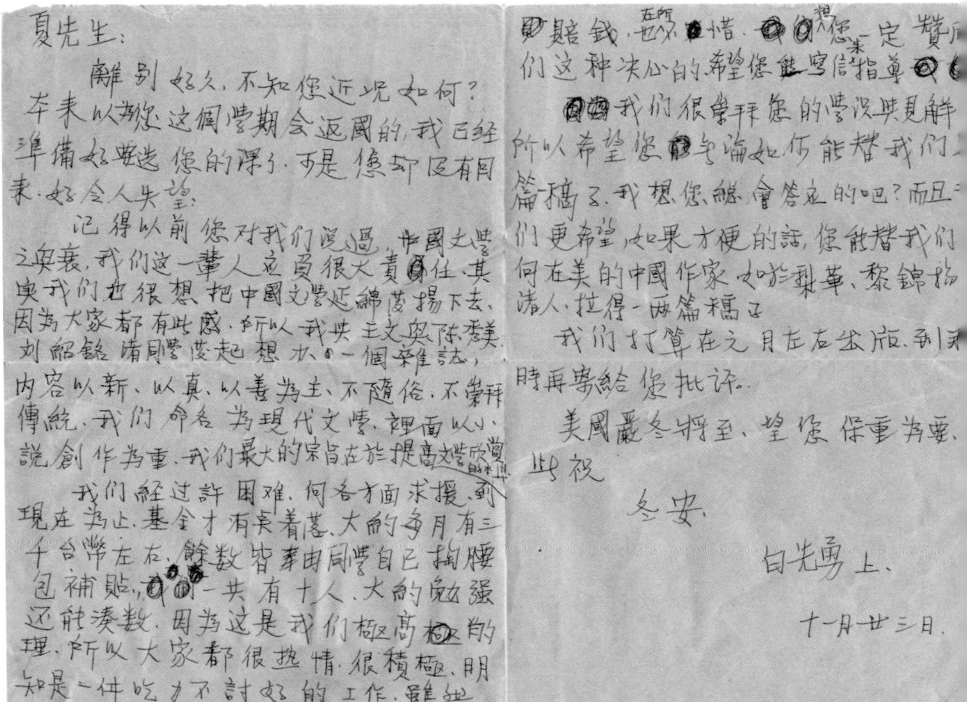
夏先生：
離別好久，不知您近況如何？本來以為您這個學期會返國的，我已經準備好要選您的課了，可是您卻沒有回來，好令人失望。
記得以前您對我們說過，中國文學之興衰，我們這一輩人應負很大責任，其實我們也很想把中國文學延綿發揚下去，因為大家都有此感，所以我與王文興與陳秀美、劉紹銘諸同學發起想辦一個雜誌，內容以新、以真、以善為主，不隨俗，不崇拜傳統，我們命名為現代文學，裡面以小說創作為重，我們最大的宗旨在於提高文學欣賞的水準。
我們經過許困難，向各方面求援，到現在為止，基金才有點着落，大約每月有三千台幣左右，餘數皆要由同學自己掏腰包補貼，我們一共有十人，大約勉強還能湊數，因為這是我們極高的理想，所以大家都很熱情，很積極，明知是一件吃力不討好的工作，雖然賠錢，也在所不惜。我想您一定贊
們這種決心的，希望您來信指導
我們很崇拜您的學識與見解
所以希望您無論如何能替我們
篇稿子，我想您總會答應的吧？而且
們更希望，如果方便的話，您能替我們
向在美的中國作家如於梨華、黎錦揚
諸人，拉得一兩篇稿子
我們打算在三月左右出版，到
時再寄給您批評。
美國嚴冬將至，望您保重為要，
此祝
冬安
白先勇上
十一月廿三日

1959年，白先勇致夏濟安信件原稿。

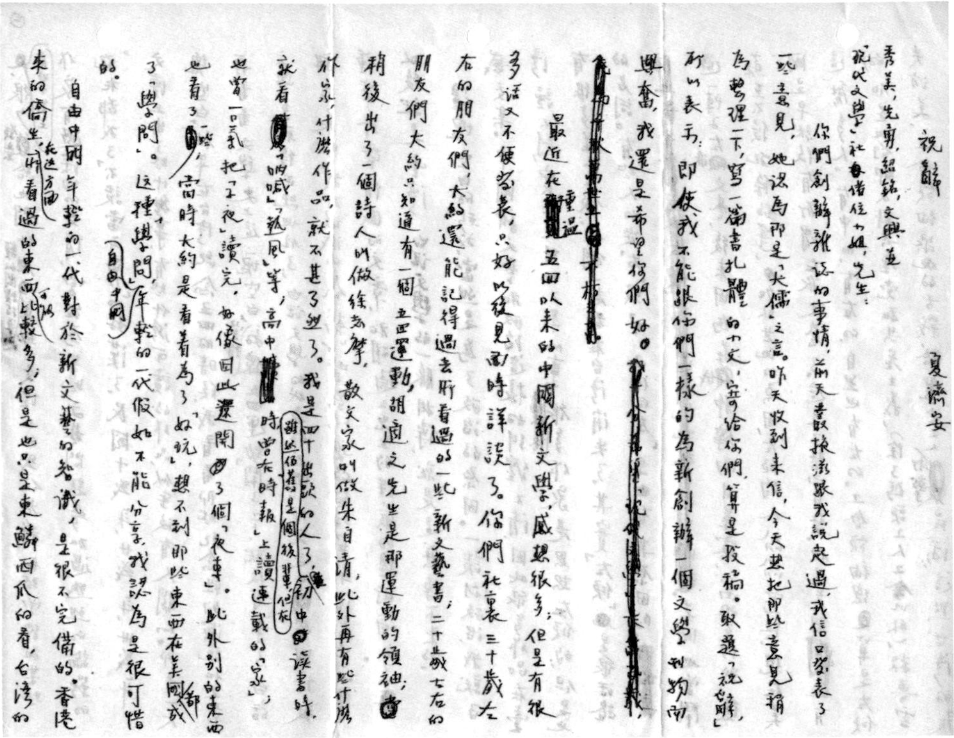
祝辭　　夏濟安

秀美，先勇，紹銘，文興並
「現代文學」社各位女士，先生：

你們創辦雜誌的事情，前天叢揆兆跟我說起過，我信口發表了一些意見，她認為那是「大儒」之言。昨天收到來信，今天想把那些意見稍為整理一下，寫一篇書札體的文字寄給你們，算是投稿。取題「祝辭」所以表示：即使我不能跟你們一樣的為新創辦一個文學刊物而興奮，我還是希望你們好。

最近在重溫五四以來的中國新文學，感想很多；但是有很多話又不便寫長，只好以後見面時詳談了。你們社裏三十歲左右的朋友們，大約還能記得過去所看過的一些新文藝書；二十歲左右的朋友們大約只知道有一個五四運動，胡適之先生是那運動的領袖；稍後出了一個詩人叫做徐志摩，散文家叫做朱自清，此外再有些什麼作家，什麼作品，就不甚了然了。我是四十出頭的人了，初中讀書時就看過「吶喊」「彷徨」等，高中時曾在時報上讀連載的「家」；也嘗一口氣把「子夜」讀完，好像因此還開了個「夜車」。此外別的東西也看了一點，當時大約是看着為了「好玩」，想不到那些東西在美國都成了「學問」。這種學問，自由中國年輕的一代假如不能分享，我認為是很可惜的。

自由中國年輕的一代對於新文藝的智識，是很不完備的。香港來的僑生，在這方面所看過的東西可能比較多，但是也只是東鱗西爪的看，台灣的

夏濟安〈祝辭〉原稿。

1960年5月9日，《現代文學》編輯委員會合影。前排左起：陳若曦、歐陽子、劉紹銘、白先勇、張先緒；後排左起：戴天、方蔚華、林耀福、李歐梵、葉維廉、王文興、陳次雲。

1960年2月，白先勇創辦《現代文學》時，攝於台北。

1965年，白先勇開始寫《台北人》。攝於美國愛荷華大學操場。

《現文》五女將。後排左起楊美惠、謝道峨、歐陽子，前排左起陳若曦、王愈靜。

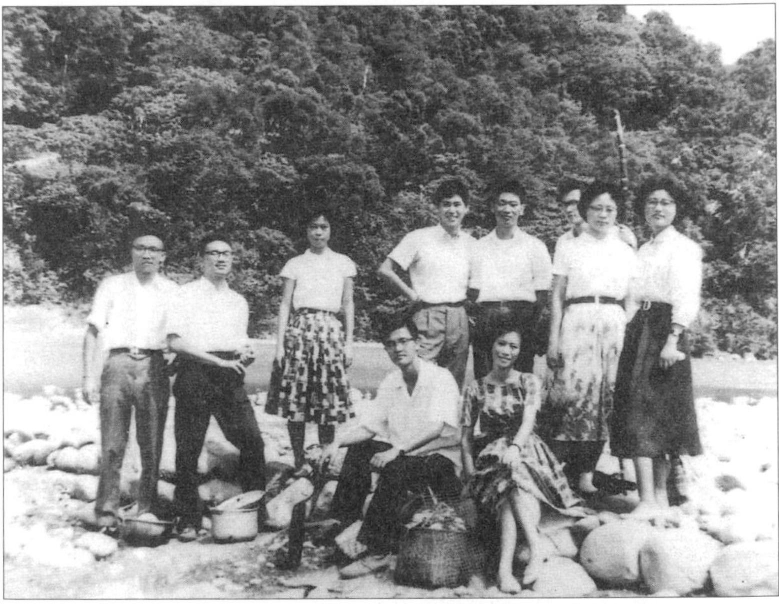

1961 年，《現文》編輯於碧潭野餐。後排左起杜國清、王禎和、陳若曦、白先勇、王國祥、王文興、沈萍、歐陽子。前排左鄭恆雄，右楊美惠。

台大傅園合影。前排左起楊美惠、王愈靜、陳若曦、謝道峨、歐陽子、席慕萱。後排左起方蔚華、王文興、葉維康、林耀福、戴天、陳次雲、白先勇、張先緒、李歐梵。

王文興與白先勇在愛荷華大學合影。

在紐約中央公園。左起白先勇、歐陽子、楊美惠、陳若曦。

1963年，余光中攝於日月潭。

白先勇（左一）初到紐約遊赫德遜河，與夏志清（前坐者）、鮑鳳志（左二）、歐陽子（右一）、陳若曦（右二）合影。

何欣。

姚一葦。

《現文》復刊後，由白先勇、姚一葦（左）、
鄭樹森（右），分別在美、台、港負責編輯。

1955年，夏濟安（右）由印地安那大學往訪在耶魯大學教書的夏志清（左）。

1960年，大學時代的陳若曦。

1967年，叢甦在威尼斯聖馬丁廣場。

歐陽子。

王禎和。

朱西甯。

林文月。

1961年，葉維廉與當年的女友現在的太太廖慈美攝於台大傅園。

1960年春在台大校園，左起振煌、劉大任、秀陶。

林懷民。

奚淞。

水晶。

1970年，鍾玲在威斯康辛州夢斗塔湖邊。

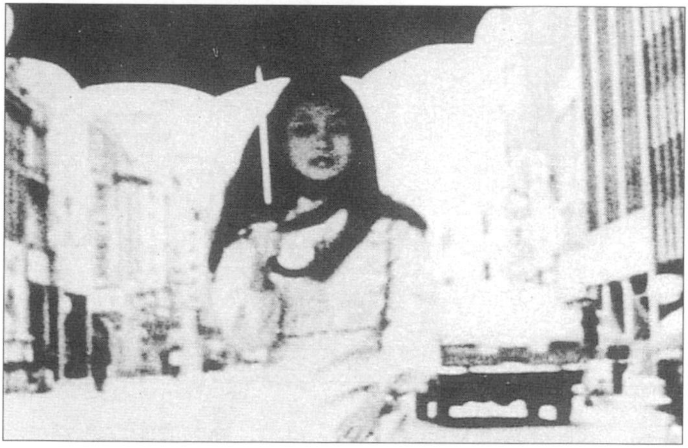

李昂。

1969年，李黎於台大。

1959年，莉棘於台大傅園。

1962年，蓉子。席德進繪。

1958年，羅門。

現之因緣

目次

【緒章】

白先勇致夏濟安信件（一九五九） 2
祝辭／夏濟安 4

【第一輯】

一九九一《現代文學》重刊紀念文集

不信青春喚不回／白先勇 18
——寫在《現文因緣》出版之前
《現代文學》創立的時代背景及其精神風貌／白先勇 29
——寫在《現代文學》重刊之前
《現代文學》與我／姚一葦 39
《現代文學》二、三事／何　欣 47
一時多少豪傑／余光中 49
——淺述我與《現文》之緣

短暫的青春！永遠的文學？／柯慶明 53
《現代文學》的努力和成就／夏志清 64
——兼敘我同雜誌的關係
現文憶舊／王文興 84
《現代文學》與我／歐陽子 88
我與《現代文學》／葉維廉 94
「毀」與「譽」／戴　天 99
《現代文學》與我／杜國清 105
二十七年前／王禎和 111
二十八年一彈指／陳若曦 114
——回憶《現代文學》那段自討苦吃的日子
當兵那一年／林懷民 120
與文學結緣／奚　淞 122
酸甜苦辣／水　晶 125

絕無僅有的一點小緣／朱西甯 127
清夢／李　昂 131
少年心路／李　黎 134
——《現代文學》與我
那一段日子／荊　棘 137
〈豹〉變／辛　鬱 143
——談我與《現代文學》的一段交往
憶／蓉　子 149
——紀念《現代文學》創刊二十七載
我對《現代文學》的觀感／羅　門 151
——它已成為開展中國現代文學的主力線
我輩的青春／陳映真 156
《現代文學》與我／鄭樹森 161
驀然回首／三　毛 164
那些不毛的日子／施叔青 183

魚香／劉大任 186
念舊／張 錯 193
《現代文學》是雪地的陽光／鍾 玲 195
一G絃單音／楊 牧 196
我與《現文》／叢 甦 198

【第二輯】一九八〇 《現代文學》創刊二十周年紀念專文

弱冠之年／白先勇 202
——《現代文學》二十周年紀念
老兵誌感／姚一葦 205
——為《現代文學》二十周年而寫
喜悅、祝福、盼望／柏 楊 208

繩索上的歡躍／叢甦 211
——現代人的困窘（為《現代文學》二十周年紀念而寫）
霎眼間事／戴天 213
《現代文學》二十周年／李歐梵 215
——懷張先緒
冠禮／林清玄 筆記 218
——記《現代文學》創刊二十周年茶會
青春之獵／陳雨航 231

【第三輯】

一九七七 《現代文學》復刊紀念專文

《現代文學》的回顧與前瞻／白先勇 236
回憶《現代文學》創辦當年／歐陽子 253

【第四輯】
一九七六 歐陽子編選《現代文學小說選集》專文

關於《現代文學》小說的編選／歐陽子 264
給歐陽子的信／王文興 268
一個里程碑／陳若曦 272

【附錄】

白先勇的baby／劉紹銘 276
誰要辦《現代文學》？／陳若曦 279
《現文》憶往／白先勇 284
——《現代文學》的資金來源
關於《現代文學》創辦時期的財務及總務／歐陽子 290

緒章

水晶　王文興　王禎和　白先勇　朱西甯　何欣　余光中　李昂　李黎　李歐梵　杜國清　辛鬱　林清玄　林懷民　姚一葦　施叔青　柏楊　柯慶明　夏志清　夏濟安　奚淞　荊棘　張錯　陳雨航　陳映真　陳若曦　楊牧　葉維廉　蓉子　劉大任　劉紹銘　歐陽子　鄭樹森　戴天　鍾玲　叢甦　羅門

白先勇致夏濟安信件（一九五九）

夏先生：

離別好久，不知您近況如何？

本來以為您這個學期會返國的，我已經準備好要選您的課了，可是您卻沒有回來，好令人失望。

記得以前您對我們說過，中國文學之興衰，我們這一輩人應負很大責任。其實我們也很想把中國文學延綿發揚下去。因為大家都有此感，所以我與王文興、陳秀美、劉紹銘諸同學發起想辦一個雜誌，內容以新、以真、以善為主，不隨俗、不崇拜傳統，我們命名為「現代文學」，裡面以小說創作為重。我們最大的宗旨在於提高文學欣賞的水準。

我們經過許多困難，向各方面求援。到現在為止，基金才有點著落。大約每月有三千台幣左右，餘數皆由同學自己掏腰包補貼，一共有十人，大約勉強還能湊數，因為這是我們極高的理想，所以大家都很熱情、很積極，明知是一件吃力不討好的工作，雖然賠錢，也在所不惜，想您一定贊同我們這種決心的。希望您能寫信來指導。

我們很崇拜您的學識與見解，所以希望您無論如何能替我們寫篇稿子。我想您總會答應的吧？而且我們更希望，如果方便的話，您能替我們向在美的中國作家如於梨華、黎錦揚諸人，拉得一兩篇稿子。

我們打算在元月左右出版，到那時再寄給您批評。

美國嚴冬將至，望您保重為要。

此祝

冬安

白先勇上

十一月廿三日

祝辭

夏濟安

秀美、先勇、紹銘、文興並
「現代文學」社諸位小姐、先生：

你們創辦雜誌的事情，前天叢掖滋跟我說起過，我信口發表了一些意見，她認為那是「犬儒」之言。昨天收到來信，今天想把那些意見稍為整理一下，寫一篇書札體的小文，寄給你們算是投稿。取題〈祝辭〉，所以表示：即使我不能跟你們一樣的為新創辦一個文學刊物而興奮，我還是希望你們好。

最近在重溫「五四」以來的中國新文學，感想很多；但是有很多話又不便發表，只好以後見面時詳談了。你們社裡三十歲左右的朋友們，大約還能記得過去所看過的一些新文藝書；二十歲左右的朋友們大約只知道有一個「五四運動」，胡適之先生是那運動的領袖；稍後出了一個詩人叫做徐志摩，散文家叫做朱自清；此外再有些什麼作家、什麼作品，就不甚了然了。我是四十出頭的人了，雖然仍舊是個後輩，但在初中讀書時，就看《吶喊》、《熱風》等；高中時曾在《時報》上讀連載的《家》；也曾一口氣把《子夜》讀完，好像因此還開了個「夜車」。此外別的東西也看了一些；當時大約是看著為了「好玩」，想不到那些東西在美國都成了「學問」。這種「學問」，自由中國年輕的一代假如不能分享，我認為是很可惜的。

自由中國年輕的一代對於新文藝的智識，是很不完備的。香港來的僑生，在這方面所看過的東西可能比較多；但是也只是東鱗西爪的看，台灣的前輩先生，很少願意給他們什麼類似閱讀指導的幫助。文壇上的幾位老將，那些曾經和某些作家有過深切的交情，曾經為某些文藝問題參加過熱烈的論戰的，現在都成了「不談當年勇」的好漢了。民國十幾年，廿幾年，卅幾年文壇上出了些什麼事，有些什麼可讀的作品，似乎沒有人關心。那是一大塊空白。往年在台灣紀念「五四」的時候，我看看那些紀念性的演說和文章，再看看文學史上這一塊空白，覺得好像「五四運動」「鬧」了一下，就沒有事了。白話文學是取得正統地位了；白話文學的代表作品呢，那就是中學國語教科書裡的〈我所認識的康橋〉、〈背影〉，梁啟超的「少年諸君乎」那種筆鋒帶情感的文章，和胡適之先生的謹嚴的學術論文了。以後就是台灣。白話文學的一脈相傳，就是這麼傳下來的。

這塊空白的形成，當然是為了政治的原因。一談到政治，我就百感交集。中國新文藝和政治這樣的糾纏不清，因此很多作品在台灣讀不到，實在是件大不幸的事。很多作家是思想左傾的；但是也有很多並不左傾，他們一起都在台灣消失了。其實「左傾」是很活絡的名詞。有些人的從「右」或「中」而傾向「左」，是有其原因的。美國也曾鬧過一陣子左派文藝，後來因為蘇俄猙獰面目暴露（西班牙內戰，德蘇互不侵犯條約等），加以其他的原因，左傾的人紛紛覺悟，現在美國是早就沒有所謂左派文藝了。這是不禁而自禁。但是美國有這麼多人，有中的、有右的，自然也有左的。工會領袖總算是左傾的；但是他們都反對共產黨和共產主義（除了碼頭工人工會以外），赫魯雪夫訪美，工會領袖跟他的舌戰，給魔宮主人打擊最深；這點，台灣的報紙想已有報導。紀德有一個時候，給左派人士捧得上天，但是他於一九三六年應邀訪蘇，去吊高爾基之喪，目睹蘇聯老百姓之慘狀，幡然覺悟。他的那篇〈蘇聯歸來〉，在《宇宙風》上曾經連載。《宇宙風》（林語堂先生主辦的）在那時流行很廣，可是紀德此文在中國文藝界學術界竟然沒有起什麼影響，也是中國的厄運使然。其實高爾基自己，到底左得什麼樣子，也很難說。有一本小說：*The Fall of a Titan*，（Igor Gouzenko著）香港好像有譯本（「巨人之沒落」？），就是講高爾基的不幸的遭遇的。中共方面，王實味事件、蕭軍事件、胡風事件、丁玲事件等早已把共產黨的虐殺文藝的真面目，公諸於世。共產黨對付舊式的「文藝界」人士，反而比較寬容，為張恨水、梅蘭芳、章士釗等他們認為是不足輕重，可以「倡優蓄之」；沈從文、朱光潛等所受的虐待較深，但是共產黨最慘酷的打擊是留給非正統的左派的。若王實味與蕭軍者，皆左派也。胡風與丁玲，據說都還有他們自己的「集團」，他們那些上千的人，都是左派，可是都受到嚴厲的整肅。他們之間，一定有覺悟的人，想回到正路上來的；可是覺悟得已經太晚了。在自由世界與自由中國的人，不能給他們援手，甚至連同情都送達不到他們那裡。這就是我的「百感」之中的「一感」了。

所以我說「左派」是個活絡的名詞。左的人不一定親共；親共的人反而可能要挨共幹的耳光。一個人的思想發展中，顛顛倒倒的時候總不免；這好像生理上的生病：病可能醫治得好，可能自動痊癒，也可能帶著病進墳墓的。例如魯迅至死仍算是左派作家。此人在有些人看來，是十惡不赦的，但是胡適之先生了解他比較深，他說：

> ……胡風一案，我搜了許多材料，才明白這個我從來沒見過的湖北鄉下人，原來是這個文藝復興運動的一個忠實信徒，他打的仗可以說是為這個運動的文學方面出死力的打。所以胡風夾在「清算胡適」的大舉裡，做一個殉道者，不是偶然的。你們在台北若找得到《魯迅書簡》，可以看看魯迅給胡風的第四封信（一九三五，九月十二日，九四六—九四八頁），就可以知道魯迅若不死，也會砍頭的！（〈胡適之先生的一封信〉刊於《自由中國》十四卷八期，四十五年四月十六日）

胡先生的話，通常都能引起「廣泛的注意」，這幾話似乎在台灣沒有什麼反應。我在台灣看不到《魯迅書簡》，到美國來是看到了。此外，又找到些材料。我相信，共產黨雖瞎捧魯迅，魯迅若不死而留居大陸，其命運決不會比胡風之流好多少。

傾向左派至死不悟的，朱自清也是一人。我說這句話，並不想誣栽朱先生；或者和開明書店有仇，想鼓動當局來禁售朱自清的書。朱先生生前的好友，台灣有好幾位，他的晚年的言行，他們總還記得。共黨方面時有紀念朱自清的文章發表，我姑且引馮雪峰的話，作為證明。馮雪峰自己也已被清算，其人據我看來，是雖為共匪而良心未泯者；誰假如拿他做為小說的主人翁，寫部書出來，裨益世道人心，一定不淺。馮雪峰說：「對於知識分子，現在走向×××的道路是暢通的，在這一點上朱先生也還是一個引路人。」（「×××」是我給改的。）當然，朱先生雖晚年思想左傾，他若一旦生活在共黨政權底下，也可能會睜開眼睛，也可以「出死力的打仗」，也可能會被「砍頭」的。主要原因是共產黨不要文藝，不容許良心的存在。除非朱先生抹煞良心，不寫他的那一套，改寫「遵命文學」（這個名詞是魯迅發明，用來諷刺共黨的所謂「革命文學」的），否則，老命難保。

在民國廿幾年的時候，「左傾病」是一種時疫，你們那時大多都還沒有出世，所以沒有機會受到感染。我是正好在感染的年齡，但是一靠祖宗積德，二幸賤軀頑強，並沒有被感染到。這是僥倖，我不敢以此自誇。但是對於感染時疫的人，我是同情的。治左傾病的藥石，竟並不得自反共的人，反而是共產黨自己手裡的鞭子和屠刀，這可以說是歷史最大的諷刺了。（茅盾、巴金和共黨的關係以往也很不愉快的；他們今後的命運值得注意。）

台灣的書禁，尺度似乎在逐漸放寬，這是個好現象。記得我初到台灣的幾年，俄國小說的中譯本是找不到的。現在書坊裡是很多了。前幾個禮拜，華盛頓大學舉行一個儀式，中華民國政府送給華大很多書，最名貴的是二十五史和故宮書畫；但是跟國寶一起來的也有新興書局的《戰爭與和平》。這部《戰爭與和平》的翻譯者，可能並不在台灣。但是假如中華民國是代表中國歷史的正統的，凡是中國人的著譯，都是中華民國文化的表現；假如是好著作、好翻譯，我們不妨引以自豪拿來送給洋人，不論其作者譯者人現在哪裡。贈書之中，也有《談美》、《文藝心理學》等，只是版權頁上，著者成了「開明書店編譯部」。朱光潛先生勝利後的幾年，在北大執教，態度很是反共（和朱自清恰巧相反，雖然兩位朱先生私交很好）；在當時左派囂張的惡劣環境下，他能獨持己見，精神很可令人欽佩。他親口說要想逃出北平，後來不知怎麼沒有逃成。他現在雖困居北平，我們在台灣替他的名字表揚一下，也是對得起他老先生的。他的書同國寶一起送到美國來了，可是作者姓名不詳，害得圖書館裡的小姐們替它們編目時，要費好大功夫去找作者的真姓名。（美國的圖書館編目專家，也有她們的一套考證功夫，例如胡風名張光人，字谷非，這是我在圖書館的目錄卡片上最先找到的。）

你們要創辦自己的文學刊物，可是你們看不到過去出的那些書，我認為總是吃虧。你們的寫作範圍，目前大約總還不出短篇小說，新詩和所謂散文。在這三方面，中國作家在「五四」以來有些什麼貢獻，當然還得要批評家來評定；但是這方面的智識，對於你們可以有很大的幫助。先說散文；我們這輩中年人平常在台灣閒談的時候，總很推重周氏兄弟的作品。周氏兄弟者，一個是向共匪靠攏（雖然靠攏得大不愉快）的魯迅，一個是失足做漢奸的周作人。新詩方面，新月社裡很有些人才。聞一多寫作態度的謹嚴和對於音律的講究，似乎更為傑出。他是很想替新詩做一番奠基的工作的。他晚年言論反動，但他早期的作品（新詩創作和新詩理論）我相信對於青年人沒有什麼害處。這樣一個對於新詩認真的人，總是值得對於新詩同樣認真的人的重視的。何況聞一多在學問方面也大有貢獻。短篇小說的作家更多，不勝枚舉。（我建議良友圖書公司出的那一套「中國新文學大系」，不妨開禁。這是總結的工作，雖然編者中有幾個是左派人，但是他們那時所做的工作還是學術性的。）《自由中國》曾經發表過一篇馬逢華先生的紀念沈從文的文字，文情並茂，的是佳作；但是沈先生的作品台灣看不到，也是冤枉的。沈先生的反共，人所共知；在北平淪陷之前，左派學生在壁報上就罵他是「狗」，是「棍子」。長篇小說可講的更多，暫時不談，雖然我也希望你們超邁前人，寫出更好的長篇作品來的。

我所以嘮叨的講那時候的作家和作品，並不單是因為客居異邦，懷舊之情在作怪，而是也有一點理論根據的。我所關心的，是白話文學的前途。你們關於中國古文學和西洋文學的智識，當然大有助於你們的創作；它們的重要，從根本上說來，應該是在關於中國新文學的智識之上的。但是中國新文學有一個特點，那是有關你們一動筆就要碰到的問題的。即你們創作用白話，中國新文學的工具也是白話。白話文，同任何一種文字一樣，不是容易運用的。我相信從事藝術創作者的最大的樂趣，是在和工具的掙扎，以及克服運用工具的困難。白話文本身現在還不十分完美，可是它也是一種不肯聽任指揮的工具。白話文在台灣的危機，據我看來是：過去白話文好的作品我們能看到的不多，可是白話文的陳腔濫調，我們卻好像全從大陸搬來了，最近幾年，還添了不少比較新的陳腔濫調。陳腔濫調是思想的敵人，也是創作的敵人；因為它們很容易滑進你的文章，代替你的思想，代替你的觀察。這個毛病誰都會犯，所以寫文章是件戰戰兢兢的苦事；力求準確而防止不準確的代用品的混入，這是少數獻身於藝術的人才肯做的傻事。我相信你們就是這種少數的傻人。

「五四」以來的白話文作家，也曾遭遇到同樣的困難。白話文在他們手裡經過錘打，經過鍛鍊；他們曾把它延伸、緊縮、平鋪、扭曲——為了達到種種不同的目的。前人的苦功，一方面可以省卻後人許多苦功，另一方面，也留下許多別的問題，讓後人解決；後人若不花同等的，或更大的，苦功，是不能解決那些前人所忽視的或不能解決的問題的。

前人怎麼應付他們的問題的，這就不得不讀他們的文章。白話文學的「模範」文章，遺留在台灣的實在不多。描寫文和敘事文，大約只「配」列入初中教科書，為前舉的〈康橋〉、〈背影〉以及〈景陽崗打虎〉、〈王冕〉、〈大明湖聽說書〉等。高中教科書裡的白話文章就都是論說文了。如梁啟超、蔡元培、胡先生等的作品。大學裡的大一國文，全是文言文；台大如此，師大也許還讀些白話文。我的這些話，並不是說文言文不該讀；只是就語文教材看來，白話文可選的好作品還是不多。我自己是個思想傾向守舊的人。我讀大一的時候，國文老師講完了一篇〈丘遲與陳伯之書〉，就出一個作文題：「擬陳伯之覆丘遲書」，文體當然限定文言，最好還要能模仿丘遲陳伯之那時的文體。假如早生一百年，大家讀文言文、寫文言文，也許很快樂的。那時你們也不會辦什麼刊物，大家寫作的理想，只是模仿「桐城」、「陽湖」或「魏晉」、「六朝」，模仿得成功，也許也有很大的樂趣。但是我們現在非寫白話文不可；現在沒有什麼「派」什麼「體」可供模仿，只好憑自己的本事來摸索，來創造了。你們也許會成一個什麼「派」，創一種什麼「體」，也許還會有那種不爭氣的生在你們以後的人來模仿你們。這是後話，暫且不談。

你們現在既然不能模仿，那只有創造了。不用說，你們的責任重大，你們的工作艱鉅。胡先生老早就提出過「國語的文學」和「文學的國語」的問題。「五四」以來那些從事「國語的文學」的創造（或翻譯）工作的人，也同時在努力求「文學的國語」的完美。他們的工作，既已大部分「失傳」；你們的工作，幾乎要從頭做起。人生的許多問題困擾著你們，同在你們以前的人受困擾一樣；但是你們手裡只有一種還不十分熟練的工具——白話文。不熟練也許不是一個缺點，因為你們將要花更大的功夫去對付它，使它成為熟練。你們腦筋裡有的是各種問題、各種感觸、各種意象。它們對於你們是很寶貴的；因為假若沒有這些，你們不會想到去寫文章；而一寫文章，你們就得準備犧牲掉那種很可羨慕的所謂「庸福」了。但是問題、感觸，意象等等並不就是文章，把它們化為文章，是極苦的事。我相信你們是預備喫這個苦的。這個苦假如給你們喫透了，「國語的文學」無疑可以更往前推進一步，而「文學的國語」對於你們同時的人和以後的人，也可成為較為完美的工具了。

看見你們這樣起勁的辦文學刊物，不禁起想「五四」以來無數的青年人，他們也曾同樣起勁的辦刊物。在民國廿七年之前（通貨膨脹是從中日戰爭上海陷落以後開始的），紙價很便宜（白報紙大約只有幾塊錢一令吧），報刊登記手續也很簡單，幾個愛好寫作的青年人，湊幾十塊錢就可以辦一個「自己的」刊物。那種人有些成了名，有些做了官，很多是風流雲散，不知所終，他們的刊物和作品，需要治文學史的專家費極大的功夫來加以考證發掘。他們這種精神在你們身上重現，是很可喜的；同時我也想起了「歷史重複自己」的老話。這種假冒的歷史的看法，即是被叢掖滋譏為「犬儒」的。無論如何，我說了這麼多話，眼睛是不斷的朝後看的；而你們無疑是朝前看的。這也許是中年人和青年人的心境不同之處；但是我相信你們總不會拒絕一個遠道的朋友送來的祝福。

寫到這裡本來可以結束，但是再看看前面那幾段，似乎發揮得還不大夠。我本來不想談政治，但是前面的話仍舊有些牽涉到政治。因為我見了政治有些怕；我也不相信你們對於政治的問題，能夠想得比我更多。我的怕，還是從「無知」來的。我的怕政治，是跟有些人的怕數學一樣，因為那東西太深了。「五四」以來，許多開頭只想從事「純」文藝的文學青年，後來從這一點想到那一點，寫到甲又帶到乙，久而久之，都和政治發生了牽聯。你們當然也會想到很多政治的問題，但是我希望你們謙虛一點，耐心一點，像蘇格拉底一樣，不要忘了自己的「無知」。這樣你們對於文學的興趣可以保持得更長久，而且若能多想想，少「意氣用事」，思想也可以變得更深刻。

我上次寫給紹銘的信，曾提起誰要是能把王國維的自殺、魯迅的靠攏，周作人的附逆寫進小說裡去，該是了不起的大事。這種工作是不能求諸現在的你們的，因為你們恐怕現在還想不到這些問題。自殺、靠攏、附逆——這是小學生都知道不正當的事，而他們竟犯之，不亦怪哉。他們的名字，對於二十歲左右的人可能沒有什麼意義；但是在四十歲左右的人中，你們可以發現有很多是欽佩他們的。他們的學問，文章，「趣味」探索的精神，和對寫作的用心，我們恐怕卻還不能望其項背。他們的沒落，正如悲劇人物的沒落一般，是不由得人要啟悲憫恐懼之感的。他們的政治色彩不同，然其為不幸的「個人」則一。照我看來，他們對於他們的時代都不大了解，儘管他們是絕頂聰明的人。我們又何嘗了解我們的時代？寫作也許是幫助我們了解這時代，這世界的一種方法。寫作的時候，你就得要想；若想不通，就很難寫得通。可能想來想去，仍沒有想通，因此使文章減色。但是疑惑與探索，也可能產生好的文章，只要你能忠實於你的疑惑與探索，真誠的疑惑，總遠勝於輕易的接受，與轉播廉價的口號，但是假如不在技巧上下苦功，你們也無法表示你們的真誠。你們這種苦功，也許將要使你們的文章使有些人讀來感到苦多於樂，澀多於滑，冷多於熱。有多少人打開一本文學書，是想求片刻的陶醉的！但是我相信你們的使命是要使人覺醒；覺醒總比陶醉痛苦些。你們既然決心要辦這本刊物，我可以看出來你們是已經下了「狠心」的了。

第一輯

一九九一——《現代文學》重刊紀念文集

三　毛
水　晶
王文興
王禎和
白先勇
朱西甯
何　欣
余光中
李　昂
李　黎
李歐梵
杜國清
辛　鬱
林清玄
林懷民
姚一葦
施叔青
柏　楊
柯慶明
夏志清
夏濟安
奚　淞
荊　棘
張　錯
陳雨航
陳映真
陳若曦
楊　牧
葉維廉
蓉　子
劉大任
劉紹銘
歐陽子
鄭樹森
戴　天
鍾　玲
叢　甦
羅　門

不信青春喚不回
——寫在《現文因緣》出版之前

白先勇

如果你現在走到台北市南京東路和松江路的交叉口，舉目一望，那一片車水馬龍、高樓雲集鬧市中的景象，你很難想像得到，二十多年前，松江路從六福客棧以下，一直到圓山，竟是延綿不斷一大片綠波滾滾的稻田，那恐怕是當時台北市區最遼闊的一塊野生地了。那一帶的地形我極熟悉，因為六〇年代我家的舊址就在六福客棧，當時是松江路一三三號。父母親住在松江路一二七號——現在好像變成了「豐田汽車」，家裡太擁擠，我上大學時便遷到一三三，那是松江路右側最後一棟宿舍，是間拼拼湊湊搭起來的木造屋，頗有點違章建築的風貌。松江路顧名思義，是台北市東北角的邊陲地帶，相當於中國地圖上的北大荒，我便住在台北北大荒的頂端。一三三裡有一條狼狗、一隻火雞、一棵夾竹桃，還有我一個人，在那棟木造屋裡起勁的辦《現代文學》，為那本雜誌趕寫小說。屋後那一頃廣袤的稻田，充當了我的後園，是我經常去散步的所在；碧油油的稻海裡，點綴著成千上百的白鷺鷥，倏地一行白鷺上青天，統統衝了起來，滿天白羽紛飛，煞是好看——能想像得出台北也曾擁有過這麼多美麗的白鳥嗎？現在台北連麻雀也找不到了，大概都讓噪音嚇跑了吧。

一九六一年的某一天，我悠悠蕩蕩步向屋後的田野，那日三毛——那時她叫陳平，才十六歲——也在那裡蹓躂，她住在建國南路，就在附近，見我來到，一溜煙逃走了。她在〈驀然回首〉裡寫著那天她「嚇死了」，因為她的第一篇小說〈惑〉剛剛在《現代文學》發表，大概興奮緊張之情還沒有消褪，不好意思見到我。其實那時我並不認識三毛，她那篇處女作是她的繪畫老師「五月畫會」的顧福生拿給我看的，他說他有一個性情古怪的女學生，繪畫並沒有什麼天分，但對文學的悟性卻很高。〈惑〉是一則人鬼戀的故事，的確很奇特，處處透著不平常的感性，小說裡提到《珍妮的畫像》，那時台北正映了這部電影不久，是珍妮弗瓊絲與約瑟戈登主演的，一部好萊塢式十分浪漫離奇人鬼戀的片子，這大概給了三毛靈感。〈惑〉在《現代文學》上發表，據三毛說使她從自閉症的世界解放了出來，從此踏上寫作之路，終於變成了名聞天下的作家。我第一次見到三毛，要等到《現代文學》一周年紀念，在我家松江路一二七號舉行的一個宴會上了。三毛那晚由她堂哥作伴，因為吃完飯，我們還要跳舞。我記得三毛穿了一身蘋果綠的連衣裙，剪著一個赫本頭，閨秀打扮，在人群中，她顯得羞怯生澀，好像是一個驚惶失措一逕需要人保護的迷途女孩。二十年多後重見三毛，她已經蛻變成一個從撒哈拉沙漠冒險歸來的名作家了。三毛創造了一個充滿傳奇色彩瑰麗的浪漫世界；裡面有大起大落生死相許的愛情故事，引人入勝不可思議的異國情調、非洲沙漠的馳騁、拉丁美洲原始森林的探幽——這些常人所不能及的人生經驗三毛是寫給年輕人看的，難怪三毛變成了海峽兩岸的青春偶像，正當她的寫作生涯日正當中，三毛突然卻絕袂而去，離開了這個世界。去年三毛自殺的消息傳來，大家都著實吃了一驚，我眼前似乎顯出了許多個不同面貌身分的三毛，蒙太奇似的重疊在一起，最後通通淡出，只剩下那個穿著蘋果綠裙子十六歲驚惶羞怯的女孩——可能那才是真正的三毛，一個拒絕成長的生命流浪者，為了抵抗時間的凌遲，自行了斷，向時間老人提出了最後的抗議。

很多年後我才發覺，原來圍著松江路那片田野還住了另外幾位作家，他們的第一篇小說也都是在《現代文學》上發表的。荊棘（其實她叫朱立立）就住在松江路一二七號的隔壁，兩家的家長本來相識的，但我們跟朱家的孩子卻素無來往，我跟她的哥哥有時還打打招呼，但荊棘是個女孩子，青少年時期男女有別，見了面總有點不好意思。我印象中，她一逕穿著白衣黑裙的學生制服，一副二女中的模樣，騎腳踏車特別快，一蹬就上去了，好像急不待等要離開她那個家似的。那時候她看起來像個智慧型頗自負的女生，不容易親近。要等到許多年後，我讀到她的〈南瓜〉、〈飢餓的森林〉等自傳性的故事，才恍然了悟，她少女時代的成長，難怪如此坎坷。那幾篇文章寫得極動人，也很辛酸，有點像張愛玲的〈私語〉。我應該最有資格做那些故事的見證人了，我們兩家雖然一牆相隔，但兩家的佣人是有來有往、互通消息的，兩家家裡一些難唸的經大概就那樣傳來傳去了。有天夜裡朱家那邊隔牆傳來了悲慟聲，於是我們知道，荊棘久病的母親，終於過世了。〈等之圓舞曲〉是荊棘的第一篇小說，發表在《現代文學》上，她投稿一定沒有寫地址，否則我怎麼會幾十年都不知道那篇風格相當奇特有點超現實意味的抒情小說，竟會是當日鄰居女孩寫的呢？人生有這麼多不可解之事！

《現代文學》四十五期上有一篇黎陽寫的〈譚教授的一天〉，黎陽是誰？大家都在納悶，一定是個台大生，而且還是文學院的，因為我們都知道「譚教授」寫的是我們的老師，台大文學院裡的點點滴滴描摹得十分真切。那時候是七〇年代初，留美的台灣學生「保釣運動」正在搞得轟轟烈烈。有一天我跟一位朋友不知怎麼又談起了〈譚教授的一天〉，大大誇讚一通，朋友驚呼道：「你還不知道呀？黎陽就是李黎，罵你是『殯儀館』的化妝師的那個人！」我不禁失笑，也虧李黎想得出這麼絕的名詞。

據說李黎寫過一篇文章，把我的小說批了一頓，說我在替垂死的舊制度塗脂抹粉。〈譚教授的一天〉是李黎的處女作，的確出手不凡。沒有多久以前，跟李黎一起吃飯，偶然談到，原來從前在台北，她家也住在松江路那頃田野的周遭。天下就有這樣的巧事，一本雜誌冥冥中卻把這些人的命運都牽繫到了一起。如果六〇年代的某一天，三毛、荊棘、李黎，我們散步到了松江路那片稻田裡，大家不期而遇，不知道是番怎樣的情景。然而當時大家都正處在青少年的「藍色時期」，我想見了面大概也只能訕訕吧。有一次，我特別跑到六福客棧去喝咖啡，旅館裡衣香人影杯觥交錯，一派八〇年代台北的浮華。我坐在樓下咖啡廳的一角，一時不知身在何方。那片綠油油的稻田呢？那群滿天紛飛的白鳥呢？還有那許多跟白鳥一樣飛得無影無蹤的青春歲月呢？誰說滄海不會變成桑田？

台大文學院的大樓裡有一個奇景，走廊上空懸掛著一排大吊鐘，每隻吊鐘的時針所指都不同時，原來那些吊鐘早已停擺，時間在文學院裡戛然而止，而我們就在那棟悠悠邈邈的大樓裡度過了大學四年。一九六一年的一個黃昏，就站在文學院走廊裡那排吊鐘下面，比我們低兩屆的三個學弟王禎和、杜國清、鄭恆雄（潛石）找到了我，他們興沖沖的想要投稿給《現文》。王禎和手上就捏著一疊稿子，扯了一些話，他才把稿子塞到我手中——那就是他的第一篇小說〈鬼、北風、人〉。那天他大概有點緊張，一逕靦覥的微笑著。〈鬼、北風、人〉登刊在《現文》第七期，是我們那一期的重頭文章，我特別為這篇小說找了一張插圖，是顧福生的素描，一幅沒有頭的人體畫像。那時節台灣藝術界的現代主義運動也在如火如荼的進行著，「五月畫會」的成員正是這個運動的前鋒。那幾期雜誌我們都請了「五月」畫家設計封面畫插圖，於是《現代文學》看起來就更加現代了。王禎和小說的那幅插圖，是我取的名字：〈我要活下去！〉。因為小說中的主角秦貴福就是那樣一個不顧一切賴著活下去的人。我那時剛看一部蘇珊海華主演的電影：《I Want to Live》，大概靈感就在那樣來的。雜誌出來，我們在文學院裡張貼了一幅巨型海報，上面畫了一個腰幹站不直的人，那就是秦貴福。王禎和後來說，他站在那幅海報下，流連不捨，還把他母親帶去看。畫海報的是張先緒，在我們中間最有藝術才能，《現文》的設計開始都是出自他手，那樣一個才氣縱橫的人後來好端端的竟自殺了。在同期還有一篇小說〈喬琪〉，是陳若曦寫的，故事是講一個被父母寵壞了的少女畫家，活得不耐煩最後吞服安眠藥自盡。當時陳若曦悄悄的告訴我，她寫的就是陳平。這簡直不可思議，難道陳若曦三十年前已經看到三毛的命運了嗎？人生竟有這麼多不可承受的重！前年王禎和過世，噩耗傳來，我感到一陣涼颼颼的寒風直侵背脊。我在加大開了一門「台灣小說」，每年都教王禎和的作品，我愈來愈感到他的小說經得起時間的考驗，如嚼青欖，先澀後甘。他這幾年為病魔所纏，卻能寫作不輟，是何等的勇敢。無疑的，王禎和的作品已經成為了台灣文學史中重要的一部分。

那時，文學院裡正瀰漫著一股「存在主義」的焦慮，西方「存在主義」哲學的來龍去脈我們當初未必搞得清楚，但「存在主義」一些文學作品中對既有建制現行道德全盤否定的叛逆精神，以及作品中滲出來絲絲縷縷的虛無情緒卻正對了我們的胃口。卡繆的《異鄉人》是我們必讀的課本，裡面那個「反英雄」麥索，正是我們的荒謬英雄。那本書的顛覆性是厲害的。劉大任、郭松棻當時都是哲學系的學生（郭松棻後來轉到了外文系）。一提到哲學就不由人聯想起尼采、叔本華、齊克果那些高深莫測的怪人來。哲學系的學生好像比文學系的想法又要古怪一些。郭松棻取了一個俄國名字伊凡（Ivan），屠格涅夫也叫伊凡，郭松棻那個時候的行徑倒有點像屠格涅夫的羅亭，虛無得很，事實上郭松棻是我們中間把「存在主義」真正搞通了的，他在《現文》上發表了一篇批判沙特的文章，很有水準。《現代文學》第二期刊出了劉大任的〈大落袋〉，我們說這下好了，台灣有了自己的「存在主義」小說了。《現文》第一期剛介紹過卡夫卡，〈大落袋〉就是一篇有點像卡夫卡夢魘式的寓言小說，是講彈子房打撞球的故事；不知道為什麼撞球與浪子總扯在一起（《江湖浪子》，保羅紐曼主演），彈子房好像是培養造反派的溫床。當時台灣的政治氣候還相當肅殺，《自由中國》、《文星》動一下也就給封掉了。我們不談政治，但心裡是不滿的。虛無其實也是一種抗議的姿態，就像魏晉亂世竹林七賢的詩酒佯狂一般。後來劉大任、郭松棻參加保釣，陳若曦更加跑到對岸去搞革命，都有心路歷程可循。從虛無到激進是許多革命家必經的過程。難怪俄國大革命前夕冒出了那麼多的虛無黨來。不久前看到劉大任的力作《晚風習習》，不禁感到一陣蒼涼。當年的「憤怒青年」畢竟也已爐火純青。

「綠鬢舊人皆老大，紅樑新燕又歸來，盡須珍重掌中杯」——這是晏幾道的〈浣溪沙〉，鄭因百先生正在開講「詞選」，我逃了課去中文系旁聽，惟有逃到中國古典文學中，存在的焦慮才得暫時紓解。鄭先生十分欣賞這首小令，評為「感慨至深」，當時我沒聽懂，也無感慨，我欣賞的是「舞低楊柳樓心月，歌盡桃花扇底風」，晏小山的濃詞豔句。那幾年，聽鄭先生講詞，是一大享受。有一個時期鄭先生開了「陶謝詩」，我也去聽，坐在旁邊的同學在我耳根下悄悄說道：「喏，那個就是林文月。」我回頭望去，林文月獨自坐在窗口一角，果然，「落花無言，人淡如菊」，我不知道為什麼會聯想起司空圖《詩品》第六首〈典雅〉中的兩句詩來。日後有人談到林文月，我就忍不住要插一句：「我和她一起上過『陶謝詩』。」其實《現代文學》後期與台大中文系的關係愈來愈深，因為柯慶明當了主編，當時中文系師生差不多都在這本雜誌上撰過稿。

台大文學院裡的吊鐘還停頓在那裡，可是悠悠三十年卻無聲無息的溜走了。逝者如斯，連聖人也禁不住要感慨呢。

六〇年代後期，台灣文壇突然又蹦出新的一批才氣縱橫的年輕作家來：林懷民、奚淞、施家姊妹施叔青、施淑端（李昂）都是《現文》後期的生力軍。林懷民還未出國，可是已經出版兩本小說集了，轉型期中台北的脈動他把握得很準確，《蟬》裡的〈野人〉談的大概就是當今台北東區那些「新人類」的先驅吧。而林懷民一身的彈性，一身羈絆不住的活力，難怪他後來跳到舞台上去，創造出轟轟烈烈的雲門舞集來。奚淞也剛才退伍，他說身上還沾有排長氣。六九年的一個夏夜，奚淞打電話給我，「白先勇，我要找你聊天。」他說，於是我們便到嘉興大樓頂上的藍天去喝酒去。藍天是當時台北的高級餐廳，望下去，夜台北居然也有點朦朧美了。那是我跟奚淞第二次見面，可是在一杯又一杯Manhattan的灌溉下，那一夜兩人卻好像講盡了一生一世的話。那晚奚淞醉得回不了家，於是我便把他帶回自己敦化南路的家裡，酒後不知哪裡來的神力，居然把他從一樓扛上了三樓去。六〇年代末，那是一段多麼狂放而又令人懷念的日子啊。

台灣的鹿港地秀人傑，出了施家姊妹，其實大姊施淑女從前也寫小說，白樺木就是她，在《現文》二十四、二十五期上發表了〈頭像〉和〈告別啊，臨流〉，寫得極好，如果她繼續寫下去，不一定輸給兩個妹妹。施叔青開始寫作也是用筆名施梓，我一直以為是個男生，〈壁虎〉和〈凌遲的抑束〉寫得實在凌厲，後來我在台北明星咖啡館和施叔青見面，卻大感意外，施叔青的小說比她的人要驃悍得多。我送給了施叔青一個外號「一丈青」，施叔青那管筆的確如扈三娘手裡一枝槍，舞起來虎虎有力。當時台北流傳文壇出了一位神童，十六歲就會寫男男女女的大膽小說〈花季〉了。我頂記得第一次看到李昂，她推著一輛舊腳踏車，剪著一個學生頭，臉上還有幾塊青傷，因為騎車剛摔了跤。再也料不到，李昂日後會「殺夫」。李昂可以說是《現代文學》的「末代弟子」了，她在《現文》上發表她那一系列極具風格的鹿城故事時，《現代文學》前半期已接近尾聲。也是因為這本雜誌，我跟施家姊妹結下了緣。每次經過香港，都會去找施叔青出來喝酒敘舊，她在撰寫香港傳奇，預備在九七來臨前，替香港留下一個繁華將盡的紀錄。有一次李昂與林懷民到聖芭芭拉來，在我家留了一宿，李昂向我借書看，我把陳定山寫的《春申舊聞》推薦給她，定公這本書是部傑作，他把舊上海給寫活了。裡面有一則〈詹周氏殺夫〉的故事，詹周氏把當屠夫的丈夫大切八塊，這是當年上海轟動一時的謀殺案——這就是李昂〈殺夫〉的由來，她把謀殺案搬到鹿港去了。小說家的想像力，真是深不可測。那年《聯合報》小說比賽，我當評審，看到這部小說，其中那股震撼人心的原始力量，不是一般作家所有，我毫不考慮就把首獎投了給〈殺夫〉，揭曉時，作者竟是李昂。

《現代文學》創刊，離現在已有三十二年，距八四年正式停刊也有八年光景了，這本雜誌可以說已經變成了歷史文獻。醞釀三年，《現文》一至五十一期重刊終於問世，一共十九冊，另附兩冊，一冊是資料，還有一冊是《現文因緣》，收集了《現文》作家的回憶文章，這些文章看了令人感動，因為都寫得真情畢露，他們敘述了個人與這本雜誌結緣的始末，但不約而同的，每個人對那段消逝已久的青春歲月，都懷有依依不捨的眷念。陳映真的那篇就叫〈我輩的青春〉，他還牢記著一九六一年，那個夏天，他到我松江路一三三號那棟木造屋兩人初次相會的情景——三十年前，我們曾經竟是那樣的年輕過。所有的悲劇文學，我看以歌德的《浮士德》最悲愴，只有日耳曼民族才寫得出如此摧人心肝的深刻作品。暮年已至的哲學家浮士德，為了捕捉回青春，寧願把靈魂出賣給魔鬼。浮士德的悲愴，我們都能了解的，而魔鬼的誘惑，實在大得難以拒抗哩！柯慶明的那一篇題著：〈短暫的青春！永遠的文學？〉回頭看，也幸虧我們當年把青春歲月裡的美麗與哀愁都用文字記錄下來變了篇篇詩歌與小說。文學，恐怕也只有永遠的文學，能讓我們有機會在此須臾浮生中，插下一塊不朽的標幟吧。

（原收錄於白先勇《第六隻手指》，爾雅出版社）

《現代文學》創立的時代背景及其精神風貌

——寫在《現代文學》重刊之前

白先勇

《現代文學》於一九六〇年三月創刊，距離現在，已有二十八年。其間一九七三年出刊到五十一期時，因為經濟上無法支撐，一度暫時停刊。三年半後，獲遠景出版社的支持，得以復刊，又出了二十二期，一直到一九八四年，這本賠錢雜誌實在賠不下去了，才終告停刊。復刊的時候，我曾寫過一篇文章：〈《現代文學》的回顧與前瞻〉，把《現文》創刊的來龍去脈，這本雜誌做過的一些工作，以及《現文》的作家和他們的作品，都詳盡的介紹過。因為那篇文章寫在復刊前夕，心情興奮，前瞻的欣喜，倒是多於回顧的惘然。現在算算，那也是十一年前的事了，經過悠長時間的磨洗，《現代文學》已漸漸變成了歷史。當今大學生看過前一階段《現代文學》的恐怕已經不多，往年購買《現文》的讀者，可能也只有少數藏有全套雜誌。近幾年，愈來愈感到時間洪流無可拒抗的威力，眼見許多人類努力的痕迹，轉瞬間竟然湮沒消逝，於是我便興起了一個願望：希望有一天能夠重刊《現代文學》，使得這本曾經由許多文學工作者孜孜矻矻耕耘過的雜誌，重現當年面貌，保存下來，做為一個永久紀錄。

我常常被問到幾個問題：當年你們怎麼會辦《現代文學》的？為什麼你們那一夥有那麼多人同時從事文學創作？你們怎麼會受到西方現代主義的影響的？如今有了時間的距離，經過一番省思，我對這些問題，可能有了一些新的看法，我得到的結論是，《現代文學》創刊以及六〇年代現代主義在台灣文藝思潮中崛起，並非一個偶然現象，亦非一時標新立異的風尚，而是當時台灣歷史客觀發展以及一群在成長中的青年作家主觀反應相結合的必然結果。

那時我們都是台灣大學外文系的學生，雖然傅斯年校長已經不在了，可是傅校長卻把從前北京大學的自由風氣帶到了台大。我們都知道傅校長是「五四運動」的學生領袖，他辦過當時鼎鼎有名的《新潮》雜誌。我們也知道文學院裡我們的幾位老師臺靜農先生、黎烈文先生跟「五四」時代的一些名作家關係密切。當胡適之先生第一次回國返台，公開演講時，人山人海的盛況，我深深記在腦裡。「五四運動」對我們來說，仍舊有其莫大的吸引力。「五四」打破傳統禁忌的懷疑精神，創新求變的改革銳氣對我們一直是一種鼓勵，而我們的邏輯教授殷海光先生本人就是這種「五四」精神的具體表現。台大外文系當年無為而治，我們乃有足夠的時間去從事文學活動。我們有幸，遇到夏濟安先生這樣一位學養精深的文學導師，他給我們文學創作上的引導，奠定了我們日後寫作的基本路線。他主編的《文學雜誌》其實是《現代文學》的先驅。

《現代文學》創刊的成員背景相當複雜多元，而由這些成員的背景可以了解到《現代文學》創刊的動機與風格的一斑。我們裡面，有的是隨著政府遷台後成長的外省子弟，像王文興、李歐梵及我自己，有的是光復後接受國民政府教育長大的本省子弟如歐陽子、陳若曦、林耀福，也有海外歸國求學的僑生像戴天、葉維廉、劉紹銘，我們雖然背景各異，但卻有一個重要的共同點，我們都是戰後成長的一代，面臨著一個大亂之後曙光未明充滿了變數的新世界。外省子弟的困境在於：大陸上的歷史功過，我們不負任何責任，因為我們都尚在童年，而大陸失敗的悲劇後果，我們卻必須與我們的父兄輩共同擔當。事實上我們父兄輩在大陸建立的那個舊世界早已瓦解崩潰了，我們跟那個早已消失只存在記憶與傳說中的舊世界已經無法認同，我們一方面在父兄的庇蔭下得以成長，但另一方面我們又必得掙脫父兄扣在我們身上的那一套舊世界帶過來的價值觀以求人格與思想的獨立。艾力克生（Erik Erikson）所謂的「認同危機」（identity Crisis）我們那時是相當嚴重的。而本省同學亦有相當的問題，他們父兄的那個日據時代也早已一去不返，他們所受的中文教育與他們父兄所受的日式教育截然不同，他們也在掙扎著建立一個政治與文化的新認同。當時我們不甚明瞭，現在看來，其實我們正站在台灣歷史發展的轉捩點上，面臨著文化轉形的十字路口。政府遷台，經過十年慘淡經營，台灣正開始從農業社會轉向工商社會，而戰後的新文化也在台灣初度成形，我們在這股激變的洪流中，探索前進，而我們這一代，無論士農工商，其實都正在參與建造一個戰後的新台灣。「五四運動」給予我們創新求變的激勵，而台灣歷史的特殊發展也迫使我們著手建立一套合乎台灣現實的新價值觀。這一切都是在不自覺的情況下進行著，我們成長的心路歷程也有其崎嶇顛簸的一面。

一國的新文學運動，往往受了外來文化的刺激應運而生，歷史上古今中外不乏前例。唐朝時中國從印度大量輸入佛經，佛經的譯介，基本上改變了中國的文學與藝術。王維的詩、湯顯祖的戲曲、曹雪芹的小說都是佛教文化薰陶下開放出來的燦爛花朵。我們中國人最足以自豪的《紅樓夢》，其實也不過是佛家一則頑石歷劫的寓言。「五四」的新文學基本上也是受了西方文化的刺激而誕生的。魯迅、巴金、曹禺、老舍、徐志摩等人沒有一個不受過外國文學的影響。六〇年代初，我們在外文系唸書，接觸西方文學，受其啟發，也就是很自然的了。但在西方文學的諸多流派中，現代主義的作品的確對我們的衝擊最大。十九世紀末以來近半個世紀現代主義波瀾壯闊，蔚為主流，影響到西方各種藝術形式。要言之，現代主義是對西方十九世紀的工業文明以及興起的中產階級庸俗價值觀的一個大反動，因此其叛逆性特強，又因經過兩次大戰，戰爭瓦解了西方社會的傳統價值，動搖了西方人對人類、人生的信仰及信心，因此西方現代主義的作品中對人類文明總持著悲觀及懷疑的態度。事實上二十世紀的中國人所經歷的戰爭及革命的破壞，比起西方人有過之而無不及，我們的傳統社會及傳統價值更遭到了空前的毀滅。在這個意義上，我們的文化危機跟西方人的可謂旗鼓相當。西方現代主義作品中叛逆的聲音、哀傷的調子，是十分能夠打動我們那一群成長於戰後而正在求新望變徬徨摸索的青年學生的。卡夫卡的《審判》、喬伊斯的《都柏林人》、艾略特的《荒原》、湯瑪斯曼的《威尼斯之死》、勞倫斯的《兒子與情人》、以及當時人人都在爭讀的卡繆的《異鄉人》，這些現代主義的經典之作，我們能夠感受、了解、認同，並且受到相當大的啟示。二十多年後，西方「現代主義」的影響在台灣逐漸式微時，海峽的那一邊，中國大陸的學界文壇卻出人意料之外的燃起了「現代主義」的火苗，尼采，沙特的哲學、佛洛伊德的心理學、以及卡夫卡的小說在青年知識分子之間，竟然成為了暢銷書，大陸劇作家高行健的「荒謬劇」在北京上演，場場客滿，觀眾多為學生。經過「文革」，大陸的青年知識分子也開始在反省深思，摸索探求，在尋找新的文化價值了。卡夫卡的《審判》能夠引起大陸讀者的認同是能理解的，《審判》簡直可以說是「文革」的一則寓言，而「文革」本身就是一齣最大的「荒謬劇」。「現代主義」是西方文化危機的產物，所謂亂世之音，而這一代的大陸青年知識分子成長於重重危機之中，能引起他們的共鳴，也是很自然的事了。

我們在外文系研讀西洋文學的同時，也常常到中文系去聽課。記得那時我們常去聽鄭騫老師講詞、葉嘉瑩老師講詩、王叔岷老師講《莊子》。其實不自覺的我們也同時開始在尋找中國的傳統。這點使得我們跟「五四」那一代有截然不同之處，我們沒有「五四」打倒傳統的狂熱，因為中國傳統文化的阻力到了我們那個時代早已蕩然。我們之間有不少人都走過同一條崎嶇的道路，初經歐風美雨的洗禮，再受「現代主義」的衝擊，最後繞了一大圈終於回歸傳統。雖然我們走了遠路，但在這段歧途上的自我鍛鍊及省思對我們是大有助益的，回過頭來再看自己的傳統，便有了一種新的視野，新的感性，取捨之間，可以比較，而且目光也訓練得銳利多了，對傳統不會再盲目順從，而是採取一種批判性的接受。我們對待中國傳統文化畢竟要比「五四」時代冷靜理性得多。將傳統融入現代，以現代檢視傳統——我們在融合傳統與現代的過程中，大家都經過了一番艱苦的掙扎，其實這也是十九世紀以來，中國文化再造的大難題，百多年來，一代又一代的中國知識分子似乎都命定要捲入中西文化衝突的這一場戰爭中。

我們戰後成長的這一代，正處於台灣歷史的轉折時期，由於各種社會及文化因素的刺激，有感於內，自然欲形諸於外，於是大家不約而同便開始從事文學創作起來。那時我們只是一群藉藉無名的學子，當時台灣的報章雜誌作風比較保守，我們那些不甚成熟而又刻意創新的作品自然難被接受，於是創辦一份雜誌，刊載我們自己以及其他志同道合文友們的作品，便是一件順理成章的事了。事實上，這股創造台灣新文學的衝動，並不限於台大外文系的學生。五〇年代後期，《現代詩》、《藍星》、《創世紀》等幾家現代詩刊早已發難於前，做了我們的先驅，而政治大學尉天驄等人創辦的《筆匯》也比我們略早發刊。可見得六〇年代台灣的新文學運動並不是一個孤立偶發的現象，而實在是當時大家有志一同，都認為台灣文學，需要一個新的開始。

《現代文學》是同人創辦的所謂「小雜誌」，我們當時完全不考慮銷路，也沒有想去討好一般讀者的趣味，所以這本雜誌走的一直是嚴肅文學的路線。因為曲高和寡，銷路不佳，始終虧損累累，但是卻因此保持了我們一貫的風格。我們那時雖然學識不夠，人生經驗也很幼稚，但我們對文學的態度，卻是絕對虔誠的。我們那時寫作，根本談不上名利，因為《現代文學》的銷路一直在一千本上下，引不起社會的注意，而經費又不足，發不出稿費。我們那時努力創作可能也抱有青年人的一種理想與使命感吧，要為台灣文學創立一種新的風格。現在回想起來，我們當初在《現代文學》那本冷雜誌上面壁十年，對日後的寫作生涯倒是很有益處的。唯其沒有名利的牽掛，寫作起來，可以放膽創新，反正初生之犢，犯了錯誤也不足掛齒。那一段時期的磨練，確實替我們紮下了根基。現在台灣的報紙雜誌多了，稿費高，獎金多，青年作家成名太快，可能對他們的創作不一定有幫助。文學創作的確是一番艱辛而又孤獨的自我掙扎，自我超越，不宜揠苗助長。六〇年代那種嚴肅而又樸素的文風，倒不禁令人懷念起來。

《現代文學》的創立，對我個人來說，最有意義的是結識了一大群志同道合的文友，大家同時在一本雜誌上耕耘，無形中也有一種互相激勵的作用，這大概就是所謂的「以文會友」吧，那的確是一種樂趣。最難能可貴的是在《現代文學》上投稿的作家，各人的文風各異，文學觀也不盡相同，彼此居然相安無事，我想不起我們之間曾經為了文學觀點互異而起爭執的事情，這簡直近乎奇蹟，試看看早期在《現代文學》寫稿的這份作家名單：寫小說的有叢甦、劉大任、蔡文甫、朱西甯、王禎和、陳映真、黃春明、施叔青、李昂、林懷民、七等生等以及《現文》幾個基本作家歐陽子、陳若曦、王文興跟我自己，詩人也有一大群，各路人馬，薈集一堂，竟然能夠「和而不同」。我想那是因為當時大家對文學都有一個共識：文章是千古事、是不朽之盛業。在這個大前提下，個人之間的歧異就顯得微不足道了，大家各說各話，互不干擾，一時倒也呈現出一片百花齊放的局面。《現代文學》雖以「現代」為名，但並非定於一尊，雖然那時還沒有「鄉土文學」這個名詞，可是一些後來被認為是「鄉土文學」的代表作家以及他們的作品早已在《現代文學》上出現過了，「現代」與「鄉土」在這本雜誌上從來就沒有對立過，而往往一篇作品中，這兩種要素並立不悖，文學本來就有無限的可能性，以現代手法表現鄉土感情，也是其中的一種。例如在《現代文學》上發表的王禎和第一篇小說〈鬼・北風・人〉就是一篇道地鄉土而又完全現代的傑作。

六〇年代走嚴肅文學路線提倡實驗創新的雜誌不多，《現代文學》在那段期間提供了一塊文學園地，讓一大群有才華有理想的青年作家，播種耕耘，開花結果，日後大多卓然成家，成為台灣文學的中堅。這，恐怕就是《現代文學》最大的功勞了。稍後《文學季刊》創刊，也培養了不少優秀作家，並且開創了一個新的創作方向。到今天我還記得有幾位作家的初創首篇在《現代文學》上發表時，令我感到的驚喜之情。有一天在台大文學院的走廊上，有三個低我們一班的學弟來找我，要投稿到《現文》，那就是杜國清、鄭恆雄（潛石）和王禎和。我拿到王禎和的處女作馬上跟王文興幾個人傳閱欣賞，大家驚嘆不止，我那時好像已經看到王禎和的未來。我的畫家朋友顧福生拿給我一篇小說〈惑〉，是他的女學生寫的，那個女孩子只有十六、七歲，我頗為訝異，我說那篇小說很怪，那個女孩子有怪才，我拿去《現文》上發表了。那個女孩子叫陳平，就是日後的三毛。許多年後，三毛才吐露，原來就是因為〈惑〉的發表，她才決定棄畫從文，開始了她的寫作生涯。從前我只知道奚淞是個才氣縱橫的青年畫家，並不知道他也有文才。有一次他很淡然的告訴我，他寫了一篇小說，要我看看。我一看，大吃一驚，〈封神榜裡的哪吒〉像一顆光芒四射的夜明珠，令人目為之眩。那是一篇我自己也想寫而沒能寫出來的寓言小說。我在美國接到二十三期《現代文學》，有一篇小說〈壁虎〉，特別引起我的注意，這篇小說寫得驃悍，我以為是男作家寫的，向姚一葦先生打聽，原來施叔青竟是個在中學唸書的女生。這些發現，都曾帶給我莫大的喜悅。那些作家那時都那樣年輕，而且一出手就氣度不凡。《現代文學》的確發表了不少優秀的短篇小說，那些作品有的到今天還是能夠經得起時間的考驗的。

隨著台灣社會轉型，八〇年代工商起飛，同人辦的文學雜誌在台灣的生存空間幾乎接近於零。多元化的工商社會朝氣蓬勃，勇往直前，但也有其飛揚浮躁，急功好利的一面。台灣文學的發展，一直是我最關心的一件事，總希望台灣文學茁壯結實，蒸蒸日上，愛之深，責之切，就不免有許多杞憂。於是我便想如果能將《現代文學》重刊，將《現文》作家群從前那種不問收獲的墾荒精神再現給台灣的青年讀者，也許對一些有志於文學創作的年輕人產生一種鼓勵，因為他們現在的客觀條件畢竟比我們當年優越得多，如果他們也肯披荊斬棘，苦苦耕耘，成就一定遠超過我們。這個宏願，終於能夠實現了。這次重刊，先出一至五一期，因為前期的《現代文學》早已沒有存書，歷史價值也許比較大些，日後有機會，再將後期的二十二期補齊。當然，後二十二期也有許多重要的作家及他們的作品：馬森、黃凡、陳雨航、吳念真、宋澤萊、蔣勳等，而且幾個專輯「文革文學」、「抗戰文學」，也有其特殊意義。

這次《現代文學》重刊，丘彥明花了不少時間精力編纂作家及作品的生平索引、大事年表等，力邀當年《現文》的作家及主編，撰寫〈《現代文學》與我〉，回憶當年在《現文》投稿及編輯這本雜誌的情況，他們這些文章，日後都將成為台灣文學的重要史料。《現代文學》的成長，與我自己的寫作生涯可謂唇齒相依，為了這本雜誌，我曾心血耗盡。對它，我是一往情深，九死無悔的。

（一九八八年二月二十六日，加州）

《現代文學》與我

姚一葦

一九六二年，確切的日子已無從記憶，只記得有一天晚上，王文興突來拜訪。我和他並不相識，只讀過他寫的文章。他的來意是要我為《現代文學》寫篇文章，並指定題目：有關斯特林堡戲劇的，因為他們正要出一期斯特林堡的專號。從他的口中，我才知道他們正遭遇到難題：《現文》同人均已畢業，有的出國，有的正在軍中服役，已經到了難以為繼的地步。我當時不僅答應寫這篇文章，並表示我的高度同情；只要他們需要我，我可以為《現文》效力。這是我為《現文》所寫的第一篇文章：〈斯特林堡與現代主義〉（刊第十五期，一九六二年十二月二十日出版），也是我與《現文》的關係之始。

幾個月之後，我接到白先勇的邀請，要我去他家，參加商談《現文》未來命運的茶會。這是我第一次見到白先勇。在座的還有余光中、何欣和楊沂（水晶）等人。商談的結果：今後這個雜誌改為季刊，年出四期，由余光中、何欣和我負責編輯，經費則由基金支付。原先創辦《現文》的同人，幾乎全都出國留學，他們只能在稿件上支援，實際的事務必須由我們挑起。從此之後，《現文》進入了一個新的時代。

我於是成為《現文》的顧問。擔任顧問的一共有余光中、聶華苓、何欣和我四位。聶華苓因已赴美，實際的工作全部由我們三人負責。因此我們經常見面。商量有關該刊的各種問題。當時我們做了幾項重要決定：第一，大家分頭收稿，輪流主編。第二，以創作為主，翻譯為輔。我們認為，我們正缺少一份純文學創作雜誌，許多有志於文學的年輕朋友，沒有發表的機會，因此我們希望它成為文學愛好者共同的園地。第三，完全不考慮商業性，亦即不迎合讀者。我們歡迎獨特的、新奇的、把人嚇一跳的作品；同時，我們沒有宗派，不標榜什麼，不喊口號，只要是好的就用。第四，我們絕不罵人，我們不做消極的、破壞性的工作，我們只做積極的、建設性的工作。我們只提倡、也只重視創作。第五，我們對各種文學的類型，同等重視，詩、小說、散文、戲劇和評論，希望做到每期都有；尤其是戲劇，在此間一向遭到冷落，盼望能把這種風氣改變過來。第六，我們要使它不再是份同人刊物，而走向廣大的社會，因此要加強促銷的工作，譬如向學校，以及到各種文學性聚會場合去賣書。這些原則，在我們主持的時代，都盡可能去做，從來沒有違反過；只有在打開銷路的這一點上，我們雖然盡了最大的努力，效果則非常有限。實際上這正是小雜誌的共同命運。

共同拉稿，輪流主編，由第十七期開始，這一期由余光中負責。內容有詩、小說、戲劇、散文、論文、批評和翻譯；創作稿件計十八篇，翻譯二篇。共一百四十頁。以後各期大體上照著此一標準。

輪到我編第十九期，我收到白先勇的〈芝加哥之死〉、王文興的〈欠缺〉、歐陽子的〈貝太太的早晨〉，和我拉到的陳映真的〈將軍族〉、水晶的〈快樂的一天〉等小說時，內心的愉快和興奮，不可名狀；我感到我們的文學真的起飛了，文學的時代已經到臨了。我們得要好好的愛護它，培植它，讓它開花結果。

我們三人的合作，只維持了一年，一九六四年秋，余光中去了美國。於是自第二十二期起，只賸下何欣和我。我們的工作，大體上，何欣管錢和印刷，我則管發書；我們共同拉稿、審稿和發稿。社址由余光中家搬到何欣家，於是我成為何欣家的常客。我們兩人合作了一年多。直到一九六五年冬天，王文興返國時止。

王文興學成歸國，返回母校台大任教，這當然是《現文》的一件大事。王文興是這份刊物的創辦人之一，而我們則是在他出國期間的代理人，我們當然要物歸原主。其次，我們和他們的年齡上有差距，他們不一定滿意我們的作法，與其將來不歡而散，不如愉快地分手。再者，我們先後搞了將近三年，也有些疲倦，現在有人來接替，正好休息休息。於是我們請王文興吃飯，將《現文》的有關帳目、款項和存書，甚至郵票、信封，點交給他。何姚主編的時代就此結束。

我自為《現文》寫稿，到擔任《現文》的編務，三年以來，不免有些感想。

第一，《現文》出現了大批作家，除了白先勇、王文興、歐陽子這批老人之外，陳映真發表了他早期的幾篇重要的作品，奠定了他的寫作生涯的基礎；此外王禎和、七等生等人亦嶄露頭角，導致他們後來的成功。我覺得這個時代的經濟剛剛起步，五〇年代的陰霾雖未消散，但為了配合經濟發展，展現了較大的呼吸空間，也使文學拓開一片生機。同時，教育的普及與大量留學生出國，西方現代主義如排山倒海而來，使文學青年眼界大開，不再拘泥於傳統的表現方式，開創出一片嶄新的天地。

第二，這個時代的新興作家，年齡都未超過三十，有抱負，有理想，而且還有一股傲氣，貧賤不能移，威武不能屈。這個雜誌是沒有稿費的，而他們有些人的生活，相當艱困，他們卻不願將自己的作品去換錢，更不會做任何自己所不願做的事情。他們對文學的熱狂與使命，深深感動了我。

第三，自第十五期至二十六期，每期都有我的文章。第十六期發表我的第一個劇本〈來自鳳凰鎮的人〉，第十七期起連載我的《藝術的奧祕》，這部書除了〈論批評〉外，都是這段時間寫成的。第二十六期又刊出我的第二個劇本〈孫飛虎搶親〉。合計起來總共寫了將近四十萬字。這個時候我在台灣銀行板橋分行任職，係第一線工作，忙碌而繁瑣；又在國立藝專兼教「戲劇原理」和「現代戲劇」。《現代文學》有一大堆雜事要做，除了看稿、校對、回信、邀稿之外，還要發書。每逢出書，得全家總動員，自寫封套、裝封袋，由家人幫忙，然後坐上三輪車，送到郵局。現在想來，這段時期我是怎麼活過來的？我真的不敢相信。

我沒有任何的寫作習慣，任何時間，任何天候，我都可以工作，只除了睡眠（我要有充分的睡眠，否則一天就白費了）。台灣的夏天很長，對我而言，這是最辛苦、最困難的日子。我記得，每到盛夏，我常打赤膊，用一條濕毛巾圍著脖子工作。有時候寫到血液上騰，以致手足冰冷，頭腦發脹，我害怕會倒下去。這種情況之下，我才停下來，把腳浸在熱水裡，用冰毛巾敷頭，要好一陣子才能平復。但是，這段期間在我的一生中卻是最興奮、最愉快的日子。我看到了許多文學青年的成長、壯大，我也分享了他們那一股逼人的氣勢，也親見到了文學的發芽與生長。

我完全沒有接觸到錢的問題，我只知道白先勇赴美時，留下了一筆基金，存在一家鐵工廠裡，不多久就被倒了。於是立即發生了財務上的問題。後來完全靠先勇寄支票來貼補。我們每期印一千本，開始時每期售價七元。自二十四期起，因增加篇幅為二百頁，售價調高到十元。當我們接辦時，每期的銷路連訂戶只有一百多本，迨我們交出時可以銷到八百本；同時帶動了過期雜誌的銷路。因此新舊雜誌合起來的收入，幾乎接近維持的程度。

至於開支，事實上只有紙張、印刷和郵資三項（主要為國外郵資，包含一批海外訂戶和寄給白先勇的航空費用）。我們沒有聚過一次餐或喝過一次茶，也沒有報過一次交通費。我們認為開源既不易，只有節流；有些錢，我們能貼的，就貼上算了。

我自從交出雜誌的編務之後，就沒有再過問《現文》之事。《現文》在王文興主持之下，又回到台大外文系。風格發生了很大的改變，翻譯和理論性文章增加，採取專號的形式。這樣又維持了三年。

一九六八年冬天，白先勇返國，《現文》改組，由仙人掌出版社經營，余光中主編，並一度改為雙月刊。我只在光中的邀約下寫過兩篇文章，其他的事都不曾過問。光中主持的時間並不長，似乎只有四期。其後又發生了人事變化，我則完全沒有參與，也就不知其詳了。

直到一九七二年秋，我又回到了《現代文學》。這個期間正是柯慶明主持的時代，由他的邀約，自第四十八期至五十一期，先後發表了一篇批評、三篇散文和一個劇本，我只供應稿件，其餘之事，非我所知。

一九七三年九月，《現文》第五十一期出刊後，終於停刊了。為什麼停刊？內情我雖不甚清楚。我想經濟上難以支持，應是最主要因素。蓋自七〇年代以來，台灣的工商業獲得顯著的發展。整個社會正急遽的商業化，當然影響到文化事業。一方面，講究包裝、印刷、外表的美化；另一方面，內容則力求通俗，以迎合讀者。於是像《現代文學》這樣性質的雜誌，之無法打開市場，自是必然的了。

《現文》停刊，一晃就三年過去了。我們已逐漸的淡忘，各忙各地生業去了。但是我知道有一個人仍然沒有忘懷，仍然沒有心死，那就是白先勇。

果然，一九七六年寒假，白先勇自海外歸來，在他的奔走，在幾位舊人的起鬨下，《現代文學》經過半年的籌備，終於在一九七七年七月出版復刊號第一期。這一期的《現文》無論封面、版式、紙張、印刷各方面，都比以前顯得厚實而美觀，它又進入另一個新的時代了。

復刊後的《現文》，白先勇雖仍是發行人兼社長，但卻擺脫了財務上的負荷，而交給遠景出版社來經營，由高信疆負責編輯。我這位《現文》老兵自動歸隊，復刊號第一期就刊出我的劇本〈傅青主〉。

不料復刊後只出了兩期，高信疆突然因故不幹，《現文》立即出現了危機。於是我在白先勇與遠景的聳恿與催促下，臨危受命，單獨挑起了主編的重擔。我雖明知此事難為，但由於我與它的淵源，和對它的深厚情感，我無法推辭，亦不能推辭。

我擔任這份工作，自一九七八年尾起至一九八四年初止，做了整整五年。五年來，每年四期，共出版二十期（自復刊號第三期至二十二期），未曾間斷。因此我可能是擔任這份雜誌的編輯中最久者，計前後歷時八年；也是最後的一個，因為自一九八四年三月出刊第二十二期後，《現文》就正式結束了。

假如有人問我，對這最後的五年有何感想？我的答覆是：這是一個不同的時代。《現文》

的舊人都已年過四十，已成為社會的中堅，他們有自己的工作與事業；同時也都有了聲名，為各方所爭取，要他們全力支持《現文》，事實上辦不到。至於新進的作家，因為兩大報每年舉辦徵文，一經入選，名利雙收，使他們趨之若鶩，我們無法與之競爭；同時他們的想法和觀念都與前一代有別，因此我們之間便有了差距，難以親近。過去的時代是一去不回了。

我明知道過去的時代已一去不回，但是我仍然幹下去，因為我把它變成一種「工作」。雖然這份工作沒有任何的報酬，沒有驚喜，沒有興奮，也不會獲得任何人的讚賞，可是我覺得這是我能做，也應該做的「工作」。於是我默默地、沒有抱怨，也不懷希望地做下去。我看著它一點點地萎縮，終於由我唱出了最後的安魂曲。

「文學」，進入了後現代主義的今天，它是什麼樣子？論者眾矣，毋庸我饒舌。然而我這個現代主義時代的過來人，仍保有對「文學」那一份執著，至死不悟。我所做的或許有如唐吉訶德之向風車挑戰，顯得十分的可笑與愚蠢，但對我而言，則不是沒有意義，它是支持我活下去的重要理由。

吾老矣！然而，假如有機會為文學的未來而奮鬥的話，我想我還是會拿起那生鏽的長矛，騎上那匹瘦馬的。

《現代文學》二、三事

何欣

雖然說自己主編過《現代文學》，但是總覺得別人盡的力比自己多些。

我掛名總編輯《現代文學》第四十期到第四十七期，也就是民國五十九年三月到民國六十一年六月。其實那時是王秋桂負責西洋文學的部分，柯慶明負責中國文學的部分，我看創作的部分。我們有時在一起吃飯，同時決定怎麼編，譬如中國文學占多少頁、西洋文學多少頁、創作又是多少頁，然後大家就分頭去組稿。印刷廠校對，多是柯慶明擔了這擔子。

在這之前，民國五十二年三月，《現文》第十六期到民國五十四年十一月第二十六期，是姚一葦、余光中和我三人合編，這段時間我們主要是希望提拔新人。後來王文興學成回來，我們就重新把編輯棒子交還給他——《現文》的原始創辦人之一。

說起編《現文》，自己很慚愧。但是至少我堅持所謂的「現代」是寫作技巧的現代，而不是荒謬的、傷風敗俗的現代。

參與《現文》的日子，記憶最深的是每當稿源不夠時，就請蔡文甫趕寫小說，他總是幫忙到底。另外是周夢蝶，他在武昌街明星咖啡屋騎樓下擺書攤，有人託周先生買《現代文學》，他就到我家來批書。

現在回想，我覺得編雜誌最好還是由一個人統籌比較好，天下三分的編輯法總是不太理想的。

（丘彥明整理）

一時多少豪傑
——淺述我與《現文》之緣

余光中

二十八年前，我剛從美國讀書回來，在師大英語系初任講師，一位白皙而敏銳的少年常來我家談論文藝，有時還借畫冊去觀賞。他是台大外文系的學生，住家就是隔巷的同安街，走來我家只要六、七分鐘。

他就是王文興。如果事隔多年我沒有記錯，他第一次來按我家的門鈴就是為了同班同學要創辦《現代文學》，希望我支援他們。我欣然答應，所以《現代文學》的創刊號上就刊出了我的近作〈坐看雲起時〉。

從那時起，我和《現代文學》就結了緣分，若非「嫡系同人」，至少也是有始有終的「社友」。我說「有終」，因為直到一九七三年，在五十一期的該刊上，我還發表了〈樓頭〉等四首作品，而那時，《現代文學》已是尾聲了。

我在這份刊物上發表的詩文與翻譯，為數可觀，其中分量最重的力作應數〈天狼星〉。此詩長逾六百行，迄今仍是我的最長詩作。當時在《現代文學》第八期刊出，就獨占了三十六頁，約為該期三分之一的篇幅。白先勇有點過意不去，表示要付一點稿酬，我失笑說道：「刊物又不賺錢，免了吧。」結果當然沒有稿酬，卻在下一期讀到洛夫的〈天狼星論〉。當時年少，沉不住氣，和他論戰起來，也因此促使我告別了現代主義，縮短了我西遊浪蕩的歲月。這收穫，卻是任何稿酬無法相比的。

史家一提到《現代文學》，總是說白先勇、王文興那一班同學所辦。這當然真實。不過，在那漫長十三年裡，若是缺了某些「外人」的支持，恐怕也難以久撐。所謂「外人」，主要是指姚一葦、何欣跟我。白先勇出國之後，國內的同人以王文興為主力，鄭恆雄等為輔，但我們這三個外人也經常分擔編務，有時甚至一連主編幾期。社址不斷更改以便收稿，就是最好的說明。例如從二十二期到二十九期，社址一直是「泉州街二巷一號」，就說明那八期都由何欣主編，因為那地址正是何宅所在。

同樣地，從十六期到二十一期，封底的社址是「廈門街一一三巷八號」，也說明了那六期為我主編。二十一期出版於一九六四年六月。我在之後那幾年去美國教書，乃由何欣接手。現在回顧，那六期已具歷史感了。王文興的〈海濱聖母節〉、〈命運的迹線〉、〈欠缺〉、〈黑衣〉，白先勇的〈芝加哥之死〉、〈上摩天樓去〉、〈香港——一九六〇〉等小說，都在那幾期發表。我把葉珊的〈綠湖的風暴〉放在二十期的卷首，成為散文領頭的先例。

這是一九六三年三月到次年六月的事。過了四年多，到一九六八年底，又輪到我來主編《現代文學》，這一次卻是大有不同，說得上是突破。在林秉欽與郭震唐的經理之下，我堅持《現代文學》必須發稿費。其後數期，眾作者果然很快收到稿費，皆大歡喜。另一創舉則意義更大，便是把當代中國作家的照相擺上封面：從三十七期到三十九期，依次為白先勇、於梨華、周夢蝶。當時白先勇的名氣遠在於梨華、周夢蝶之下。但「圈內人」已漸看好。此舉當然有點冒險，因為日後封面人物若是「大未必佳」，主編就會落個「揠苗」之譏。我把本土作家置於封面，並於內文推出專輯，以為此人定位，正是要建立本土文學的信心，鼓勵本土作家的士氣，對於多年來《現代文學》一直譯介西方名家的作法，稍加平衡。可惜三期之後我即出國，此舉也即中斷。草率的論者與史家每謂《現代文學》是全盤西化，並非事實的全貌。其實《現代文學》一面譯介西方作家，另一面也不忘評析古典文學．只要翻一翻各期的目錄，當立得印證。

回憶當年，甘苦不及詳述，最有趣的一點，是《現代文學》的同人名單變化多端，如果逐期對比，就會發現出入很大，除了若干「高幹」或「死黨」之外，來來去去的過客也不算少。又有那麼幾期，名單忽然不見，只見「留白」。同時一個人的身分也會逐期改變：我自己先後「扮演」過編輯委員、總編輯、顧問，甚至發行人等等角色。這當然是任何同人刊物都難免的政治，但以《現代文學》最為多姿。想當年白公子為了擺平各路豪俠而不斷修正那名單，一定煞費苦心。當時氣氛不免緊張，而今，當然都成佳話了。

短暫的青春！永遠的文學？

柯慶明

也許熱衷於追懷往事之際，我們的心便蒼老了。也許不追懷往事，我們還是一樣的蒼老了。要不要追懷往事，或許也只是強不強調歷史感而已。白先勇即使在寫《台北人》的階段，也已經是個被「過去」和「歷史」所蠱惑與追捕的人。他筆下的人物總是生活在縈迴不去的往事中。他的再三苦苦逼迫我，非要寫這一篇追懷當年參與《現代文學》編輯工作往事的文章，或許就是他的這種天性使然吧！

當然我並不是沒有歷史感的「後現代人」，（假如有所謂合於「後現代」神話的人種！）所以我的主要工作，是研究中國古典文學。但以整個民族的心靈為「過去的記憶」，以及以個人青春時期的種種遭遇為最堪珍惜的「歷史」，是顯然不同的歷史態度。這或許也就是我和白先勇之間的不同。結果也是很顯然的。個人往事的珍視，往往成就了作家。作家就是透過寫作緊緊握住自己，或筆下人物的，個人往事的人；就像張愛玲筆下：「花費一輩子的時間瞪眼看自己的肚臍，並且想法子尋找，可有其他的人也感到興趣的，叫人家也來瞪眼看」的人種。但文學研究者也許就是忙著瞪眼看人家的肚臍，以致忘了看自己的肚臍的人種吧！編輯或許也是這類人種吧！

或許我的不願意提筆寫追念《現文》的文章：也許不僅因為我是那種注重作品甚至於作家的批評者；也不僅因為我認為舞台上的戲劇上演才是重要的，觀眾何必轉移目光，去注視拆掉的布景，搬移布景的工人。但最為主要的，或者就在《現代文學》對白先勇而言，是少年熱情與夢想的實現，他一夢夢到了五十二期，其中充滿了多少才人佳士的風雲慶會，即使最後驚夢，卻也花團錦簇的領略了遊園的風光。因此雖云「直須看盡洛城花，始共春風容易別」，卻反而不免離情依依，眷懷不已了。但《現文》對我卻是「開到荼蘼花事了」的繼承的危機：我們要不要生活在別人的夢想中？以及在少不更事的年月裡，就被迫面對人世的種種矛盾與無奈。在精疲力竭，智拙技窮之餘，原來只想全身而退而已，意外的竟然導致《現文》的休刊，十餘年後換得的還是白先勇的戲呼：「你是復刊前的末代編輯！」敗軍之將不可言勇，何必非要他去展示紋烙在身的累累創痕？

雖然在讀建中的時候，就因偶然的機緣，在西門町的書攤上買到了《現代文學》的前三卷合訂本，展讀之餘充滿了欣喜與啟發。但《現代文學》的現代主義與西化傾向，雖然引起我深切的關懷與反省，卻並不真正反映我的理想。當時心中的最愛，其實是林語堂《生活的藝術》以傳統文化的風雅救濟當代文明的荒涼，與梁啟超《飲冰室文集》中融會東西文明再造「新民」的熱望。因此，終於以第一志願進入了台大中文系。當時是壓根兒也沒想到會和深具外文系性格的《現代文學》發生關連的。

初進台大的時候，正值中西文化論戰之餘，青年自覺運動方興未艾。校園裡一方面有承襲了傅校長，和仍在中文系教書的毛子水教授等人，以中國的文藝復興為理念的中文學會與系刊《新潮》。系中的教授，如洪炎秋先生不但參與文化論戰，差一點和李敖打了官司，並且極力鼓吹「五四」的愛國情操和北大當年的自由風氣，後來更為了改革教育而競選立委，終於導致空中大學理念的實施。教我們理則學的殷海光先生更是所謂西化派的主將，那時他的《中國文化的展望》剛剛出版，也接受正在作學生的我們的質疑與問難。校園裡更充溢著以科學、民主、人道主義、自由精神來關懷社會、建設國家為精神歸趨的社團與刊物，像《新希望》、《大學論壇》、《台大青年》等等。在那段時日裡，我如魚得水的投入其中，前後擔任了《新潮》的主編，中文學會的會長，成為《大學論壇》的編委，和《台大青年》的主編交相莫逆，並為《大學新聞》撰寫專欄。雖然自中學開始的現代詩的寫作不斷，也開始嘗試小說、抒情散文等的表現形式，但始終只覺得自己是個「文化人」、是個「知識分子」，而不是個「文學人」或「文藝人」。《現代文學》終究只是我和一些好友的精神的自助餐托盤上的一碟小菜而已。

真的和文學發生較深的關連，是在當了《新潮》主編之後，因為愈發探討文化問題就愈發瞭解中文系所能具有的各種專業知識不夠。在「專家」才有發言權的年代即將來臨之際，我們體認到了以「人」的立場來體驗生命，反省生活的重要。因此我們前後幾屆的同學將《新潮》轉變為以反省當代生活的新文學之創作為主的刊物，大家除了努力練習寫作，也開始有計劃的研究當代文學，張愛玲、朱西甯、司馬中原、邵僩、王文興、張曉風等人的作品都先後成為我們寫作評論的對象。風氣所及，不但影響了中文系新一代作家群的誕生，也造就了許多當代文學的研究人才。王文興先生當時還是中文系與外文系合聘的教師。他返國任教之後，同時又重新負擔《現代文學》的編務，作為系裡的老師，他就很自然的將發表在《新潮》上，合於他的法眼的佳作，再次拿到《現代文學》上刊登，使這些原來只出現在校園刊物上的作品，得以在社會中流傳。這不僅開始了《新潮》與《現代文學》結緣，後來也逐漸形成了我們那幾屆同學的雙重忠誠，任何自覺得意的作品，永遠先給《新潮》發表，然後往往更上層樓的再於《現代文學》上披露。

台大中文系與我們這批同學的介入《現文》，到了後期幾乎成為不可或缺的支援團體，肇因於王文興先生在中文系開授的「現代文學」課，以及他所籌辦而由當時系主任臺靜農先生等支持的〈中國古典文學研究專號〉。他的授課內容以西方當代大家的作品為主，不但和早期《現代文學》雜誌上的譯介相得益彰。他自己的寫作成就，特殊的文學敏感性，以及蘇格拉底式的教學法，更是猶如春雷一般的喚醒了同學們潛蟄的創作欲與評論熱。永不倦怠的師生激辯是課上的常景，而偶有感興或寫作即渴於彼此傳示，急於知道對方的意見則是課後的常事。似乎就在這種氣氛下，有不少同學開始了他們自覺寫作的嘗試。而王老師也對班上幾位意見多的同學產生了信心。因此，我們或者被約去參加一些《現代文學》專號上的譯介評論的撰寫，或者作品在經過討論修改後在《現代文學》上刊出。但最重要的則是要我們班上的同學也參加〈中國古典文學研究專號〉的撰述。讓我們的論述能和師長的論文一併刊出，而且不再有範圍題材的限制，對我們自是莫大的鼓舞。在以譯介西方現代主義文學為特色的《現代文學》雜誌上，推出〈中國古典文學研究專號〉，自然代表了《現文》同仁，甚至當時藝文界的一種態度上的重大轉變，終於我們不再完全迷醉於「橫的移植」，也意識到了我們所作所為所具有的「縱的繼承」的意義。中文系從此被邀請進入了《現代文學》，以後就一直沒有離開過。

〈中國古典文學研究專號〉出刊，相當受歡迎。在我們升大四不久的一個晚上，王文興先生邀了我們四位在專號上撰稿的同學，在「文藝沙龍」咖啡屋小聚。我們詫異於王老師點的竟是阿華田之餘，他告訴我們的竟然是要我們加入「現代文學」社，負責占全刊四分之一篇幅的「中國古典文學研究」專欄的編務。據他說〈中國古典文學研究專號〉，甚受海內外的重視，而海外讀者尤其歡迎。《現文》的許多海外社員們更對我們四位同學的著眼於作品本身，就文學論文學的評論格外欣賞，因此「現代文學」社方有了這個決定。我們一方面受寵若驚，一方面剛剛卸下了《新潮》的編務，行有餘力，因此當場決定接受，就成了《現文》第一批的中文系社員了。

接著白先勇利用假期返國，我們被邀到白家小敘，他除了以《現文》社長的身分對我們表示歡迎之外，對於「中國古典文學研究」專欄並沒有太多的指示，因為原來就說好了由我們全權負責，就像辦一個獨立的刊物。在初識他的當晚，他情不自禁，滔滔不絕的左一句「identity」，右一句「identity」的說個不停。對於沒有發生過認同問題的我來說，真的是一個新奇的經驗。當時只覺得學外國文學的他，到了國外竟然得靠教中國文學為生，或許真的帶給他滿大的困擾吧！後來逐漸的看到了全部的「台北人」系列小說。以及他計劃要寫，而終於只寫了〈謫仙記〉等篇的「紐約客」系列小說，就恍然其中主要人物所反映的「認同的焦慮」，其實正是當時困擾著他自己的焦慮。一個熱愛祖國，卻又選擇了生活在異國的人才會有的焦慮。在事過境遷之後回想起來，尤其看到大家紛紛放棄《現文》之際，白先勇幾乎就是不顧一切的要獨力支撐《現文》的情景，有時不免也覺得《現文》似乎成了他的自我認同焦慮的解決，一種彷彿是對於遠離中國的贖罪的行為。

然後《現文》改組，先是王文興老師將主編權交給台大外文系；後來《現文》又脫離台大外文系和仙人掌出版社合作，改由余光中先生任主編。其間王文興老師又因為意見不合，退出了「現代文學」社。令我們真是進退兩難：我們是為了王老師的師生之誼才參加《現文》的，皮之不存，毛將焉附？但我們為《現文》向系裡的老師、學長邀到不少的稿件，我們跟著退出，那些稿件又將怎麼辦？我們在王老師表示他的退出，不必影響到我們的進退；以及白先勇的大力挽留下，繼續編古典文學專欄。在我們自台大畢業後，四個專欄編輯中唯一男生的我去了金門當第一線的排長。在對岸礮聲的間隙，也自台北陸續傳來：新任主編的余光中先生不太能夠接受我們的享有治外法權的獨立地位，對我們辛苦拉來的稿件動手刪改，甚至改掉了原作論點，所以新的合作關係並不理想的消息。但在「八二三」十周年的緊張局勢，一連串構築反空降堡、打坑道，反空降、反登陸演習，以至營測驗等攸關生死的繁忙倦累之際，《現文》的一切似乎遙遠而空洞。

返台之後，我回到中文系任助教，正想商量或許是我們結束對於《現文》的參與之際，卻遇到了仙人掌出版社的惡性倒閉，吞了白先勇不少錢，並且懸擱了許多白先勇出面去邀來的書稿。白先勇為了對這些文友有交代，也為了不願見到《現文》因此夭折，於是獨資創辦了晨鐘出版社，由他的弟弟白先敬負責出版社的業務。由於《現文》在交由仙人掌出版社經營之際，已經與台大外文系脫離關係了，仙人掌倒閉後，余光中先生亦不願再過問《現文》的編務。而與余先生同為《現文》元老的姚一葦、何欣兩位先生，他們在王文興先生返國，將《現文》重新交由王先生負責後，他們已經與尉天驄、陳映真等人，另闢了先是《文學季刊》、後是《文季》的新園地，因此也不願再重作馮婦，結果幾經折衝的結果，整個編輯業務就落到了我這個中文系人的頭上。先是以執行編輯的名義，在姚、何二先生的指導下負責。後來姚先生出國，何先生在《文學季刊》與《文季》方面的投入加重，我就漸漸成了獨力留守苦撐《現文》的「主編」了。

雖然白先勇將主編的職務正式的交付於我，但我始終不肯「掛名」或自居。並不是我不能擔當「主編」的工作或任務。而是《現文》的外文系性格使我深覺不宜。一個方在中文系辦公室辦系務的助教，當《現文》主編？我又有什麼學力、才華、聲望足以服眾，使得這些包括年齡、經驗都比我高的作者群們將稿件交給我定奪？我在因為不忍心看它停刊而接手《現文》之際，其實就面臨了我當年接辦《新潮》之時，所未曾遭過的困難。回想《新潮》總讓我感覺意氣風發、逸興遄飛。但每想起《現文》總是那「萬牛挽不前」的吃力與艱困的苦澀感充滿心頭。

當時的《現文》處境艱難，一方面台大外文系已另外創辦了《中外文學》，不論人力物力都比我們雄厚，對於譯介西方文學他們自然要比我當行，雖然我有景翔、陳慧樺兩位先生的協助，另一方面《現文》早期的作家群或者去了《文學季刊》，或者去了國外而瀕臨停筆狀態。雖然每期國外還有白先勇在奔走，但實在幫助不大。幸好我們大學時代在中文系的系刊《新潮》上，開闢了以新文學創作、評論與古典文學研究為主的道路，這時漸漸有了績效。

寫作的人才不少，熱心編輯的人也有，因此有一陣子就請編過《新潮》的高大鵬、姚樹華、范良琦等在學同學來參與編務。歷史系的李永熾先生也參加，他的精通日文不但為《現文》開了一扇新的窗口，他的廣博的學識也增加了我們對於論述領域在判斷上的自信。而編過《新潮》的嚴曼麗亦在畢業後，參與過一陣子編務。因此《現文》就真的成了《新潮》的延伸。我們除了保持《現文》一貫的西洋文學譯介的工作之外，改以中文系的古典文學研究和以發表年輕作者的創作為主，並且採取大家一起來的編輯方式，邀請了許多當時還算「小朋友」階段的文學青年來參與。李昂就是當時意見不少，故作老成狀的一位。是以當時在外文系主編《中外文學》的胡耀恆先生曾經對我說：「看你們那邊熱熱鬧鬧，看我們這邊冷冷清清」，當時我們往往借文學院中文系研究室開編輯會，胡先生的研究室剛好和我們隔樓相望。

《現代文學》在進入了它的中文系階段，當然駕輕就熟的是「中國古典文學研究」，它不但在小說研究上首開風氣，而且擺脫了歷史考證的窠臼，因而充分的開展出一種中國文學研究領域中針對作品本身之批評的復甦的趨勢。它們是在《現文》休刊後，因為受到重視而首先以叢刊方式集結復活的部分。接著又有《現代文學小說選集》的出版。當我看到了素無一面之緣的歐陽子女士在〈關於《現代文學》小說的編選〉一文中，表示後期《現文》在小說創作上並不比前期遜色，特別提到了黎陽的〈譚教授的一天〉、姚樹華的〈天女散花〉和嚴（曼麗）的〈塵埃〉，以為「比起許多成名作家，真是有過之而無不及」。實在令我又欣喜又安慰！她們都是中文系的同學。當時中文系以外的小說作者以外文系的馬健君、李永平，以及李昂、張毅作品最多。李昂擺脫了她的〈花季〉、〈混聲合唱〉的現代荒謬感，而埋首城鄉對比的〈鹿港鎮故事〉系列，也正是在這個時期的《現文》逐期逐篇的寫出發表的。而王拓亦是在這個階段的《現文》上發表了他的第一篇小說〈祭壇〉，想想我們或許真的沒有太愧對《現文》的往昔的成就。

《現文》的經濟情況始終不好，白先勇苦苦支撐之餘，在我開始擔任「主編」的工作之際，為了使我能安心編務，每期特在印刷費之外，另外寄我一百美元充當我的編輯費。這筆錢相當於我助教薪水的三倍。但我堅持，辦雜誌的可以為理想犧牲，卻沒有理由要作者也犧牲，因此全數拿來發稿費。因為當時不但報紙的副刊有稿費，《純文學》、《中外文學》也都發稿費，我們的財源就只那麼一點點，當然不能相比，但我堅持要有，即使是象徵性的也好，以表示我們對於作者心血的尊重。七等生、李昂都收到過稿費。七等生還很詫異的來信道謝。

作為一個編輯，我一直堅持一個「期刊」必須「定期出刊」，沒有稿費，或稿費較低並不是致命傷。但是至少作者和讀者都該有權利，預期何時刊物到手，因為一邊奉獻了心血之作，一邊付出了訂閱的金錢與關心。再三努力，包括自己連夜校對，跑印刷廠，一點都不敢耽擱，並且向許多作者作了允諾與保證之餘，《現文》五十二期竟然出現了內文全部印好，但卻不印封面，而且一拖再拖竟達半年之久仍無消息。我終於厭倦於徒勞的催促，而向白先勇提出辭呈。晨鐘的生意並不好，白先敬站在經理的立場，對於賠錢的《現文》能少出就少出，能不出就不出。白先敬的口頭禪是：「白先勇和《現代文學》結了婚！」他對白先勇辦《現文》，在商言商是不以為然的。白先勇來信表示願意將他在晨鐘的股份取出，成立一個《現文》基金，交由我管理，負責出版《現文》。我很知道晨鐘的境況不佳而白先勇是大股東。若白先勇將他的股份取出，白先敬恐怕就無法支持了。作為一個中文系人，始終相信「親疏有別」、「愛有等差」的道理。總覺得我們對《現文》的投入，並不值得白先勇兄弟反目。因此我終於還是以我自身的理由拒絕了。但萬萬沒想到《現文》竟因此而休刊了。更令我痛心的是上面刊載了許多好論文、好創作的五十二期，竟然石沉大海，永無面世之日，使我至今愧對當日的作者。這種無法操之在己的無奈與遺憾，終於使我不願再參與《現文》的復刊。雖然在復刊之際，白先勇幾度邀我。

回望《現文》，似乎它一直就注定了是個「新銳」雜誌，一批批年輕的學子參與，然後離開走上他們各自更成熟的道路。因而《現文》標誌的正是在那一段歲月中，許多人的青春。為了對於文學的愛，許多的作者把他們的青春的美麗與哀愁，鐫鑄為發表在其中的篇篇作品。我們這些編者也將我們的青春的熱情與天真，投注在它們的刊行與出版之際。而《現文》的休刊，終究棒喝了我們：青春是短暫的！但，文學呢？它是永遠的嗎？

《現代文學》的努力和成就

——兼敘我同雜誌的關係

夏志清

濟安學生皆吾友

一九六二年六月，我從匹次堡搬居曼哈頓西城一一五街一幢公寓房子後，曾於一九六五年初從六樓搬到二樓一套較寬敞的房間，就沒有再搬過家，住在同一地址已二十六年之久。過去在中國、在美國其他城鎮，從未在同一地址，住上十年、二十年的。來哥大之前那七年，我就換了四個碼頭，搬居紐約後我生活上第二個變化即是增添了很多來自台灣的文藝界朋友。到了一九六二年夏天，耶魯版《中國現代小說史》問世已一年有餘，即在國內我已略有名氣，濟安哥的台大同事和學生尤其要同我交往。

《現代文學》的編者和支持者，我來哥大後第一個見到的一定是叢甦，她那時在東亞圖書館工作。搬家才不久，我即飛往布魯明頓印第安那大學參加一個比較文學大會，劉紹銘正好是印大比較文學系的研究生，我同他初會後，也就信札來往不斷。同年秋季陳若曦來麻州神橡山學院（Mr. Holyoke College）深造，早有意拜訪，但叢甦帶她來見我，已在大除夕了。初會情形已詳載〈陳若曦的小說〉這篇評文，載《新文學的傳統》。陳若曦返校後即把已出版的好多期《現代文學》郵寄給我。叢甦、劉紹銘、陳秀美（尚未改稱「若曦」）、白先勇等人的作品卻早已在先兄主編的《文學雜誌》上發表過，我對他們的名字並不陌生，但真正看到陳、白諸同學自編的《現代文學》，這還是第一次，當然高興。十二年前我寫〈陳若曦的小說〉時查閱《現代文學》，她贈我的那幾期都好好的保存著。寫本文，再把自藏的《現文》找出來，放在一處，發現第三期到第十四期皆付厥如。若曦贈與我的就只剩了首二期，不免有些悵惘。那十幾期我不會丟棄，也沒有朋友要借，但寓所沒有變大，書籍、雜誌所需要的面積卻隨年月而增加，有些不用的期刊真不知給我藏到那裡去了。

一九六三年暑期，白先勇初來紐約，第一次登門造訪，是帶了同班同學林耀福一起來的。記得我們就在六樓寓所的會客室談了半天。月前我剛在全家福餐廳與耀福見面，他的體型是不會胖的，但忘了當年初會是否他已蓄了小鬍子了。看報上的近照，先勇比初會時發福了，那時他才二十三歲，我自己也只四十二歲，頭上尚無白髮，但轉瞬之間，我們卻已多活了四分之一個世紀了。同一暑假，先勇、秀美帶了歐陽子同另一個同班同學鮑鳳志來訪，我一家（前妻卡洛、女兒建一）就跟他們到了靠近時報廣場的一個碼頭，乘船巡遊曼哈頓島一圈。我在文章裡常嘆自己沒有旅遊機會，其實曼島巡遊就只一次，沒有去過第二次。舍妹前年來紐約，去春我帶了她，才去參觀了自由神像，這以前從未去過。早在五〇年代初期，耶魯同學方君曾同我來紐約，去過一趟海濱公園康尼島（Coney Island），但長住紐約後沒有去過一次。看樣子，我是個想旅遊而捨不得時間去玩耍的人。

先勇同我結交之後，《現文》的其他編者和支持者為何同我相識，也就不必細述了，因為平時向我拉稿的，並在信上談及《現文》業務情況的，就只是先勇一人。簡單說幾句：葉維廉在普林斯頓攻讀博士學位期間，同我常通信，也見過幾次面。有一次信上說，他同慈美要帶女兒蓁到費城醫院去檢查身體，我也代為他們著急。一九六六下半年我住在台北，同王文興較多晤談的機會，而且談得很投機。但每天他要寫三、四百字小說，也就沒功夫多寫信了。記憶中，我同文興並無信札來往。先勇特別欣賞施叔青寫的鹿港小說，一再在我面前稱道她的才華。七〇年代初期叔青隨夫婿搬居曼哈頓，住在紐約大學一幢新式的公寓大廈，同我常有來往。記得姚一葦先生初訪紐約，叔青大請客，我作陪，那晚談得最是興高采烈。叔青夫婦去香港後，她的妹妹李昂一九七六年也在紐約住過一個暑假。她有空常來我家談談，有一次帶了錄音機，作了一次訪問。後載《現文》復刊第四期，標題即為〈夏志清訪問記〉。

我也是《現文》的作者

一九六四年暑假，白先勇又來了紐約。東岸的親友實在太多，加上他有計劃寫一系列《紐約客》小說，也就非找機會來實地觀察、汲取靈感不可。那個暑假，他也很關心《現文》在美國的銷路，希望各大圖書館都長期訂閱，請哥大中國近代史教授韋慕庭（C. Martin Wilbur）同我各寫一封公開信，推薦這份雜誌。因此我在《現文》發表的第一篇東西，就是這封英文信，〈原函影本〉曾刊於第二十二期，一九六四年十月出版。即時我的確忙於英文著作，連先勇也不敢貿然向我拉稿。他知道，濟安哥主編《文學雜誌》期間，我也只寫了兩篇中文稿，〈張愛玲〉專章還是他自己動筆把它譯成中文，當兩篇論文發表的。事實上，〈文學．思想．智慧〉一文我原是寫給《自由中國》的。不知何故，雷震先生親筆來信向我索稿，一封連一封，我沒有辦法只好寫一篇寄給他。同時我把此事函告濟安，他才把文章取回，刊於《文學雜誌》的。

六〇年代中期，我在忙於寫那部英文版《中國古典小說》，無暇為台北報章雜誌寫稿，先勇也不逼我。一九六五年二月二十三日濟安哥病逝加州。消息傳出，美國各都市以及台北的友好、學生大為震驚，紛紛寫文章悼念他。莊信正來函謂，《文星》月刊要出個追念濟安的專輯，請我也寫一篇。信正自己、紹銘、侯健、劉守宜、賈廷詩等人都在寫悼文，我豈可不寫？於是寫了一篇〈亡兄濟安雜憶〉寄《文星》。

白先勇、陳若曦這一班同學都是一九五七年考進台大外文系的。他們不僅早有機會在《文學雜誌》上發表作品，也是台大最後一屆畢業生曾在教室裡上過先兄的課的。因之聽到噩耗，先勇也要在《現文》第二十五期（同年七月）出個〔夏濟安先生紀念專輯〕。我深知濟安同好多《現文》同仁都有師生之誼，也就答應擔承一部分編輯之職，把他兩篇英文小說分別囑侯健、先勇親自翻譯，論英美現代小說的舊稿四篇也請人譯出。我自己則重讀先兄舊信，抄錄一部分他讀舊小說、戲曲，以及早年聽平劇、彈詞的心得和感想，集成一篇〈夏濟安對中國俗文學的看法〉。此文即在美國同行之間也很受重視，已由Dennis Hu君譯出，載《中國文學》（*CLEAR*，二卷二期，一九八〇）。之後，我編校先兄遺著《黑暗的閘門》（*The Gate of Darkness*，西雅圖、華大、一九六八），《夏濟安選集》（志文）、《夏濟安日記》（言心），且為三書寫前言後語，一直忙至一九七五年，此項工作，遂告一段落。

同時期，白先勇對我英文發表的小說研究特別感到興趣，先請何欣譯了〈《水滸傳》的再評價〉（第二十六期，一九六五）、〈《紅樓夢》裡的愛與憐憫〉（第二十七期，一九六六）這兩篇。《中國古典小說》（*The Classic Chinese Novel: A Critical Introduction*）一九六八年由哥大出版後，白先勇讀後興奮極了，徵求我同意要把該書逐章先在《現文》發表，將來全譯本由我校正後，再交晨鐘出版社出版。我對先勇，既愛其才，又愛其為人之正直誠懇可靠，當然滿口答應。有一年返台北小住幾天，也就同主管晨鐘業務的先勇胞弟白先敬簽了個合同。先勇請莊信正譯了〈三國演義〉這一章，載《現文》第三十八期（一九六九），其餘諸章皆託何欣一人譯出，刊登《現文》的凡五章：〈緒言〉（第三十七期、一九六九）、〈水滸傳〉（第四十三期、一九七一）、〈西遊記〉（第四十五期、同年）、〈紅樓夢〉（第五十期、一九七三年五月）。《現文》出到五十一期（同年九月）後停刊了四年，何譯〈金瓶梅〉、〈儒林外史〉這兩章也就沒有在《現文》或其他國內刊物上單獨發表過。《中國古典小說》有篇附錄，原刊《墾吟季刊》（*Kenyon Review*）一九六二年夏季號，林耀福受林海音之託，早已把它譯出，標題作〈中國舊白話短篇小說裡的社會與自我〉，刊於台北版《純文學》一九六七年七月號。

講道理，白先敬給我一份《中國古典小說》校樣後，我把每章逐一校改，不出大半年即可校改完畢了。但一九七二年正月我添了個女兒，生活就改變了樣子；後來發現自珍低能自閉，夫妻二人更是日夜忙碌，每天做不了多少自己想做的事。我既不能潛心作研究，倒不如多寫中文，因此《中國時報》、《聯合報》的副刊上也時常見到我的文章了。但身任教授，學生寫的報告和論文我都得仔細批改的；英文論文寫得少些，也還是要寫的——剩下校改《中國古典小說》譯本這項工作，沒有人催，也就一直擱著了，推動得很慢。

其實《中國古典小說》中譯本遲遲未能出版，不能怪先勇，只能怪我自己生活上起了變化，不可能集中精神在一年半載之間把書校好。去年暑假終於大功告成，我想台版《中國古典小說》出版的日子總該不遠了吧！英文原著銷行至今，已整整二十年了。

說來慚愧，白先勇雖然熱心請人翻譯我的作品，我為《現代文學》寫的中文文章，一共只有四篇。〈夏濟安對中國俗文學的看法〉之後的第一篇即〈白先勇論〉，刊於一九六九年十二月出版的第三十九期。那年每期《現文》都有一個封面人物，正月那期為美國小說家謝吾德．安德遜，三月號第三十七期，白先勇自己上了封面。該期載有他兩篇新作，〈思舊賦〉（《台北人》之八）、〈謫仙怨〉（《紐約客》之二），顏元叔〈白先勇的語言〉、於梨華〈白先勇筆下的女人〉這兩篇評論。我那篇〈白先勇論〉想也是原定在該期發表的，偏偏我寫文章特別慢，四、五月間才寄出，早已趕不上了。而且我寫去的只是原定計劃之一半或一小半，只能算是上篇，下篇才討論先勇來美之後所寫更成熟的小說。歷年來，每在《現文》上看到先勇新作，必然細讀，加以品賞一番。一九六九年初春，我更把已發表的二十四篇小說重新研讀一遍，自己覺得心得甚多，足夠寫篇長論。但想來那年事忙，寄出上篇後，卻沒有把現成的腹稿寫成下篇，很可惜，當然也更對不住先勇。兩年之後，歐陽子研析《台北人》的專著《王謝堂前的燕子》出版，我讀後大為激賞，覺得我那「下篇」未寫，也就毫無遺憾了。我評析《台北人》至多只能寫三十頁，那能像歐陽子這樣細緻道地的寫了三百多頁？但先勇自己對我那篇倒很重視，遠景要為他出本早期短篇小說集《寂寞的十七歲》（一九七六），他也就事前徵求我同意，把該文當〈代序〉刊之卷首了。

《現代文學》出滿五十一期後，一九七七年七月才復刊，我為《現文》寫的第三篇中文文章即發表於復刊第一期。前兩天重讀先勇二十多年來寄我的信札，發現他對即將復刊的《現文》抱有極大的希望，一連三、四封信向我拉稿。後來復刊第一期出來了，三百多頁刊載的都是名家的作品，先勇自己看到了興奮不已。我不妨引錄他九月十五日來信的一小部分，也讓本文讀者分享他當年那種興奮之情：

> 《現文》復刊，真是叫人興奮！各方反應都極佳。前兩個禮拜沈登恩來信，已經賣出四千冊，創下了文學刊物出售的紀錄，宋淇譽為氣魄之大，文章之精，三十年來僅見。……這次《現文》的老朋友都很夠意思，大家對這本雜誌的愛心不滅，一致支持。您那篇大文領頭登場，氣派真大。

我那篇文章乃是〈現代中國文學史四種合評〉。我早已藏有劉心皇《現代中國文學史話》此書。尹雪曼主編《中華民國文藝史》、周錦著《中國新文學史》二書出版了一兩年，我已粗略翻閱過，因此靈機一動，再到哥大圖書館借出司馬長風著《中國新文學史》首二卷，決定把四書合評一下，心平氣和、老老實實寫下我對它們的意見。

直言談相的書評在國內很少有人寫。我那篇〈合評〉一出，很快就有反應，劉心皇、尹雪曼都有文章發表於日報副刊，司馬長風的反駁則刊於《現文》復刊第二期。這期我一時找不到，印象中司馬對我很有敵意，以為我故意在攻擊他。其實寫文學史也好、文學批評也好，作者應有自知之明，太不夠水準的作品最好不拿出去發表。但假如書已出版了，真不必遷怒評者。司馬長風那篇反駁，我無意作辯，黃維樑為我生氣，倒用筆名寫了一篇教訓他的短文。後來司馬來紐約度假，報載一下飛機就中風去逝了——我也就永遠失掉同他見面的機會。如能在紐約見到他的話，我倒想告訴他，一九八〇年秋沈從文來哥大演講，私下對我說，司馬同我的書裡都對沈老大加讚揚，他特別感激。

一九七八年夏天，我受唐德剛之託，為《胡適雜憶》寫篇序，少說也花了一個月的時間，重讀、初讀有關胡適的傳記資料和學術研究。讀開頭了，對陳衡哲也大感興趣，讀了她的小說集《小雨點》和《衡哲散文集》。先勇七月間又來信拉稿，我就答應寫篇評介她的文章。此文收入《新文學的傳統》後，改題〈小論陳衡哲〉。初載《現文》復刊第六期（一九七九年一月）時，它的標題是〈新文學初期作家陳衡哲及其作品選錄〉——我把好幾篇她的小說、傳記、譯作介紹給《現文》讀者，也等於為這位老作家編排了一個專輯。

〈小論陳衡哲〉此文肯定了一個不容爭辯的事實：「最早一篇現代白話小說」是她的〈一日〉，一九一七年即發表於《留美學生季報》，而非魯迅一九一八年發表於《新青年》的

〈狂人日記〉。大陸的新文學專家、魯迅專家看到了我那篇〈小論〉，當然又認為我故意跟魯迅搗蛋，正像他們以為我在《中國現代小說史》裡故意低估他的文學成就一樣。果然，有人自上海寄我剪自《文摘報》（一九八四年二月二十四日）的一則報導，謂《魯迅研究》第八期載有高平先生同我商榷的一篇文章，他承認〈一日〉發表雖早於〈狂人日記〉，卻不能算是一篇「現代白話小說」。他所列舉的理由實在不必加以駁辯的。最可笑的，當然是陳衡哲寫白話小說比魯迅早了一年，好像有損他的威望似的。〈狂人日記〉比〈一日〉精彩得多了，寫得雖較遲，魯迅大文學家的地位未動分毫，實在用不到大驚小怪去找理由來否定〈一日〉為一篇「現代白話小說」的。

復刊第二十一期，是鄭樹森主編的〈抗戰文學專號〉，一九八三年九月出版。先勇特邀杜國清譯了我論〈端木蕻良的《科爾沁旗草原》〉這篇長文，我早在《夏志清文學評論集》自序裡謝過二位。杜國清很早即為《現文》寫稿，且任編輯之職，我卻一直沒有留意他的作品，主要因為我同他尚未見過面。七〇年代後期某日，我在何凡、林海音家裡初會國清，同一晚上也見到了仰慕已久的夏元瑜，大家痛飲暢談，半夜才散。從此以後，我對國清另眼相看，也就開始注意其治學、寫詩的發展過程了。

《現文》之努力：譯介西方現代文學

上面這一節，交代我與《現代文學》的關係，寫得非常雜亂，因為我非編輯也非基要撰稿員，主要通過先勇，寫了四篇文章，供應了一些英文著作，由他找人翻譯罷了。當然，對先勇來說，二十多年來我給他的鼓勵和精神支持，可能比我為他寫稿他更為感激。我同他相差十六歲，但我們對文學、對人生、對國家前途的看法，基本上有相同之處，這是很不容易的。雖然如此，先勇從小志在創作，大學未畢業就結合同學辦一份雜誌，逼著自己去多寫小說，而我則自知天分有限，從不抱創作的奢望，只好當個學者。大學畢業後，也就專心研讀英國文學、西洋名著，以及當代英美學者、批評家的著作，過著等於不看報、不看中文雜誌的生活。我那時覺得多看報章雜誌，就侵占了自己應讀名著的時間，非常不上算。年輕的文學研究者對當代文學當然是感到興趣的，但我既專攻英美文學，我要看的當代作家也是英美作家而非中國作家。因之我到了五〇年代早期兼治現代文學時，才初讀張愛玲，一九四二至四五那三年我在上海，就硬得下心腸不去買她的書（書攤上到處皆是），和登載她作品的雜誌。

到了今天，我已是兩三年內即將退休的中國文學教授了。翻閱台灣海峽兩岸出版的文學期刊當然是我分內的事，但見到近年來大陸出版的文學刊物數量如此之多、篇幅如此之厚，心裡總感覺到既喜且懼：喜的是人材輩出，毛澤東統治大陸文化的時代真的過去了；懼的是到了我的年齡，大陸的新作家真的無法看全了。回憶文革那十年，我不必再去注意新出的大陸文學，讓我有更多時間去讀台灣文學和更早的中國文學，心頭的壓力總比較少些。到了今天，兩岸作品太多，總不免顧此失彼。對美國不少年輕學者而言，實際補救的辦法即是把自己研究範圍盡量縮小：研究海峽一岸的文學也就忙不過來了。

雖然他們的作品讀也讀不完，我對那一批代表大陸文化生機的新作家還是寄以厚望的。一九四九年以來，按照毛澤東路線寫作的中共作家再也寫不出任何有生命的作品來，三十年間官方承認真正代表新文學傳統的還是那些左派作家——茅盾、老舍、巴金、曹禺等——和他們一九四九以前的作品。百花齊放期間，敢說真話的左派正統似乎有復甦的希望，但最勇敢的兩位新作家——劉賓雁、王蒙——一九五七年五、六月間即大受抨擊，給政府放逐了二十年。七〇年代後期的「傷痕文學」才是大陸文學的新生機，而最讓人高興的，那些新作家之間如阿城、張賢亮、張辛欣等人，已不再像東山再起的劉賓雁一樣代表了這個左派正統，他們對我國傳統文化不再如此仇視，而且同當年《現代文學》創辦人一樣，也在努力吸收西方現代文化、攻讀西方現代文學。他們經常有機會來西歐、美國訪遊。前年七月初在西德一個當代中國文學大會上，李昂同來自北京的張辛欣在同一小組會談上發表言論，真看不出哪一位思想更新派、更現代。

四〇年代後期，隨政府來台的作家當然都是反共的。政府為了保全國家的安全，嚴禁同中國大陸有任何文化交流，所有大陸作家、學者的作品都是不准銷售的。毛澤東提倡的工農兵文藝，即使在台灣公開銷售，當然也不會有人要看的。但五、六〇年代在台灣成長的青年學子的確同大陸的現代文學傳統脫了節：不僅三、四〇年代的左派老作家看不到，連影響那些作家頗深的歐美左派文學也變成了極冷門，不再有人在課堂上、文章裡提到它了。

《現代文學》的創辦人和支持者都是同時代的青年學子。白先勇、王文興、歐陽子、陳若曦以及跟他們先後在台大同學的於梨華、水晶、叢甦、王禎和等人——去美國留學後也或多或少添了些三、四〇年代的中國左派作家——陳若曦顯然受了此類作家的影響，才有決心去回歸大陸的。但這些文藝青年在高中、大學期間同這個左派傳統可說沒有接觸（其中有幾位未來台前可能讀過一些左派作品，但那時年齡太幼，印象不會太深），對台灣五〇年代那些反共作家可能不太佩服，因之有意自己白手起家，創造新的中國文學——「五四」以來的前輩大陸作家，既未受其影響，也就不必自覺地去背叛他們。差不多二十世紀每一代重要的英美作家，都受了上一代作家的影響而再去打擊他們、背叛他們，以求自創新境的。比起這些作家來，《現代文學》創辦人和支持者的處境是很特殊的。

《現文》同仁絕大多數是外文系出身，既無上一代的我國作家堪作他們的模楷，也就必然嚮往於西方現代文學的那幾位大師，至少他們的作品值得精讀，也值得學習以求自己風格之早日形成。因此初創期間，每期《現文》都有一個西方現代作家的專輯，一方面把他介紹給讀者，一方面編輯們也趁機會去攻讀、翻譯他的作品，以求自己的長進。白王歐陳那時還是大學生，自感沒有資格寫評論，因之刊於首二期的卡夫卡、湯瑪斯．吳爾夫此二專輯，連評論文字也都是英文翻譯過來的。只有創刊號叢甦那篇〈盲獵〉倒算是頗配合卡夫卡專輯而寫的一篇寓言小說。第二期下面十幾期《現文》我手邊無書，但想來湯瑪斯曼、喬伊斯、福克納、勞倫斯這幾個專輯也並未刊載了《現文》同仁自撰的評論。

到了第二十九期（一九六六年）我們才看到一個「美國文學專題研究特刊」，所錄論文的原文大多是中文的。但這個特刊由「朱立民教授主持、台大外文系同學供稿」，想來絕大多數是寫給朱教授的學期報告。第三十一期「《都柏林人》研究特輯」（一九六七）主要刊載了台大學生在四位教授指導之下寫的個別小說評析。對《現文》讀者而言，這些評析當然比不上已在早幾期刊出的《都柏林人》全書譯文更有永久參閱價值。張惠鍞精譯的〈逝者〉（"The Dead"，載第二十七期），長達四十頁，尤值得稱道。

歐陽子為第四十二期（一九七〇）主編一個亨利．詹姆斯專輯，也只寫了專論長篇《梅西知道什麼》（*What Maisie Knew*）之「均衡勻稱的技巧」一文。主要她自譯了二章一文（三位作者皆是詹姆斯專家），另請他人譯了兩篇詹姆斯晚期的小說，先勇譯了另一本小說專論之一章。一九六〇年《現文》創刊，十年之後，長期研讀詹姆斯的歐陽子早已有資格寫本評析大師小說藝術專著了。但詹姆斯小說的中譯本太少，寫本中文研究吃力不討好——讀者不會太多——不如多譯他的小說和英美專家的評論。歐陽子於復刊第六期（一九七九）自譯了一篇詹姆斯名著〈真假之間〉（"The Real Thing"），並借題發揮，寫了一篇針對當時台灣文壇論爭的好文章，題名〈藝術與人生〉。

我長住美國，讀亨利．詹姆斯當然看原文，讀專家的論著看英文當然也比看中文譯文痛快的多，因之我真正難得一讀《現文》或近年《中外文學》常載譯自英文的學術論文的。但對看不到原文，甚至看不大懂英文原文的台灣文藝青年而言，能細讀歐陽子特為他們主編的〔亨利．詹姆斯研究專號〕，應該是得益匪淺的。而對譯者自己，不論他譯的是詩、小說或論文，只要他不是在硬譯、瞎譯，應得到更大的滿足。試想，艱難如詹姆斯晚年的小說、艾略特的詩篇，由他用心譯出，連國內的高中學生也可無師自讀了。

艾略特的劃時代名詩〈荒地〉，杜國清看了多少參考資料把它譯出（第二十八期），而且譯筆如此真實可誦，雖非中文首譯，仍是中西文學交流史上的一件大事。對國清自己來說，譯出〈荒地〉（他也譯了不少艾略特其他的詩篇）我想要比寫一首同樣長度的中文詩，對中國文壇的貢獻更大。復刊之前的《現代文學》一直是份「小雜誌」，讀者不多，但正因為如此，編輯同仁不必顧慮銷路，大量推出西洋現代大師作品之翻譯和評論，教育了自己，同時也教育了有志於文學創作和研究的年輕讀者。這些讀者之間，也有同《現文》編輯們全不相識的投稿者——他們有作品刊出了，自己也變成了《現文》長期撰稿者，增強了當代台灣作家之陣容。

《現文》之成就：以小說創作為例

《現文》在第一期出刊到第五十一期（一九七三年九月），時間一晃十三年，原是大學生的創辦人大多已有小說集子出版，白先勇的《台北人》（一九七一）尤受重視。它同王文興的長篇《家變》（一九七三年四月）現已公認為我國當代小說之經典之作了。創辦人之間，只有陳若曦一人於一九六六年去了大陸，輟筆多年，還沒有集子出版，但到了一九七三年十一月她也安抵香港了，翌年短篇小說〈尹縣長〉刊於《明報月刊》，大為轟動。《尹縣長》小說集（一九七六）更建立了若曦的國際聲譽。歐陽子原寫短篇小說，後來更以評析小說著稱，《王謝堂前的燕子》這部名著上文早已提過。但先勇對我說，歐陽子視力雖已退化，晚近也在寫部長篇，倒加入了喬伊斯、赫胥黎、波赫士（Borges）的隊伍。歐陽子的小說一向寫得很精緻，這部長篇更將是本嘔心瀝血之作。

《尹縣長》寫了陳若曦在大陸七年的所見所聞和親身經歷，但假如她沒有在台大期間即寫小說，也沒有在美國留學期間繼續專研小說，大陸七年受苦再深，也不一定能寫出動人的作品來。再說，閱讀經典小說、閱讀任何偉大的文學作品也是人生經驗重要的一部分，不能說墜入情網、參加革命、前線作戰才是真正的經驗。白先勇最近在《聯合文學》七月號上，特為大專學生推薦《卡拉馬助夫兄弟們》這部小說，且謂「我是在愛荷華大學念書的時候看的，我記得那是一個冬天的雪夜，我在宿舍看完這本書，已是天明，從窗外望出去，只見一片白茫茫的大地，我心中突然源起一陣奇異的感動，我不是基督徒，也沒有任何宗教信仰，但那一刻我的確相信宇宙間有一個至高無上的主宰，正在默默的垂憐著世上的芸芸眾生。」（第一七一頁）先勇敘述的那個經驗，同喬伊斯在〈逝者〉裡給予主角康羅依雪夜頓悟之經驗極相似，在二人的生命上其重要性也可說是相當的。康羅依聽了太太那段舊情追憶後，看透了自己的自私，對太太真充滿了沒有慾念的愛，連他的靈魂到後來也「已步入無數逝者的領域」了。同樣的，杜斯妥也夫斯基這部鉅著給了先勇「最大的衝擊與啟示」，之後自己寫小說也更對人世充滿了憐憫之心了。

《現文》同人，他們天賦有別，遭遇不同，十三年間所表現的創作、治學成績也就各有高低，但他們集體的努力即是在中華民國的土地上建立了一個真正與歐美先進國家看齊的現代文學傳統，這是一個了不起的成就。當然早在三〇年代初期，至今還健在的施蟄存老先生曾創辦過一份《現代》月刊，歐美留學生梁宗岱、葉公超也曾介紹過梵樂希、艾略特的詩。到了四〇年代，詩人卞之琳也曾習寫過亨利．詹姆斯風格的小說。但三〇年代以還，左派作家（包括偽裝成愛國主義者的左派作家）勢力一直最大，他們接受了另外 個左派的現代文學傳統，因之法國最偉大的現代小說家永遠是羅曼羅蘭，而不是那個在他們看來頹廢的、歌頌資本主義貴族生活的普魯斯特。最可笑的，三、四十年來大陸青年間最流行、最受推崇的，英文小說要算是伏尼契女士（Ethzl Lilian Voynich，一八六四—一九六〇）那部歌頌人民革命力量的《牛虻》（*The Gadfly*，一八九七）。此人在英國人自編的英國文學史上是沒有列名的資格的，但蘇聯文教界一直在捧她，因此《牛虻》也在中國大陸暢銷不衰了。

建立一個中國的現代文學傳統，並不暗示精神上一定要排斥中國舊文化、舊文學。《現文》創辦人自己對古舊中國的態度並不一致，白先勇氣質上比較保守，王文興則比陳若曦更富反抗精神。雖然如此，王文興對某些中國傳統文學作品，卻特別鍾愛，例如《聊齋誌異》。曾任《現文》編輯的余光中則一向主張「若要達到一個真能開花結果的現代傳統文學，必須承繼中國古文學的遺產，同時融匯旁通以歷代大文豪為代表的西方傳統，單憑模仿西方二十世紀中個別流派實在是不夠的。」（引文錄自拙文〈余光中：懷國與鄉愁的延續〉，原載《人的文學》第一五五頁。）我們翻閱早期的《現代文學》，文筆生硬、模仿性太重的作品不是沒有，但大體來說，《現文》的撰稿者，不論是詩人或是小說家，主要用可讀的中文記錄了中國人在這個現代世界的真情實感。但這些作家們受了西方現代文學的薰陶，讀過了艾略特、卡夫卡、杜斯妥也夫斯基這一類大文豪的作品，鈎劃起中國人的精神面貌來，比起五四時期、三〇年代的作家來也就更為深刻了。中國人內心裡有這麼多問題，古代文人當然更無從察覺到。讓我們看到現代中國人「不同」的形象和精神面貌，這也可說是《現代文學》作者團最足以自傲的成就。

白先勇早在〈現代文學的回顧與前瞻〉（復刊第一期）一文裡說過：「當然，《現文》最大的成就還是在於創作。」詩和小說的創作都很可觀，但四位創辦人都是小說家，我自己也對小說較有研究，引錄先勇下面這段文字至少可以證明《現文》首五十一期的小說家陣容的確是很堅強的：

小說一共登了兩百零六篇，作家七十人。在六〇年代崛起的台灣名小說家，跟《現代文學》，或深或淺，都有關係。除掉《現文》的基本作者如王文興、歐陽子、陳若曦及我本人外，還有叢甦、王禎和、施叔青、陳映真、七等生、水晶、於梨華、李昂、林懷民、黃春明、潛石、林東華、汶津、王拓、蔡文甫、王敬義、子于、李永平等，早已成名的有朱西甯、司馬中原、段彩華。這些作家或發軔於《現文》，或在《現文》上登過佳作。

作品不多的小說作者，先勇列名的還有奚淞、東方白、姚樹華、張毅、黎陽、馬繼君等人。未見此名單而在《現文》復刊之後有小說發表的更有劉大任、黃凡、吳念真、宋澤萊、古蒙仁等名家。最值得注意的當然是鈎劃國人精神面貌極為深刻的兩部長篇連載：白先勇的《孽子》和馬森的《夜遊》。

本文三、四二節略敘《現文》同人在譯介西方現代文學這方面的努力和在創作這方面的成就。空說沒有用，有興趣的讀者最好家裡自藏一套《現代文學》，有空閱讀幾期，親自鑑賞那些翻譯、評介和創作。我很高興《現文》首五十一期即將重刊，精裝二十鉅冊。我自己那套早已散失不全，有此二十鉅冊放在書架上，將來參閱就方便得多了。我國有史以來的那幾種小說期刊——也就是晚清期間刊印的《新小說》、《繡像小說》、《月月小說》等——數年前因有書商把它們影印重版而開始了它們的第二個生命。重刊《現文》二十鉅冊也標誌了《現代文學》第二個生命的開端。這二十鉅冊不僅保存了《現文》個別作者、譯者的努力和成就；它們也是六、七〇年代台灣文學最寶貴的一部分，我國當代文學史最重要的資料彙集。台灣海峽兩岸的以及日、韓、歐美漢學中心的各大圖書館宜及早訂購此套《現代文學》。

（一九八八年八月，紐約）

現文憶舊

王文興

前幾年，如有人和我提起《現代文學》的種種，我一定說：「沒什麼了不得，一本普普通通的刊物，今天年輕人辦的比我們當年的好多了。」我說的不是客氣話，而是真心話。我一直不明白為什麼文學界將這本刊物推崇得那麼高，好像快把它抬到神話的地位上了。以此，我知道一切「神話型」的史事都是假的，什麼「創造社」，什麼「五四文學」，什麼「民主與科學」，想來真相也不過如此，甚至「斤量不足」，光采是後來之士加上去的。但是近來，我漸漸也能接受別人對《現代文學》的致意了，好像時間久了嘛，就算當年是沒什麼，但一旦成了古董，多少也有了點古董的價值。所以，《現代文學》，今天我看來，是有了點古董的什麼了。這也有一點「積非成是」。我這種心態的改變，恐怕並不高明，年輕的朋友以後還是不要學最好。

所以，這回某書局發行《現代文學》歷年合訂本，囑略綴數語，我也就願意從囑，略道數語。

要說回憶從前的事，自然應以人為主。偏是，我對人的趣事就是記得不多，記得的都是索然無味的日常小事。數月前，我讀到一本我中學母校的校友刊物，發現多位學長在憶舊時都能記得無數的趣事，這真是不容易，昔日的事，我記是記得一些，但都不是趣事。所以，若寫憶舊，我只好另謀發展，試看能否從「地點」入手，但仍不敢擔保有趣，有趣，實在難，只是，要沒趣的話，至少，也跟人物的沒趣有一點點的，不同。

《現代文學》的地點，我記得最清楚的，是印刷廠。這大概是因為《現代文學》沒有「社址」的關係。這一家印刷廠，在重慶南路靠車站一帶。據說，這是當年台北最大的印刷廠，除了印造鈔票的中央印製廠以外。這家最大的印刷廠，卻在一條寬僅容身的窄巷子裡。我說寬僅容身，是一點不誇張的。巷邊有一條水溝，故下足之地實在不多，記得當時騎腳踏車進入，無論如何是容不下兩輛自行車並行的。印刷廠的正門，事實看起來倒像個邊門，好像連招牌也沒有。全廠有多大呢，大概十坪大小，裡頭黑壓壓的，印刷機，撿字版，擠得滿滿的，光線只靠一兩盞百支光的燈泡維持。我說黑壓壓的，不只因為光線幽黯，也因為機器盡是油墨，撿字版也全是油墨，地上是油墨，牆上也是油墨。這地方黑漆漆不說，加上吵，講話聲音是聽不見的，要用喊的，終日如此，機器的聲音震耳欲聾。在這樣擁擠，吵鬧的地方了，進門處，還能硬排上一張桌子，此廠的經理在此「辦公」。說是安上一張書桌，當然還安上一把椅子，不，兩把，經理的對面還有一把，唯這把是圓櫈，不用時須藏在書桌下，夾在經理的雙腿之間，用的時候，那坐的人，——常常就是我了——，就坐在大門口，擋住來來往往，陸續不斷的送貨的人。說到這張桌子，就要一提這位經理。倒是藉由地點，可連帶順憶起一些人。這位經理胖胖的，年約五十許，人精明而又和善，說的是一口不曉得那一處的地方話，總之是江浙一帶，但不曉得江浙那裡的家鄉話，總之，我差不多三個字只一個聽得懂。那時《現文》的經費有限，先勇和陳秀美都主張「多多殺價」，故每期送稿去，大家都有個任務，就是要和這位經理展開激辯，期望打上個九折，或者八折。輪到我送稿去時，我自也不辱使命，和他激辯一番。但是天曉得我辯個什麼，他的話我多數不懂，多半用猜的，只曉得他非常激動，不停揮著手，口裡嚷著：「不行，不行。」（這兩個字還能懂）大有談判破裂，不惜斷絕往來之意。最後，往往都能減價少少許，大概九五折吧，我們就覺得已經勝利了，也就滿意了。但心中對這位經理還有點餘惱，因為剛才相當激烈，面紅耳赤過。可是這位經理馬上和我們和顏悅色，請我們喝茶，跟我們談談笑笑。這在當時，確實令我們有些驚訝。剛才他的激動，憤怒，是真的，還是假的？還是現在的和悅是真的，還是假的？這我當時不懂，事隔二十幾年了，我現在還不大懂，我說不大懂，是我能懂一點了，我覺得，這就是商場：他起先的憤怒也不是假的，不是裝的，事後的和藹也不是裝的，爭論完了，他需要和藹，否則生意焉做得成？否則什麼人都變成敵人了，故他真能夠一心和善，這是商業的首則，也是十分完善的做人處世的美德。這位經理，息兵後，和我們（都如此）談天，還請我們抽煙，而且他還談起他的家庭，他說他的女兒都有陳秀美那麼大了。這又使我們極為驚訝，我們真是少見多怪，以為和我們爭論的人，不該會有這麼大的女兒，甚至不該會有個家庭，我們當時實在太年輕，故少見多怪。這位經理確實不因爭論的事生氣，他還有趣的稱陳秀美為：「這小姑娘。」好像還說：「這小姑娘好厲害！」但我不一定記得準，恕不負責。我們就這樣，輪流著，月復一月的，和他爭論不休，然後揚揚自得地減了個價回去。然後，一校，二校，三校，我們再輪流騎車送到那印刷廠去。事隔二十多年了，我現在才想到，怎麼送稿去時，從來沒看到別家雜誌的人送稿去（當時好幾家著名的月刊都在這一家印書），於是恍然大悟，別人是有這廠裡派專人取送校稿的，我們沒有，我們省了九折不到的價錢，當然沒有，一分錢一分貨嘛！這大概又是商場定則，還是做人的美德？恐怕也都是，讓我們，幾個年輕人，高高興興，未始不是一種做人的道德。當時真太年輕，幾個人加起來，歲數都比這經理大一倍，卻懵懵懂懂，不懂這道理。現在真好，現在懂了，這是「中年」的好處。不，年輕真好。還是年輕的好。

《現代文學》與我

歐陽子

《現代文學》雜誌，是一九六〇年我們唸台大三年級的時候創辦的，距今已經悠悠二十八載。創辦之初，我固然和其他創始人一同，滿腔熱誠地寫稿與譯稿，校對與打雜，卻完全沒預料到日後我的寫作生涯，會跟這個文學刊物發生如此緊密的關聯。

我雖然從初中時候就開始寫文章投稿，我的第一篇自認為夠格的小說是〈半個微笑〉，那是《現代文學》創刊時，為了籌集第二期的小說稿件而創作出來的。這篇小說，在我個人的寫作史上，也具有特殊的意義。

高中時期以及大一的時候，我的創作風格可謂十分「女性化」，內容多愁善感，無病呻吟，滿是虛空的幻想，又善用浮華詞藻，堆砌形容詞，卻自以為是「美文」而沾沾自喜。事實上，那時期讚賞這類文體的人很多，包括中學、大學的國文老師。然而到了大二，我對寫作這類文章開始感到有點厭膩，卻囿於多年的習慣，一時還脫不出窠臼。有一天，夏濟安教授在「英國文學史」課堂上聊起天來，講到寫小說的要訣，一一列出時下作家所犯的通病。我驚悟：那些「通病」，我統統都有！當時我們「南北社」的社員，時常交換作品互相觀摩批評，我記得白先勇也說過我的文章太空虛，不合實際。我覺得必須改變自己的風格，另闢一條創作之路。正好那時我們開始籌辦雜誌，我便決定改頭換面，以嶄新姿態在《現代文學》上登場。

〈半個微笑〉就是這樣產生的。這篇小說是我個人的一項突破，意味著與「故我」的脫離，以及一個新階段的開始。

我自幼個性偏於內向，不好動，家庭背景又單純，加上當時才二十歲，每天只是上學回家，哪裡見過什麼世面，可用來當做寫小說的借鏡？社會生活經驗就更不必談了。小說若是要反映現實人生，我所接觸的現實人生實在太淺太少，無法寫出具有深度的「寫實」作品。然而，我天性敏感，對於人與人之間的感情關係，以及心理微波活動，只要稍獲線索，即常能憑直覺而洞識領悟。而且對這方面深感興趣。如此，從〈半個微笑〉開始，我的小說都側重心理的分析刻劃；我為自己開闢的新路，或可泛稱為「心理的寫實」。

今日回想，我那時期一定是十分堅決地想與過去的自我一刀兩斷。（〈半個微笑〉的主題，也許真是我心態的反射？）創辦《現代文學》以後，我所發表的小說，不論是語言風格或主題基調，都和我以前的作品剛好相反。以前，我總在文章裡灌注主觀感情，追求的是朦朧的美境。此時卻反而變得理智，客觀與隔離。我不再製造悲感印象，卻以理性手法，對人心的悲感做微細的分析。我擺脫陳腔濫調與浮華詞藻，文字變得乾爽樸素。我棄絕朦朧，追求精確，並運用反諷，預防自己跌回感傷的網罟。我不再把人生幻想成完美，卻強調起人性弱點及人心的缺陷。

至於我的新風格，有多少成分是受所謂的「現代主義」的影響，或師友的影響，又有多少成分是出於個人的感悟和探索，我自己也說不上來。我只能確定地說，今日讀者所知的歐陽子，是和《現代文學》一同誕生的。

《現代文學》創刊後，我寫出的小說，除了〈小南的日記〉和〈花瓶〉兩篇特約稿外，全是在這雜誌上發表的。前後一共十四篇。〈半個微笑〉、〈牆〉、〈網〉、〈木美人〉和〈蛻變〉五篇，是我出國以前的作品。〈貝太太的早晨〉、〈浪子〉和〈約會〉，是我在愛荷華的時候寫的。離開愛荷華後，我在伊利諾大學進修了一年美國近代小說，便跟隨外子移居德州奧斯汀。〈近黃昏時〉、〈美蓉〉、〈最後一節課〉、〈魔女〉、〈素珍表姊〉、〈秋葉〉凡六篇，是在奧斯汀寫成的。

在前後十年我寫出這十四篇小說裡，我自己確知是受到別的作家影響的，只有〈近黃昏時〉一篇。我在伊利諾大學，選修了威廉．福克納的小說，期末報告是評析《當我垂死時》這本書。當時我很有心得，覺得福克納運用多重觀點呈現故事，真是巧妙不過，拿每個角色對同一事件情況的不同看法和結論來互相比對，真能產生奇大的反諷效果，也呈示出「真實」或「真相」的難以確立。學期結束後，我們搬來德州，不久我就寫成了〈近黃昏時〉。當時《現代文學》的主編是何欣和姚一葦。我記得何欣還來信大為稱讚。

我為《現代文學》寫的最後一篇小說，是刊登在第三十八期的〈秋葉〉。這一篇，在語言語調的運用上，以及其他方面，跟我先前的小說有些基本的不同，意味著我個人這一階段寫作生涯的結束。其後，我花費一些工夫，改寫舊作，輯成《秋葉》小說集，於一九七一年由晨鐘出版社出版。（一九八〇年改由爾雅出版。）

《秋葉》集子出版後，我彷彿對自己的小說創作階段有了一個交代，有意向別方面發展。《現代文學》那時正面臨經濟危機，我便和楊美惠、王愈靜兩位老朋友合作，義務翻譯西蒙·波娃的《第二性》，其目的，除了介紹女權思想，便是想讓出版社賺一筆錢，以補貼印刷發行《現代文學》的虧損。我和楊、王二友，在創辦《現文》之初，都為該刊翻譯過西洋文學的作品或論著；來美多年各自成家後，居然又能再度攜手為《現文》出力，實在非常難得。

我雖然是《現代文學》的創始人之一，當年的編輯工作，主要是由白先勇、王文興及陳若曦三人擔任。我自己，除了寫稿譯稿，是掌理總務和管錢。然而，在我停寫小說以後，卻擔任過一次編輯。一九七〇年十二月出版的〔亨利·詹姆斯研究專號〕（第四十二期），即是由我主編。在伊利諾大學時，我曾用心研讀亨利・詹姆斯的作品，對這位文豪傾服之至。編輯這一專號，雖然花了不少時間，我卻是高興之至。

七〇年代初期，在當時的政治氣候及社會意識型態的影響下，《現代文學》雜誌及《現文》的基本作家，遭到台灣文藝界相當嚴苛的「批判」。我的《秋葉》小說集，在一九七二、七三兩年間，即頗受非議，還引起過論戰。我深深覺得，台灣一些文學評論者，拿小說作家選用的題材或角色性格來判斷作品的優劣，是對文學本質的忽略和誤解。由此而使我興起自己也來寫評論文章的念頭。恰巧那時候，王文興發表長篇小說《家變》，文壇譁然，我便本著「就作品論作品」的原則，寫出一篇近兩萬字的評析，題為〈論《家變》之結構形式與文字句法〉，刊登於《中外文學》第十二期。雖然在這之前，我也寫過數篇談論小說的文章，然而我的文學評論者的身分，大概是《家變》評文刊登以後建立起來的。

同年（一九七三年）九月，《現代文學》出版到第五十一期，終因經濟無法維持而被迫停刊。從創刊至停刊，歷時十三年半。

我個人，在那年的年底，也碰到生命的危機。繼右眼之後，我的左眼也告網膜剝離。七四年初入院開刀救治，有一段時期，不能用眼睛，心情十分沮喪。入春以後，視覺一度回轉，我精神大振，悟到人生之短暫，健康之不可恃，決定趁早把一些重要的工作完成。從一九七四年到一九七六年，大概是我一生中最用功、最認真寫作的三年。我一鼓作氣，寫畢白先勇《台北人》的一系列評論文章，接著細閱《現代文學》刊登過的兩百餘篇小說創作，懷著「留傳後世」的臨淵心情，編輯完成上下兩冊的《現代文學小說選集》（爾雅出版社）。

如此，我的文學寫作生命，不論是創作、翻譯、評論或編輯，都和《現代文學》及《現文》朋友們有密切關係。說是終生緣，也不為過。

（一九八七年，美國德州）

我與《現代文學》

葉維廉

很多朋友常常對我說：你和白先勇、王文興一班同學辦的《現代文學》成績真可觀，說完便一併把光彩灑在我身上。事實上，功勞應該全歸白先勇的十數位同學，在開始的時候，我只是從旁協助的朋友而已。

我高先勇他們兩班，但說起來也真有緣，他們的同學中，核心的和外圍的和我全都變得很熟，有些甚至來往極為密切，接觸的機會和時間，共同參與的事情，比我本班的同學還多；譬如和我同班的叢甦、金恆杰、薛柏谷、陳錦芳等就沒有我和文興、先勇、歐梵見面論文的時間多，雖然恆杰和我、叢甦和我，在文學的關懷上始終還是通著消息的。

所謂核心與外圍，只是一種表面的分法。核心也者，指每一、二期都熱烈的發表小說或詩或參與重要現代作家的專譯的幾位，如白先勇、王文興、歐陽子、陳秀美、戴天、林耀福、李歐梵、陳次雲、郭松棻等；外圍也者，實在是背後出力（也參加翻譯）的無名（或應該說隱名）的英雄，如謝道峨、張先緒、王愈靜、楊美惠、方蔚華等（現在只提他們同班的同學，高他們一班的劉紹銘，低他們兩班的王禎和、潛石，高我數班的水晶，其他先後大力支持的重要作家批評家戲劇家如余光中、陳映真、黃春明、何欣、姚一葦……這裡都不能一一列舉）。我說與先勇一班有緣，就連有些女同學的先生——也是《現代文學》精神的支持者——都變成我的好友，無怪乎人家把我看成他們的同班同學。事實上，在感覺上，在創作活動上，幾乎和同班同學沒有兩樣。有一次，歐梵來看我時也說，我要靜下來想一想才知道你原來不是我同班的同學，可見我們之間在相同的關心上合作的無間。

當年共襄推出《現代文學》的日子，在先勇沛然飛舞的帶動下，不顧一切，齊心合力，不計成敗，勇往直前，求新求變的時光如今已無法再現，自從第二次由雜誌兼出版社（我們做了短期的顧問）的合作夭折後，大家又因時空的分隔，已無法找回那種近乎瘋狂的傻勁與純真。但在萬難中，《現代文學》竟出了二十年，看見她產生了如此重要的小說家和戴天那樣獨樹一幟的詩人，自然是喜不自禁的。

《現代文學》的成功是兩方面的，其一是合力同體地推出的現代文學大師的譯介，打開了表達技巧的新領域，對新進作家提供了新的可能性。其二是創作，尤其是小說的創作。像白先勇，浩氣運行，言飛語舞地捕捉波瀾壯闊的人世變幻；像文興，字字推敲磨練以興建風格；像歐陽子，雖說是「思想前進，行動保守」（她自己的名言），卻在小說裡衝破傳統婦女道德的形象來探討更赤裸更真實的情感；像秀美，狂濤似的重重打擊破碎現實下的制度；像王禎和，用文字藝術把邊緣人物提昇至令人全面同情的崇高的人性；像陳映真，用神祕的旋律追索生存的意義；像黃春明，本著鄉土特有的良知與默契（他實在生長的環境，與城市人「領養了」鄉土情感而不知鄉土之實是不同的），用最適切的藝術語言呈示被文化人摒棄的人物的偉大個性……如此誠摯地開拓小說藝術的視野。

在那段波起潮擊的日子裡，我和王文興等人的切磋是相當繁密的，雖然我那時也忙於香港推出《新思潮》、《好望角》，也忙於和瘂弦、洛夫、商禽等人試探現代詩新的表達形式。我們關心的畢竟是同一的問題，都是要求建立語言的藝術來補救當時「只知故事不知其他」的小說創作。我不妨附帶說，當時偏重藝術性，是針對當時歷史上的需要而發的，而非完全的追求藝術至上主義，當時確是如此。即就後來必須批評現代主義（基於另一種歷史上的需要）的好友陳映真，在當時的成就也是語言藝術先於社會意識的。這並不是說社會意識不重要性，事實上，我還沒看到一個完全脫離社會意識而可以立足的作家，就連做夢過日子的瓊瑤，（不幸的）也都反映了我們社會裡很多不成熟的甚至變態的青年的心態。

說先勇、文興等人仿效杜甫「語不驚人死不休」是言過其實，但他們用心於文字有時卻幾乎接近瘋狂的邊緣。王文興就是一個刻心鏤骨地磨練文字的小說家，還記得他住在同安街的時候，每次捱了幾個失眠夜，寫完了一篇短篇，便立刻騎腳踏車到忠孝路（那時只是一條小路）來找我，為了一些字句，我們談到深夜。文興是很細心的讀者作者，咀嚼再三，朗讀再三始定稿。我記得有一次為了我譯的聖約翰．濮斯的一句詩：「海在大地的搖椅上開花」，他興奮到乘夜寫信來說，寫作就是要想像大膽而準確。他自己就是那樣苛求自己。近十年來，他每天只寫三百字，字字錘鍊，而贏得辜律瑞己best words in the best order的美譽。

但另一方面，《現代文學》追求一種全面的開放性，要容納、嘗試一切新的創意，開拓新的技巧和旋律，這是最可貴的精神。在這種開放的、容納新境的情緒下，我寫下了生平唯一的一篇短篇小說〈優里栖斯在台北〉。我當時寫，實在不敢奢望其被大家接納的，我在試著新的寫法，沒想到竟然得到歐梵和秀美的慧眼，把我看作一顆小說的新星！我怎可能是！更令我意外的是，登出來以後，竟有人模倣。我說這件事，與我那篇小說的好壞無關；事實上，那篇東西文字很不成熟。我只想證明一點：當時的《現代文學》確是非常開放的，什麼表達的可能性都願試試；其次，《現代文學》的同仁，是很鼓勵創製新聲的，對新的作家有極大的推動力。在此舉一例，當時在師大留學的韓國學生許世旭，他的第一首中文詩便是在《現代文學》上發表的，後來世旭變成中文的作家，可以說是受了這次出版的鼓勵；再其次，當時的讀者心中也開放（也許是前期的空蕪的關係），對新知新技巧有無限的迷惑。

要鯨吞一切新的表現以求推陳出新，所以《現代文學》每一期必譯介一位現代文學的大師（我自己便也曾負責過兩期以上的工作）。除此，我們還要吸收其他藝術的表現，譬如新潮的電影。李歐梵對新電影知道最多，音樂的鑑賞力也最高強，在我出國前時時聽他細論。記得有一次，他和我夫婦在台北戲院看「廣島之戀」，我們興沖沖，歐梵把該電影的評鑑一一向我們推薦。但電影才放了二十分鐘，戲院裡的觀眾已去三分之二，看完全片的，幾乎只剩我們三人！真令人氣絕！但當時的文化氣氛就是如此的缺乏創意，缺乏藝術意識，就是因為這樣《現代文學》才產生的。

和《現代文學》合作無間，與先勇同班同學打成一片，恐怕也是歷史的機緣。我自香港來台北，帶著三、四〇年代詩人們給我的「現代」意識和手法，帶著我在學習中的後期象徵主義的手法和其他的前衛運動，帶著二者對藝術性刻心鏤骨的凝鍊，帶著中國古典詩在我藝術意識中的呼喊，進入了一段創作上只求內容而不求寫作技巧的貧乏時代。在這空谷中，夏濟安師在《文學雜誌》裡很技巧地推出了福樓拜的「風格絕對論」和詹姆斯小說藝術。《現代文學》的同仁大部分都曾受益於濟安師，當時繼起興辦的《現代文學》正好呼應著我內心的渴求：向「藝術營養不良症」進軍。我和《現代文學》一呼萬應地合作無間，這當然是重要原因之一。

「毀」與「譽」

戴天

身為當年《現代文學》一分子，也可以說是「毀譽集於一身」了！

更早的不說，只說一九八七年五、六月間，與陳映真、黃春明、李怡、許達然（也有大陸小說家諶容、馮驥才）等，應新加坡聯合早、晚報之邀，跑去談文說藝所遇之事。

卻說個人單槍匹馬，自香港乘機越過中國海，於傍晚時分，抵達新加坡。下得機來，諸事辦妥，去到接客大堂，迎面竟然鎂光燈大閃，俄而記者三二，疾步趨前，據云是來採訪的。

問些什麼呢？一開腔，原來問的是「《現代文學》當年如何如何、這種那種」。答些什麼，詳細的記不得了，大概是說《現代文學》當年，雖然誠摯有加，卻只是一股作氣，難免泥沙俱下（尤其是譯介部分），應作更理智的評估，不宜當成「神話」，視之為「傳奇」。這一番話，並非謙沖，實為真實感受，儘管當年不作此想。不過，第二天，《聯合早報》、《聯合晚報》及《新明日報》，「圖文並茂」，竟也刊出信口之談，閱之私心實亦竊喜。大概，如果「虛與委蛇」，就不見得能有此「殊榮」了！

但古人所說，譽之所至，謗亦隨之，也應驗在《現代文學》及有關係者身上。《現代文學》當然和任何人、任何事一樣，免不了缺失，不妨自歷史的、文化思想的、藝術層次的角度加以批判、批評。在台灣，事實上這也早就有人這麼做了，而且有些還算「擊中要害」。即或也有人徒逞意氣。不過，有一種對《現代文學》的「意見」，卻不盡不實，還打扮成「科學真理」實則宣揚的只是在「唯政治論」底下，斜向橫生的文藝偏執狂熱。

這種看法，主要在中國大陸上流行。既然海岸兩岸長期隔膜，限於資料，起初未能作切中之言，也情有可原。但目下上海、廈門、廣州等地，一些大學設有港台文藝雜誌研究室，並曾多次召開台灣文學研究會，還出有論文集，仍然未能（或不願）耙梳出《現代文學》當年的「來龍去脈」，就只能說是「意識型態」作崇了。下面有幾個例子，極具典型性：一九八六、八七之交，曾作川滇行，途次廣州，遇某大型文藝刊物總編輯，談到《現代文學》，他說：「《現代文學》主張橫的移植，給台灣文學帶來極其惡劣影響。現在你們那一幫人如何看當日的言論？」

好傢伙，這是要把台灣文學的某些惡劣傾向，完全歸罪於《現代文學》了！這當然並不是歷史的真實，由此《現代文學》也就揹上了莫須有的黑鍋。《現代文學》雖不能說對六〇年代以來的台灣文學沒有或好或壞的影響，則可任由公議，只要並非從扭曲的觀點、無根的定見著墨。當然，如由台灣社會全面發展角度，看出文學西化也只是惡劣西化現象一環，再予剖解、省察，更能說明問題。

文學上的評價問題，向來眾說紛紜。對《現代文學》的或譽或謗，雖可留待後世，但「歷史的真實」，卻不能聽之任之，以致「孽種」流傳。如一九八四年一月九日香港《大公報》副刊「大公園」刊出的林長風〈現代文學派的出現〉一文，最能代表這種扭曲的真相（其他中國大陸港台文學研究者對《現代文學》的態度，亦有以此為基調略作矯正的。較近期上海「復旦大學」陸士清所撰文，則頗能釐清某些「魔障」）。

林長風的文章這樣說：「首先是台灣大學外國文學系以西方的文學教材進行教學，這自然是無可厚非的。問題是他們對西方的文學沒有取捨，不加批評地照搬到台灣的文學創作中。台大外文系辦了一份習作性的雜誌，名為《現代文學》，模仿西方文學的內容和形式，從事創作……」。即使不提這一段文字的橫蠻口胳，以事實而論，就荒腔走板。《現代文學》不是外文系辦的，而是外文系學生辦的。說到「不加批評地照搬」、「模仿西方的內容和形式，從事創作」，則不妨讀讀《現代文學》的〈發刊詞〉：

本刊是我們幾個青年人創辦的。創辦的動機一是我們對中國文學前途的關心，二是我們在這幾年來一直受著對文學熱愛的煎磨與驅促。這種煎磨和驅促滴水成川，乃匯合成創作的、批評的、倡導的和揭櫫的欲望，寢食不忘，癢熱難息。

我們願意《現代文學》所刊載的不乏好文章。這是我們最高的理想。我們不願意為辯證「文以載道」或「為藝術而藝術」而花篇幅，但我們相信，一件成功的藝術品，縱使非立心為「載道」而成，但已達到了「載道」目標。

我們打算分期有系統地翻譯介紹西方近代藝術學派和潮流，批評和思想，並盡可能選擇其代表作品。我們如此做不表示我們對外國藝術的偏愛，僅為依據「他山之石」之進步原則。

我們不想在「想當年」的癱瘓心理下過日子。我們得承認落後，在新文學的界道上，我們雖不至一片空白，但最少是荒涼的。祖宗豐厚的遺產如不能善用即成進步的阻礙。我們不願被目為不肖子孫，我們不願意呼號曹雪芹之名來增加中國小說的身價。總之，我們得靠自己的努力。

白紙黑字，鐵的事實！為什麼竟有人視而不見？當然，〈發刊詞〉揭櫫的種種切切，曾否做到或做得不足，都可由天下公論，卻絕非林長風一類「批評家」指責的「不要縱的繼承，要橫的移植」。但這種指責，由於種種原因，即使熟知情況的人也似不能免！

《現代文學》的〈發刊詞〉是劉紹銘寫的，代表了當時《現代文學》同人對中國文學的看法，哪曾有一句話主張「橫的移植」？也許，說得較激烈的是這麼幾句：「我們感於舊的藝術和風格不足以表現我們作為現代人的思想情感。所以，我們決定試驗、摸索和創造新的藝術形式和風格」。「現代人的思想情感」、「新的藝術形式和風格」，難道就是「模仿西方文學的內容和形式」，「對西方的文學沒有取捨，不加批評地照搬到台灣的文學創作中」？現代人難道不是現代中國人？中國人要不要現代化？「試驗、摸索和創造新的藝術形式和風格」，是不是「照搬」？

這種「毀」當然不值一哂（假如能從作品分析、思想考察、背景衍變加以深刻批評，又當別論）。但不幸的是，據此評說的人卻不在少數。乖離了「歷史的真實」，由主觀唯心之論（竟自以為是歷史唯物論者），造成的惡劣影響和誤會，實在理當矯正、澄清，不能任其以訛傳訛。某些人因為對現代主義的盲目痛恨，看到「現代」兩字就「觸類聯想」，「批判地」寫下「政治保險」的「公式論著」。儘管其情可憫，其境堪虞，其學格則是闕如的，上不了文學批評的台盤！

同樣，那種帶有「神話」意味、「傳奇」色彩的「譽」，也要以清醒的態度對待。當年《現代文學》同仁，大都二十歲上下，或者如王文興所撰〈現代文學一年〉，免不了流露「大學才子」的一點狂驕，但今日看來，介紹西方文學的論著、譯品，總嫌空疏了些，了解不夠透。大概，除了郭松棻那篇〈沙特《存在主義》的自我毀滅〉，至今仍能描出斤兩，紮實的評述西方思想論著，就可說寥寥沒有幾篇。雖然，介紹的工作不妨肯定，但以未曾吃透的生澀譯著行世，曾否發生一些負面影響，也值得再三思考。

在創作上，年齡、學養自不可論。如果說一批青年孜孜矻矻，夙夜匪懈寫出來的成果，有的仍在試驗、摸索階段，有的則有所創新，並呈現大家風範，也切合當年《現代文學》的「現實」。何況不少成名作家，更參與其中，並將影響重大、極具爭論性作品，在《現代文學》刊登。因此，〈發刊詞〉中揭櫫的鵠的，尤其是「決定試驗、摸索和創作新的藝術形式和風格」，回顧五十一期的《現代文學》，是相當完滿地達致了。至於對這些作品的評價，可以見仁，也可以見智，但有一點不可或忘，即在所謂「反共文學」的低壓下篳路襤褸創拓中國文學新貌的歷程。

為譽為毀，對當事人自有心的波瀾，但還歷史以真貌，不添不減，似乎更加重要，也是公允評斷的起點。

《現代文學》與我

杜國清

《現代文學》創刊於一九六〇年三月，當時我唸大一，而白先勇、王文興、歐陽子、陳若曦等創辦人，比我高兩屆，是大三學生。白先勇他們那一屆的外文系，是一個奇蹟，具有文學興趣和寫作才能的同學，竟有十幾個人。《現代文學》創刊後不久，聽說他們希望以後台大外文系人才輩出，能夠將這份雜誌繼續接辦下去。因此，他們開始物色具有文學潛力的小老弟。比他們晚一屆的，似乎沒有什麼人表現出文學創作的才能；比他們晚兩屆的，他們先是找到鄭恆雄（潛石）和王禎和，後來由他們的介紹，把我也拉了進去。鄭恆雄當時也寫詩，後來轉攻語言學，在夏威夷大學拿了學位之後，回外文系任教。王禎和，則已是一個成名的作家。我還記得他當時常和水晶來往，大概深受影響，也非常喜歡張愛玲的作品；他身上有一本小筆記簿，抄了不少他所喜愛的張愛玲的句子，也顯示出他一開始就對小說的語言，特別注意和用心。

我加入《現代文學》是在一九六一年大二的時候。我從大一開始寫詩。加入《現代文學》之後，使我一方面在創作上獲得不少鼓勵，一方面也開始嘗試翻譯。《現代文學》一開始，就以刊登創作和譯介西方現代派作品為兩大方針。創作和翻譯，後來也成為我的文學生涯中的兩個方向，現在回想起來，並不是偶然的。在加入《現代文學》當初，我一方面幫忙校對，跑印刷廠，一方面也參與一些譯介的工作。為了介紹日本新感覺派作家橫光利一，我特地去找葉泥和鄭清茂先生，請他們幫忙。又有一天晚上，陳若曦特地帶鄭恆雄和我到廈門街去拜訪余光中先生，因為我們兩個興趣在詩，而創辦《現代文學》的學長們，大半是寫小說的。他們當中寫詩的只有林耀福和戴天。我記不得當初為什麼沒有和他們兩位來往。那天晚上，我以朝聖的心情去拜訪余光中先生，同時帶去了兩三首自己認為較滿意的作品，請他批評指教。當時他的書房裡，掛著他與美國詩人佛洛斯特合照的照片。我現在只記得余光中對我那首〈霞〉的評語。他說把「霞」比喻為微醺的酒家女，「陪宿閒蕩的浪雲」這種想像不「雅」，大有對年輕詩人「不宜」的意思。當時的詩壇是在現代主義反傳統、反舊道德的衝擊之下，而余光中的見解居然如此正派和道學，有點出乎我的意料之外。

加入《現代文學》之後，我一方面更積極創作，總是把當時自己較滿意的作品，拿去發表，一方面接受西方現代主義的洗禮，更醉心於現代主義詩人的作品。當時，詩人艾略特的名聲正達巔峰，文學史的書上已標示二十世紀是艾略特的時代。我既然立志寫詩，取法乎上，艾略特自然而然成為我研究學習的對象。於是我開始閱讀艾略特的作品，而翻譯更是我精讀的一個方法。於是，我開始在《現代文學》上發表有關艾略特作的論文和詩作的翻譯。現在回想起來，我當初走上文學這條路之後，從一九六二年加入《現代文學》，到一九六六年出國之前，我在創作上和翻譯上的成長和進展，與參與《現代文學》的活動是分不開的。我的第一本詩集《蛙鳴集》，便是一九六三年我畢業那年以現代文學雜誌的名義出版的；所收集的是我大學四年之間的作品，其中許多滋養，不用說，是從參與《現代文學》的活動中吸取的。

一九六二年白先勇等學長畢業之後，當兵的當兵，出國的出國，而王禎和、鄭恆雄和我三個人，進入了大三，算是《現代文學》的第二代，協助當時留在外文系當助教的歐陽子和在美國機構做事的陳若曦等，做些校對和跑印刷廠的工作。一九六三年夏天，歐陽子和陳若曦也都出國了，雜誌一再延期出版。我們三個小老弟那年夏天畢業之後，隨即入伍受訓；眼看著台大外文系後繼無人，於是白先勇在出國前，鄭重地將《現代文學》的編務委託給余光中、何欣和姚一葦三位文壇前輩，希望我們三個當完了兵之後，再加以協助。同時雜誌由雙月刊改成季刊。

一九六四年八月，我退役之後，在台北附近一個中學教書。那份工作本來是鄭恆雄去申請、面談的，可是他另有高就，把它讓給了我。那時候，王禎和已經不太參與《現代文學》

的事，而鄭恆雄和我兩人在台北，就照白先勇所囑託的，協助余光中、何欣和姚一葦三位先生，幫忙校對、跑印刷廠和寄發雜誌等，一直到一九六六年夏天，鄭恆雄和我也相繼出國了。也就在這段期間，我開始大量翻譯艾略特的論文和詩作。〈艾略特論文選輯〉刊在第二十二期（一九六四年十月），〈普魯佛洛克與其他的觀察〉刊在第二十七期（一九六六年二月），〈荒地〉刊在第二十八期（一九六六年五月）。當時有一件搞得轟轟烈烈的事情，值得在這裡提一提，也就是在台北西門町火車平交道旁的公園，所舉辦的那一次街頭詩畫展。

那時候，《笠》詩誌已經創刊。有一天，我在豐原桓夫家裡看到日本九州詩人各務章寄給他的一些現代詩與現代畫相配合的照片，我覺得在台灣未嘗不可也舉辦一次類似的展覽。於是回到台北之後，先和鄭恆雄商量，然後再去找當時為《現代文學》設計封面的龍思良。三個臭皮匠興致勃勃地就籌劃起來。那時邱剛健創辦《劇場》，也拉進來，《幼獅文藝》主編朱橋先生，為人頗為熱心，也表示願意協助。我們當時年輕，有的是創意和熱情。於是由龍思良去聯絡畫家，鄭恆雄和我去聯絡詩人，再加上透過朱橋先生的關係，向救國團求援，從金山海水浴場用軍用大卡車將海邊遮陽傘借了出來，就在當時最熱鬧的西門町街頭搭起畫架和遮陽傘開始展覽，由《現代文學》、《笠》、《幼獅文藝》和《劇場》四個雜誌社共同主辦。當時鄭恆雄和我還編印了一份中英文的詩人簡介，介紹詩人作品的風格，展出作品的手稿和英譯，還有畫家還為每個詩人畫的一張素描。當時的中文報紙是不刊轟動街頭的消息的，倒是英文的《CHINA POST》刊登了消息。那時候，台灣剛剛開始有電視廣播，由於龍思良和一些畫家朋友也是在電視公司做事，一個禮拜之後，我們幾個主辦人，還上了電視接受訪問呢！

前面提到，我在《現代文學》上發表艾略特作品的翻譯。這件事，現在想起來，在我的人生中，事實上是具有決定性的影響的。我當初為了翻譯艾略特的作品，特地從桓夫那裡借來日文翻譯本做參考。那時桓夫手頭上有上田保翻譯的艾略特詩選，以及收入平凡社的《世界名詩集》中西脇順三郎的〈荒地〉。翻譯西洋的文學作品，如果能借助於日文翻譯，實在是事半功倍。當時大學畢業後出國留學，已是社會風氣。我本來也跟著大家考留美的留學考試，可是當時自費留學，需要美金兩萬塊的保證金——這對我來說，簡直是天文數字。由於翻譯艾略特而讓我親身體驗到學會日文再從事英美文學研究的益處，於是我決定重考留日，一方面可以免於兩萬塊的煩惱，一方面我決心要把日文學好，再繼續研究英美文學。結果，我到了日本，在東京大學英美文學系研修了一年，開始翻譯艾略特的文學評論。可是，一年之後，我又決定轉攻日本文學。出國前翻譯艾略特的作品時，參考了西脇順三郎的名譯，使我對西脇順三郎本人的詩和詩論大感興趣，終於選了他做為我的碩士論文的題目。在我的文學生涯中，由艾略特到西脇，這段因緣，不能說不是《現代文學》促成的。

到了日本之後，我跟《現代文學》的關係就疏遠了。一九七〇年我從日本到美國，進入史丹福大學攻讀博士學位。一九七四年，我獲得學位，到加州大學聖塔．芭芭拉校園與白先勇共事。我跟《現代文學》的不了緣，又因此接續起來，一直到今天。

（一九八七年十二月，加州望月坡）

二十七年前

王禎和

說起《現代文學》是二十七年前的事了。

那時白先勇他們是台大外文系四年級，我是二年級，自己覺得能參與《現文》是件「傲視同儕」的事。我的第一篇小說〈鬼·北風·人〉被刊登在《現文》第四期。當時文學院貼出海報宣傳。我低著頭從海報下走過去，又忍不住回過頭來，看看別人看的表情。正巧母親從花蓮上台北，我就領著她去看海報。那時候真年輕，寫出篇小說那種得意歡喜，現在就不太一樣了。

與《現代文學》關係密切，是因為與先勇同班同學鄭恆雄一起住在學校附近，他以潛石的筆名寫詩。他們辦《現代文學》，我在旁看了，也就試寫小說。寫出〈鬼·北風·人〉之後，我拿給先勇看，他說很好，不過有些句子太長，我就改動了一下。

水晶是後來我住台大宿舍的室友，我們常看報紙副刊的文章，讀了之後還批評。他得二十七年前第一屆短篇小說比賽三等獎的作品〈愛的凌遲〉，本來不是參加比賽的。水晶寫了〈愛的凌遲〉之後，我說替他投稿給《現文》，正巧那時《現文》在舉辦小說比賽，沒有好的作品，就說服他參加比賽，得了獎。

我記得有一回下午，我們到松江路白先勇家裡，進去發現他非常洩氣，他沮喪的告訴我們，他的錢（拿來辦《現文》的）被鐵工廠倒了，上午他討債去了。我們大家聽了，心情也都沉重起來。

辦《現文》時，到印刷廠校對都是搭公車去的，因為《現文》就是學生辦的，沒什麼錢。陳若曦是很開朗的女孩，我還記得坐公車去校對時，陳若曦說：過兩年賺了錢，我們就可以坐計程車去了。

戴天曾經帶大家去拜訪詩人覃子豪。他住在一個大雜院裡，一個房間住了三個單身漢，擺了三張床，覃子豪睡中間的一張。我們去的時候，他隔壁的人故意把收音機開得很大聲，可能是與他相處不好吧！

戴天畢業要回香港，《現文》的朋友替他餞行，吃了、喝了、話別了，結果他的護照卻掉了，回不去，折騰了一段時間才回到香港。

另一位《現文》的朋友是謝文孫。他家的環境比較好，那時他就有照相機，還請大家去看電影《蘇西黃的世界》，他先託人買到很好的位置，大家都很開心。謝文孫有很多書，出國時都送給了我。他寫過小說在《亞洲畫報》好像是得了第二名，獲得很高的獎金。他很有才，後來寫評論。他說要到哈佛唸政治救國家。

我是從《現文》的〈鐵漿〉認識朱西甯的。

民國五十一年，張愛玲來台灣，我陪她到花蓮，應先勇之託，把《現文》帶給張愛玲。張愛玲說她東西多雜誌帶不走，她在旅途中把雜誌看完再還給我。我還記得她在我家邊用小湯匙吃木瓜邊看《現代文學》，神態閒雅。

我除了在《現文》發表了三篇小說〈鬼．北風．人〉、〈快樂的人〉和〈永遠不再〉之外，還替《現文》推銷了三十多本，成績不惡呢！

與《現文》親近的那幾年，和白先勇、戴天、謝道峨、張先緒、陳若曦等都是好朋友。一晃，已是二十七年前的事了。

（丘彥明整理）

二十八年一彈指
——回憶《現代文學》那段自討苦吃的日子

陳若曦

這幾年沒有上班，甚有閒暇，雖也時常筆耕，產量並不多。天性疏懶，往往是應朋友約稿，才勉強提筆。無人催逼的話，竟任光陰蹉跎，只知得過且過。每撕下一張月曆，不禁觸目驚心。這種時刻，特別懷念起一些擅長逼稿的朋友來。

《中國時報》的副刊主編向以催稿聞名，馬拉松的長途電話令人難以招架。作者可能一時抱怨，但許多文章也就這樣催生出來。

猶記得我七四年移居加拿大，為生計在一個小銀行上班，每天站著數八小時鈔票。回家操持家務外，要給兩個兒子補習英文。等他們睡下了，已是九時有半，自己疲倦不堪，卻還要伏案寫作。其時租住的是人家的地下室，狹窄擁擠，也陰暗潮濕。三塊錢買來的一套桌椅，是幼兒園淘汰下來的，已步入散架階段。雙肘齊上時，桌面搖晃如蕩舟；換個坐姿，椅子便吱吱叫怨。兩年中不知用槌子敲打了幾回，才勉強壓下這幾根木頭的離休意願。就是在這種環境裡，台北掛來一通通越洋電話，而我也寫了〈耿爾在北京〉等一系列短篇小說。

也是那個時候，我到南加州探望老同學。走到白先勇居住教學的聖塔芭芭拉城，發現它環抱蔚藍的太平洋岸，山明水秀，幽靜無比，一時驚為世外桃園。

「這樣的人間天堂，」我十分羨慕，「真是最佳的寫作環境啊！」

他卻搖頭苦笑：「不見得，我住這麼些年，也沒寫出多少東西嘛。」

面對他的謙虛，我但興「人在福中不知福」之歎。心想，假若我有安定的環境，我一定寫出許多本書來

對照今日情況，他的話正好應在我的身上。作品多寡和環境優劣顯然不能劃等號。寫作動機多種多樣，但在關鍵時刻，某種強制性是必要的。許多作家寫連載小說，相信是出於作繭自縛，一種自願就範的心理。

在日本，有的作家雇用祕書聽寫打字，同時進行數部小說的創作，每日在報刊連載，儼然在經營企業。在台灣，作家甚至預支尚未動筆的稿費，類似「寅吃卯糧」，寫作等於還債。名家高陽據說是無稿不連載，且往往是排字工人等在門外時才動筆。

如此看來，缺人催逼，許多文章恐怕見不了天日。「文窮而後工」外，也許還可以加上「文逼而後生」的前提。

人應付索稿的本事也大；對於懶人，那彈性更有如橡皮筋，可塑性與鬆緊成正比。

記得我的頭兩篇小說，都是大學一年級的國文課業。那還是拜教授不限定題目，一句「隨便寫什麼」之賜。為了表示與中學的散文決裂，乃閉門造車，胡謅出兩個故事來。大三時，和同學辦起了《現代文學》雙月刊，那更是「逼上梁山」，非寫不可了。這輩子也只有那一段日子，居然可以自己強迫自己寫稿，百分之百的「自討苦吃」。

我的大學生活，大概是一生中最忙的一段日子。白天上課，晚上教書，時間全排得滿滿的。我讀書不求甚解，但喜歡選課。應修課之外，還去旁聽外系的課，像中文系的「詞選」和「詩選」，歷史系的「希臘史」，以及心理系的「變態心理學」等等。旁聽課和應修課時間衝突了，往往放棄後者。「哲學概論」便這麼犧牲了。以後為人為文都缺乏哲學思考，便是吃了逃課的虧，實在得不償失。

那時身兼三個家庭教師的工作，每天晚上去給中學生補習功課，星期日也不例外。生性好動也好熱鬧，常結伴去參加工學院的舞會。和同班同學拉起了一個「南北社」，猶嫌不足，自己還加入其他社團。像橋牌社，不但要練牌，也要出外比賽，相當花時間。有時活動多了，簡直分身乏術。整個大學時代，體重沒超過三十九公斤，勞累可見一斑。

這種情形下，辦起《現代文學》雜誌，光時間就不夠分配，恨不得一天變出四十八小時來才好。當時社員寥寥無幾，拉稿、校對、郵寄……都得自己動手。我要付學雜費用，也要貼補父母家用，家教是一家也不能減少。雜誌社經費不足，無法大量購買外稿，只好社員多寫多譯。五〇年代在台灣辦雜誌，多數是同人性質，不付稿費。我們偏年少氣盛，自比一流雜誌，對外稿費不短分文。這是自找苦吃，當時也不知哪來的一股傲氣，簡直是打腫臉充胖子。

其時我和王文興負責小說稿。我曾提議社員隔期供稿一篇，自己食言而肥便無法催人交稿。於是家教回來後，已夜闌人靜，瞌睡得眼皮睜不開，蚊蟲叮咬都沒力氣拍，卻還得伏案寫作。

我家住宅面積小，父親乃向後院搭出一間房，供孩子讀書和家人學炊飲食。這房間有窗無門，屋頂是鋁皮，夏日酷熱難當，冬日不避寒風。我總是姊弟四人中最遲離開這房間，而熬夜多是寫稿。有時伏在桌上竟沉沉睡去，不是蚊蟲叮醒，就是北風吹醒。那時已能體會「爬格子」的滋味，並沒有當作家的雄心。

同學中，只有白先勇和王文興早立下寫作志願，並且堅定不移。尤其是文興，滿腦現代概念，渾身文學細胞，帶領大家於存在主義、超現實、意識流、荒謬……等迷思中浮沉。約有半年之久，我沉溺其間，疑惑個人生存的意義，對社會不滿，對民族灰心，整個人為悲觀憂鬱情緒所籠罩。後來留下一個短篇〈巴里的旅程〉，正是這一段心態的寫照。

我到底是個熱愛生活又熱愛鄉土的人；生長環境使我習慣於面對現實，不尚幻想。這或許是能迅速步出迷惘的原因。我對人，尤其是中國人，最感興趣；對周遭發生的事物，我喜歡問個為什麼？人在事件中扮演的角色，他的喜怒哀樂，以及走向未來的動向，更是關注的焦點。此種一頭栽進人海的性情，相信有利於小說的創作。然而把觀察形諸文字，那還得歸功於《現代文學》泰山壓頂式的供稿任務。那時候，歐陽子寫小說，戴天寫詩，多半為了交差。白先勇有幾篇小說，也是硬逼出來的。有人為稿費而寫作，我們那時候倒是為了節省稿費，才拚命寫作。

印象最深的是，一九六一年秋天張愛玲訪問台灣的事。我受她朋友之託，找王禎和招待，自己也陪著在花蓮港遊覽了兩天。那時我剛畢業，在一個美國機關工作，忙得沒空寫小說。然而雜誌社催稿，只得匆匆趕出〈張愛玲一瞥〉應付。它竟成了中學畢業後，五年裡僅有的一篇散文。

次年我到美國求學。留任的編輯同仁體諒學生的忙碌生涯，不忍心催稿。一連四年，只寫了一篇悼念夏濟安老師的短文，還是夏志清催稿所致。以後去大陸定居，正撞上「文化大革命」，更是整個兒斷了寫作的念頭。其時「文藝危險論」猖獗，七年中竟想不起和人談談辦雜誌寫文章的往事。無它，文學興趣全被「文革」革掉了。

回憶當年辦《現代文學》，一眨眼已近三十年。功過自有評論，但對我們的寫作，無疑是最佳的磨練。文章是逼出來的，當年曾經「作繭自縛」，今日庶能堅持崗位。有本於此，我倒希望，年輕人有機會不妨多多「自討苦吃」。

（一九八八年二月，柏克萊）

當兵那一年

林懷民

一九六六年，我從政大新聞系畢業，入伍服役。同學們豔羨我當兵的地點：新店通信指揮部。我則懊惱不已。熱烈嚮往的軍旅生涯竟是坐在辦公室裡等因奉此，上下班還打卡！報到兩週後，我請調金門。組長聽了我的報告後，疑惑地端詳我半分鐘，叫我想清楚。等我再度提起，他乾脆叫我不要「胡思亂想」，走出辦公室時彷彿還咕噥著「神經病」。從此，我成了指揮部有名的怪人。

也許預算不是很多，我們採購組的工作極少，作為「插隊」的預官，組裡彷彿想不出多少事給我做，也不耐煩從頭訓練一個「馬上」又要走的人。我成了一個不折不扣的耗餉的冗員。等我弄明白整個局面，我就坐在牆角一個桌前，自力更生，打發兩次打卡間的時光。下班後，軍官坐交通車回家，我仍坐在那裡翻看字典，讀我的海明威。煩悶時，也趕著晚霞到碧潭划船，或者進城到西門町看場電影，逛逛書店。回營的公路局裡，覺得男子大好青春就這般無謂地荒廢掉了。然而，金門既然去不成，捫心自問，自己到底要怎樣，能怎樣，彷彿也沒有具體的答案。同學為我要來兩個美國大學的入學申請，我也不甚積極，擱了兩個月，因為無聊，就填寫起來。寄走了申請書，我真正是徹底無聊起來了。

世界在大變中，說完「不要問國家能為你做什麼，試問你能為國家做什麼」，約翰．甘迺迪就被刺了，隨後是馬丁．路德．金牧師，隨後是約翰的弟弟羅勃。越戰初興。美國大學生在芝加哥跟警察幹起來。瓊．巴雅茲唱「我們必將勝利」。巴黎、東京在鬧學潮。嬉皮在舊金山分派鮮花。紅衛兵在大陸掀起慘烈的文革。我在新店通信指揮部的操場看雲。

後來，我就俯案寫作。那年的作品都收入《蟬》那本小說集裡。其中〈蟬〉是一個中篇，寫得廢寢忘食。余光中先生接編《現代文學》，很客氣地向我約稿，使我受寵若驚，趕快把寫好的部分寄出。登出後，有人問起故事人物的最後結局，我真正無言以對，因為下篇仍在「辛苦經營」中。

後來，我去跳舞，每隔不久總有人提起〈蟬〉裡的人物。我往往想了半天，才明白他在說哪個人。在忙亂的生活裡，寫作的生涯真像是前世種種。只是，如果有人問我：如果可以再來一次，如果可以選擇，我要寫一冊小說集，還是上前線？我的答案是：去金門。

到底，生活本身永遠比創作來得血肉芬芳。

（一九八八年一月）

與文學結緣

奚淞

我生平第一篇小說，是在《現代文學》發表的。對我而言，有重大的意義。而《現代文學》自民國四十九年初創刊，一連串引介西方文壇巨匠作品，在台北尚被人戲稱做「文化沙漠」、出版物非常貧薄的年代，給予少年的我無比衝激力。

那正是我對文學充滿憧憬與飢渴的年齡，記得那時為了讀一點文學書籍，經常流連在牯嶺街的舊書攤，從灰塵和煙黃的破爛裡，尋找昔日大陸出版的舊書，偶而找到一兩本好書，簡直視同珍寶，與好友交換著看，反覆的讀。回想起來，當時少量的書籍所帶給我的滋養，倒要遠超過後來滿牆滿架的書了。

《現代文學》出刊後，一連串譯介了卡夫卡、福克納、湯瑪斯曼、海明威、詹姆斯、喬伊斯……等的作品。雖然篇幅不多，往往一次只有三五短篇，卻選得精、譯得好，許多都是初次引介到台灣的重要西方作家。縱使相隔二十多年，回想初期《現代文學》譯介的作品，我仍覺耀眼生輝。當初，我又是如何手捧《現代文學》，反覆渴讀片斷譯文，期望從形式、技巧和內文中鑽研出文學的深意。

曾讀白先勇在一篇回顧《現代文學》的文章裡說到：「……四十八年大二暑假，提出創辦《現代文學》的芻議……大家七手八腳的分頭進行，我弄到一筆十萬元的基金，但只能用利息，每月所得有限，只好去放高利貸（後來幾乎弄得《現文》破產，全軍覆沒，還連累了家人。）……第一期介紹卡夫卡。雜誌出來了，銷路卻大出問題。什麼人要看我們的雜誌？卡夫卡是誰？寫的東西這麼古怪？……」

因為後來認識了白先勇，瞭解他對文字懷抱無比的熱情，讀這篇文章就覺得感動又好笑了。我完全可以想像先勇滿腔熱腸，為文學不惜放高利貸的情急模樣。

其實，當先勇著急於《現代文學》沒人要看的時候，讀者如我，正如飢如渴的在看。先勇躭心卡夫卡的作品古怪，不為人所接受。而我，正迷醉在〈鄉村醫生〉中，彷彿和卡夫卡做著同樣的夢。好長一段時間裡，我都覺得自己就是小說中那失去判斷力、進退兩難的醫生。我也是陷身床榻的病人，懷抱著世界獨一無二的傷口而呻吟。我甚至是那匹風雪夜色中佇立的馬，頻頻伸首入窗探看無止盡發生的一切……卡夫卡為我打開了文學的夢之窗，他悲傷又溫柔的眼神，至今猶深銘我心。

沒有這些古怪的滋養，以及種種際遇，少年的我，是不會寫下〈封神榜裡的哪吒〉的吧？

創作平生第一篇小說的悲壯感和狂喜，使我不眠不休，幾乎落筆不能止。字行漫無邊際的塗寫在無界格的白報紙上。一大疊，還熱騰騰的呢，就急著約見先勇，準備請他評斷了。

少年的我，是多麼沒有信心而又傲慢啊，見到先勇，大概也就做出漫不經心的模樣，把稿子擲在桌上了吧。

記得先勇彷彿忍不住笑，信手翻了兩翻，說：「我會仔細慢慢讀。」而我，卻恨不得他一口氣讀完，立刻判個生死呢！

再撥電話給先勇，〈封神榜裡的哪吒〉已經要排字，編入《現代文學》了。

將近二十年，回想這段與文字結緣的往事，猶自使我心頭為之暖熱起來。自此我步上寫作之途，要感謝先勇，也要感謝《現代文學》。

酸甜苦辣

水　晶

我在《現代文學》雜誌，一共發表了三篇小說，即〈愛的凌遲〉、〈波西米亞人〉和〈快樂的一天〉。〈愛的凌遲〉還得了一個短篇小說二等獎。說來慚愧，此後即沒有再替《現代文學》寫小說，說句笑話，將來如《現文》復刊，我一定把創作交給他們發表。

一九六一年的今天，一晃眼，二十六年過去了。這四分之一的世紀內，多少的人事與亡，真是屈指堪驚。儌倖能夠活下去的人，「劫灰飛盡古今平」，回過頭來，翻閱自己的舊作，臉紅之外，還有一種張愛玲所說的「甜酸苦辣，擾拌在一起的說不出來的滋味。」

中國現代小說家，往往半途而廢，無法持之以恆，所以看看現代中國小說史，多的是曇花一現的小說家，這其中有很多因素，最要者是海峽兩岸，都無法給作家提供一個理想的寫作環境。西洋的小說，的確給他們的作家寫盡了，中國的現代小說，說來慚愧，還待作家的努力。我們有非常充裕的財力，也有許多揮之不去的無奈與省思，為什麼促人省思的作品這樣少？說來說去，作家本人也要負相當責任的，包括我自己在內。

寫出這些，藉以策勵自己，並藉此賀《現代文學》重印的盛舉。

（一九八七年十二月十二日，洛杉磯）

絕無僅有的一點小緣

朱西甯

算讀者的話，我與《現代文學》可謂有深交，來往既久，且甚投契。但若單就作者言，則我與《現代文學》可說是君子之交，淡得平生絕無僅有就那麼一篇小說〈鐵漿〉，為《現代文學》稍盡棉薄的効過勞。如此只憑在《現代文學》發表過一篇習作，就取得其滄桑史置喙兩口的發言權，甚而月旦長短，就未免交淺言深，也顯得孟浪之至。

今來舊事重提，時逾二十八個年頭，似乎已無若何特殊的記憶或印象可堪感懷。民國三十八年春三月從軍來台灣受訓，嚴酷緊張的八個月訓練期間，暈頭轉向，得空只想就地倒下來睡上一覺。自幼一直嗜之如命喜愛過來的小說，這八個月間可是完完全全的與之絕緣。及至三十九年任官少尉，且是陸官校部的繪圖員，一旦安定下來，便等不及的重續前緣，不單看小說，還練習著寫起小說來。

其時可供發表小說的報刊有限得可憐，報紙副刊皆不及半版，小說皆限在兩三千字內，那太轄制人了；儘管四十五年前後，林海音先生主編聯副，首創星期小說，每週日以整個半版刊出小說一篇，字數六千，那對小說作者已是開了大恩，造就不少小說新秀。我是一開始創作小說，就極難小而說之，若無萬字上下，便難說得周全。其時定期刊物雖也不下十數家，卻一則皆屬雜誌；再則，約僅有《民族陣線》、《自由青年》、《戰鬥青年》、《自由談》數種，其中文藝部分聊備一格而已；但小說雖則一篇為限，篇幅卻較報紙副刊寬裕太多。尤以聶華苓女士主編的《自由中國》文藝版，每期可容萬餘字，又是半月刊，稿費極高。條件如是優厚，我的早期作品當以發表於該刊者最多。而華苓女士也是我心目中一位極為可欽可敬的編者，她的尊重作者幾無人可及，即一詞一字有意見，亦必與作者書信往返商量，且以聽從作者主張為原則。那時無藉藉名如我，受此優遇，感敬尤深。

從三十九年到四十五年間，也並非沒有什麼文學刊物，只是率多方生方死，未成氣候即亡。或則性屬同人刊物，自閉而排它；自視過高寧是應該，惜其實質不過爾爾，便不免令人嫌惡。至於良莠不齊，那就更難說了。我的「成名作」如〈鐵漿〉，即遭《寶島文藝》退稿，事隔三十多年後與潘壘先生初晤，承告當時其同人反覆審閱，結果皆懷疑為「抄襲」，一致認為退稿比較保險。對此，我都不知該說他們同人太過認真，抑或草率。另一篇〈狼〉，也是香港《今日世界》壓稿八個多月，託黃思騁先生方始索還；及投《創作》一壓又是一個多月，屢索無著，五十一年中副擴大為全版，委託光中先生代為拉稿，適馮馮說他與

《創作》主編章君穀氏甚稔，乃請他取回交中副，遂以三日頭條刊出。自聽潘壘先生描述當年退稿經過，不禁想到《今日世界》與《創作》，或也視〈狼〉「疑似抄襲」之故罷。這些雖屬後話，總也可作反證，《現代文學》亦屬同人刊物，卻頗有識力和決斷，採用〈鐵漿〉這篇有抄襲嫌疑的外稿，胸襟也殊足可佩；其於屢蒙不白（不容申辯和不明所以的雙重不白）之冤，屢受挫折的我這個初出道兒的小說作者，當屬重要的安慰——〈鐵漿〉與〈狼〉似乎是同時面世。

大約較有分量，壽命也較長久的文學刊物，最早當為《文藝創作》，三十二開本，兩百餘面，最粗淺的衡量，拿到手上掂掂也夠重的。此刊造就了不少五〇年代新興的優秀小說家如潘人木、端木方、徐文水、潘壘、蕭銅等女士先生。然而該刊既為「中華文獎會」所創辦，大抵皆刊文獎會每年國父誕辰及文藝節兩次徵文獲獎作品（長、短朗誦詩，長、中、短篇小說，獨、多幕話劇劇本等，質與量皆頗可觀，足供該刊稿源而無缺）。我的習作起步雖早，卻一直粗陋，頗不欲自認尚欠成熟之作去瞎碰運氣，那會和心存僥倖去買愛國獎券沒有什麼兩樣。如此則我於《文藝創作》便始終僅居讀者地位。

其後當屬夏濟安先生的《文學雜誌》了，二十四開本，篇幅不及兩百頁，然而樸實沉厚，可以令人一見傾心；然而也就如見佳人，做個讀者盡可大膽的單戀，進一步做個作者以求青睞，則不禁情怯得自慚形穢。因而也就絕無僅有的放膽一遭，〈祖父的農莊〉，居然倖蒙賞臉。一份刊物辦得能使作者於其上發表作品而以之為榮，約莫也就可以了。

《文學雜誌》過後，即數《現代文學》，兩者形似，於質有異，《現代文學》西化得多，學院得多，喜也是喜，愛也是愛，若以佳人譬之，卻似「水仙花后」，僑胞之情嘛，誰不疼惜？——這個比方或許過分，其雖西化，卻總不至西化到只會四聲不正的一聲「謝謝」；只是這對一個武既行伍，文非科班的作者來說，這種過分毋寧十分正常——見識太過有限了！

來談《現代文學》，我是確乎不合時宜，如此避重就輕，不無滑頭；又如此借題發揮，未免欠厚；好在所涉不過文學事務，無關大體，也是碌碌世俗之見。大約絕無僅有的一點兒作用，只是勾勒出《現代文學》當時的文學環境一個粗略的輪廓，如是而已。

清夢

李　昂

想想，給《現代文學》寫稿子的那個階段，可以說是這一生創作中最快樂、最平靜的階段。

五十八年第一篇投給《現文》的稿子是〈零點的回顧〉，五十八年我幾歲？十七歲，一個所謂作夢的年齡，我也不例外，我的夢想是努力的讀我的存在主義、佛洛伊德，寫我自己的小說，為著一個崇高的理想：小說是自我肯定、發現自我的最佳途徑。

那時候我高二，人在鹿港，與一切文壇是非遠離，我的小說也尚不到像《殺夫》一樣，要遭到眾人攻擊。心中有的真是一種「世界觀」——我只看所謂世界一流的作品——大量的翻譯世界文學名著，至於台灣的作家？看過不多。

同年年尾，又給《現文》另兩篇更典型的這時期作品：〈海之旅〉與〈長跑者〉，這時節已是高二下半年，隨著聯考的臨近，創作，雖然如此熱愛，只有暫時請迴避了。

除了投稿外，《現文》也是陪伴我早期創作的一本重要雜誌，初一開始我對一些外國作家的初步認識，還都是從《現文》來的。清楚記得《現文》每期都有一個重要的外國作家譯介，卡夫卡，尤其是影響我早期創作極重要的作家，第一次見到這個名字和作品，還都是由於《現文》。

這樣一本又讀（能充實自己），又寫（投稿）的文學刊物，是往後的創作生涯中，很少再碰到的了——或者是否可以說，幾乎再碰不到的了？

這是我與《現文》的第一段淵源。

再與《現文》有關，要直到過了來台北讀大學的不適應時期，重開始寫作，而且，寫的是與我這一生中創作關係巨大的一個系列作品——鹿城故事——是的，就是〈殺夫〉的前身。

《鹿城故事》開始寫是一系列短短的小說，希望綜合起來有休伍德．安德森的《小城風光》的模樣，構成像《都柏林人》式的整體效果，由於短，每回在現文發表，都是幾篇放在一起，我又好用兩個字的篇名〈西蓮〉、〈水麗〉，排起字來整整齊齊、清清秀秀，一點沒有往後《殺夫》的嚇人勁。

一直到六十三年大學畢業，整個台灣文壇的商業色彩都還不濃，我特別喜歡給雜誌刊小說，尤其是短篇，可以一次刊完，免得破壞整體效果。與《現文》的編輯們也一直合作愉快，那時當編輯，都是奉獻出時間和精力，不見什麼實質的回報，投稿人和編輯互相尊重，沒什麼是非，也不曾聽到「為什麼老刊登╳╳的稿子」這類閒話。整個創作、編輯界，月日風清，清清爽爽，沒有什麼獎、沒有暢銷書排行榜，作者和編者火氣都不大——或者，是非仍然有的，只是當時我少與文藝界接觸，不知道罷了。

然後時間在過去，愈來愈認識許多文人，各式各樣的雜誌愈來愈多，編輯也愈來愈多，作者與編輯間的關係也日愈複雜，這時候，我每每會回想起給《現文》寫稿的那五、六年間，那種單純的快樂。

還好，這些年始終沒有改變的是，我對創作所能帶來的所謂名利，一向不以為重要，我始終相信，早期給《現文》寫稿的那階段有的創作理想。

作品要爭的，是千秋而非一時。即使達不到千秋，也至少要能放眼世界，像當年讀《現文》介紹的當代西方大師，尊敬之外，效法他們也未嘗不是一個很好的起步——至少比小鼻子、小眼睛只爭文學獎與人際關係，要好得多了。

如此，我當然要說，我十分感激《現文》及那個時代，因為它奠定了我整個對創作的大原則。

少年心路
——《現代文學》與我

李　黎

《現代文學》創刊時我才剛上初中，因此初讀《現代文學》以及回頭「補課」看前幾期，是進了高中以後的事了。初識的印象可以簡稱之為「眩惑」——跟我原先熟悉的文學世界：唐詩宋詞、章回小說、報章雜誌文藝、世界文學名著、舊俄小說……都太不一樣了。那薄薄的一本本書冊裡，有著一種當時難以喻解的魅力，使我懷著幾乎是神祕的興奮，像打開一扇扇門般地一篇篇讀下去。門裡的世界我不熟悉但竟也不全然陌生；那些作者我完全不認識，但一期一期經常出現，竟也親切起來。他們用的是一種奇怪的文字語言，但更奇怪的是那份異色的吸引力，使我一讀再讀。那些文字的世界裡有夢魘、有荒原、有異國，還有黑暗深沉的人的內心……。於是，這個半真實的文字世界，便奇異地融入了當時的我的世界——一個六〇年代初葉南台灣的中學生，在枯燥規律的升學壓力下、騷動不安的內心世界——而成為一個少年成長經驗的一部分。

那時我所住的高雄，相比於台北來還算是偏遠地區，像《現代文學》這樣的刊物，並不能每期都買得到。為了寫這篇文章而查點了一下書架，經過二十多年來數不清的海內海外大搬家、以及友朋的輾轉取借，竟然還能剩有七、八本六〇年代買的《現代文學》，自己都有些驚訝。翻開那些脆薄泛黃的紙頁，看著一個個後來在文壇上響噹噹的名字，以及少年的自己在上面塗劃的圈點和批語，簡直有點像神怪小說上的話：「也不知過了幾世幾劫……」

大大小小的歷史事件都有無數個「如果」。如果這樣、如果不這樣，就如何如何……，怎麼說都是無法重演證實的假設。如果我的成長經驗中沒有《現代文學》和《文學季刊》，又如果我不出國、不坐在美國大學的圖書館裡，啃那些從前在台灣看不到的中國三〇年代文學作品……那麼，也許，就不會坐在中文書庫旁寫出第一篇真正的小說〈譚教授的一天〉，也不會大著膽子寄回台灣投給《現代文學》……

十年前，歐陽子女士編《現代文學小說選集》，收入了〈譚教授的一天〉。在她的編選前言和白先勇先生的序言中，都提及這篇小說，同時也談到作者的「陌生」——沒有其它作品，語氣中有著因愛才而感到的惋惜。事實也是如此，二十二歲那年寫了〈譚教授〉以後，總有七、八年之久，沒有再寫一篇真正的小說。直到又走完一段成長的心路，漸漸步入中年人生，才又執筆。這以後的小說，怎麼看都跟〈譚教授〉不一樣了。想了很久才悟出：那是少年心路延續下來的一個總結篇，那時下筆還是直覺的，像天光雲影的返照。真正成長了之後，再寫什麼、怎麼寫都有了一份自覺，自然不太一樣了。而這兩種人生境界與創作境界，很難評定孰好孰不好；反正是不能回頭的，那麼最初也是最後的那一篇，給了自己成長年代的啟蒙刊物，真是再合適也沒有的了。

去國十五載後前年回台，遇見一位文評家，問我：「認不認得寫〈譚教授的一天〉的黎陽？」我說：「那就是我。」說完了有一種奇異的感受，好像在冒名頂替，又好像是「少小離家老大回」詩裡的那個人。這才覺得離家實在久了，補課般地出了小說集子，頭一篇當然就是〈譚教授的一天〉。

人生的階段不能回頭，一份刊物出到了一個階段也無法永遠繼續出下去，一個時代亦復如此。今天的台北當然已沒有了一批用家教薪水、當腳踏車來辦同人文學刊物的年輕人，也不會有不但不收稿費反還倒捐給刊物的作家。經過那一場的人不免會有懷舊之感，但同樣的也難定論哪一個時代更好些或更不好些。我只能說自己的感想：自己是幸運的，因為也算趕上了在那個年代裡成長。

（一九八七年隆冬，美國加州）

那一段日子

荊　棘

曾經有一段年輕的、作夢的、想飛想得要發瘋的日子。浸漬在成長的苦澀裡，渴求一絲新鮮的空氣，一聲勇敢的呼號，來截破四周鬱抑的道統、教條、和死寂。

一九六〇年，我以第一志願考入台大園藝學系，作了新鮮人。我馬上就發現，沉重的理化課程加上長時間的農場實習，與我想像中的詩情畫意的育花種菜的田園生活有天地之別。我在台大的四年中，始終感到與周身的環境格格不入，自己好像是被削的足，勉強地插在一隻不合式的鞋子裡。

有一天，好像還是我在大一的時候，高中時代的好友米米興奮地告訴我：「有一本很好的文學雜誌出版了，叫做《現代文學》。」

米米又說：「是一些台大外文系學生合作出版的。發行人白先勇，不就是你家的鄰居嗎？」

白家與我家都一直住在松江路近南京東路的地方，彼此只隔了一座牆。只是那一道高牆真是不可超越，那麼多年來我未曾與白先勇談過一句話，雖然我看到白家兄弟長大，也聽到白先勇先考入成大，後來又進台大的新聞。

現在想起來，實在是莫明其妙的事。

米米還到我家來住了幾天，我們自以為不露痕迹在家附近兜圈子，只是為了讓米米一償「驚鴻一瞥」白先勇的心願。我看白先勇多了，不覺稀奇。米米卻若有所悟，說白「好白」，說對他的小說，更有一層的了解。

就這樣，白先勇、周夢蝶、陳若曦、歐陽子、陳映真……等等，這一串列下來的名字，如中國現代文學家名單，就由每一期《現代文學》，米米讀完後傳到我的手上，變成了我們那一段日子裡閃亮的星光，清新的微風，和勇敢的吶喊。

我一向愛好文學，然而，從未專心去學習研究，也一再抑制自己獻身文藝的狂熱。只是當我讀到好的作品時，總是感到內心激動的、沸騰的、共鳴的快樂，好像自己進入了一個自由的，可以作夢的，可以任情地哭和笑的世界。

米米考進師大英文專科，校區好像在新竹，她對她的學校和學系，牢騷滿腹，台大外文系是她仰望而不可入的煌輝宮殿。幾年後，當她完成教學服務的規定而再考入台大外文系時，米米卻失望地說：「白先勇那一批都畢業了，台大外文系也不同了！」

你永遠不能回頭。你永遠不能追尋過往！

在大一的一年，一向養尊處優的米米，遭受一連串的打擊。感情上的動蕩，父親的大工廠付之一炬，與父母的感情，發生了幻滅。米米變得沉默，她常常通宵不眠地寫作，把她的痛苦昇華成了晶瑩的文字。

〈玫瑰．媽媽．與我〉就出現在《現代文學》。

剛才，寫到這裡，我停下筆來，與住在美西的米米通電話。十九年來這還是第一次聽到她的聲音。人生到底是怎麼一回事呢？我們曾是一起發瘋、一起作夢的至友，是要將來到美國開拖車作吉普西的旅伴，是無話不談，哭在一起笑成一團的死黨。

米米的聲音仍是二十多年前的。她不記得這篇文章登在那期或那年的《現代文學》了。連這篇小說的題目是不是這樣，她都不能肯定。我們也在電話裡爭論《現代文學》是在我們高三或大一那一年創刊的。

「是很多年以前的事了。」我想安慰她。也許是在安慰自己。

「是的，二十……近三十年的事了。像是上一輩子的事。」米米唏噓。

「《現代文學》早期的時代，是我們長成的時代，好像是我們那一代的一個象徵。」我說。

「我們曾經多麼年輕，多麼自以為是，多麼真真誠誠地活著，為一切事物感動地活著……。那些文稿刊物一直珍藏著，東搬西移也不肯丟。最後，大概也是前兩年的事吧！狠起心來，和以前的信箋一起燒了……。好像是把過去一古腦兒燒掉了……」

米米過得很好，是個成功的電腦資訊管理專家。她與先生，在舊金山港灣區，有一座位於半山，美好如圖片的家。

只是她當年是我們中間最富文才，最醉心文藝寫作的人。

人生到底是怎麼一回事呢？

一九六四年四月，《現代文學》第二十期登出我的〈等之圓舞曲〉。這篇文章可說是我第一次對現代文學創作的嘗試。這篇短短的散文小說，受到文壇的注意，我因之交了一些文壇上的朋友，並且由這篇文章，被《文星》主編張白帆邀稿。〈南瓜〉於同年七月在《文星》登出，一個月後，我就赴美求學了。

我赴美後與文藝創作斷絕，十八年後，意外地再度開始寫作，完全是因為這篇〈南瓜〉當年無意中播下的種子；也可以說，發表〈等之圓舞曲〉的《現代文學》，是間接地促成我今日仍在文壇孜孜奮鬥的最大因子。

〈等之圓舞曲〉寫一個多夢的女孩一心等夢卻又被現實等待的三角圓舞曲。這篇文章發表後，文壇的人都來詢問文中「行於雲之上，有雲作翅膀」的男士，是否某文壇鼎鼎大名的人物？我現在的推測是，該文的文字運用靈活新穎，把一個多夢少女的矛盾寫得很真切，以至讀者感到故事是真實的。實際上，不管故事有幾分真情幾分虛構，一旦寫出，心中的情愫就已變質了。故事中的人物與現實生活的人物是有距離的。我採用筆名「荊棘」，是自此文始，本來是希望藏身在一個怪異的筆名之後，隨意寫要寫的文章；但這筆名也未能成為掩藏我本人的後盾。對我這個一個一向羞澀內向的女孩來說，這篇文章帶來了意想不料的曝光，好像把我赤裸裸地照出來了。我一方面為文壇對我的重視興奮不已，另一方面也後悔自己的天真和孟浪。

因為這篇文章我結識我欽慕已久的余光中，也與當年新銳作家張菱舲和江玲結成一時形影不離的三姊妹。（可嘆的是，我們三人也有二十多年沒有通訊了，一點也不知道她們兩人今天在作什麼？在天何方？）我也與在文壇令人爭論的人物見面數次。該人在文壇上毀譽兼半，也許毀還比譽多一些，然而對我是一副兄長的關懷和鼓勵。該人的最後定論是將來歷史的事，而我對他出眾的才華，敢說自己要說的話的精神，是始終仰慕的。

張白帆先生因這一篇〈等之圓舞曲〉向我邀稿。《文星》當年是一本思想上學術上的尖端雜誌，我簡直不敢想像我這樣一個到處報章退稿的人，會有這等殊榮。那時，我心中有好幾個故事，三姊妹商量之後，覺得〈南瓜〉最好。〈南瓜〉就在很順利的情形下很快地發出來，我自己也不知道是好是不好。張白帆的第一句批評是：文中引的「一顆麥子」的話，出自聖經而非我以為的紀德。他以此勸我多讀書，多作基本的紮實工作。又說結束太拖拉，他們簡了一點。（他化繁得好，救了〈南瓜〉）。

〈南瓜〉七月登出，只聽到余光中先生說他夫人好喜歡的話。此外，未聽到別的反應。當時我忙著整理行裝，一心出國。多年後才聽到國內文壇對〈南瓜〉的熱烈反應，隱地對它的推薦，以及蕭孟能先生說如果荊棘沒出國，也要為她出一本書的事。

二十三年的時間就這麼過去了。我走了這麼多艱辛曲折的路，最後又開始寫起文章來了。人生是怎麼一回事？我實在是搞不清。我有時也不免推測，如果我當時不出國，留在台灣專心寫作，有的是多麼好的條件！《現代文學》和《文星》，我最最嚮往的發表園地，居然都已在我可及的範圍內了，我為什麼要在這時候遠走他鄉呢？當時的夢想和熱情，窒息的寂寞和絕望，尖銳的痛苦和喜悅，都是如是永遠過去了。

那一段日子，那一段我們曾經有的年輕日子，真的是無可奈何地過去了。

幸好還有《現代文學》，是我們那沈悶時代的呼聲，是我們那一代千千百百個成長的一個永恆的象徵。

（一九八八年一月十日）

〈豹〉變

——談我與《現代文學》的一段交往

辛鬱

〈豹〉這首詩是我的作表作，六十一年三月發表於《現代文學》四十六期「現代詩回顧專號」，原作如下：

有一匹
豹　在曠野的盡頭
蹲著　不知為什麼
許多花開著
樹綠著
蒼穹開放

涵容著一切
這曾嘯過
　獵食過的
豹　不知什麼是開著的花
或什麼是綠著的樹
不知為什麼的蹲著
一匹豹
曠野默然
花樹寂寂

寫〈豹〉的動機，是有感於在人類文明的壓力下，大自然中生命純粹性的逐漸喪失，豹被作為表現的主體，是我認為牠是大自然中生命力最強悍，也最能保持生命原始純粹性的生物。當然，有心追索的讀者，一定會發現，〈豹〉詩的暗喻，直指人類，我主要想表達的，是對人類原始本能退化的深感悲哀；人與自然的親密關係，在科技發展的引誘下，終於被拉遠。

雖然有嚴肅的主題，〈豹〉詩在文字與語言的表現上並不完整，於是我作了多次修正，而當被收錄在《八十年代詩選》（六十五年六月，濂美出版社）時，它變成了如下模樣：

有一匹
豹　在曠野之極
蹲著
不知為什麼

許多花　香
許多樹　綠
蒼穹開放
涵容一切

這曾嘯過
　掠食過的

豹　不知什麼是香著的花
　　或什麼是綠著的樹

不知為什麼蹲著
一匹豹
蒼穹默默
花樹寂寂

曠野
消　失

作以上的剖白，主要在表達我對《現代文學》的感激。說到我與《現代文學》的交往，坦白說，那並不是十分親切的。

基本上，我是「草莽」出身的一個文學喜愛者，而《現代文學》則是年輕的「學院派」，兩者似乎不太能夠融合我接觸《現代文學》，從創刊號開始，那個時候我在金門服役，讀到這本陌生的刊物，是在它出版九個月之後，地點在金門縣立社教館的閱覽室。刊物已經破損，我卻如獲至寶，翻著翻著，在一頁的空白處，竟讀到這麼三句話頭：

年輕的「學院派」為我打開視野，
在衝呀殺啊之外我需要這新東西，
可是它能活多久呢？

不知是誰的留鴻，寫得很有意味。我用「非法手段」把這本創刊號占為已有，結果卻在一次又一次調遷中失落。這之後，我沒有機會讀到第二期以下的各期，直到調回台北，我用一筆獎金從第十三期起成為《現代文學》的訂戶。不久，白先勇在他敦化南路的家裡請了一次小小的客，被請的清一色是「草莽派」詩人，記得有痖弦、商禽、楚戈與我，別的就記不起來。白先勇的笑容可以跟痖弦的比美，他熱誠的要我們為《現代文學》寫稿，並且說：

「這刊物是屬於大家的。」

事實確是如此，《現代文學》雖有一個圈子，但圈得很大，誰都可以進去，條件是：作品要好！

在那次見面後，我開始向《現代文學》投稿，第一件作品〈雲的變貌〉，遭退，第二件作品〈夜想〉，又遭退，我失去膽量了。直到我從林口調到台北市，與二次投稿相隔半年，才投寄〈陌生的顏面〉與〈無調歌〉，而於三十一期一次刊出。

這兩首詩的刊出，給了我極大鼓勵，使我在那一年（五十六年）創作幾近豐收。而我也一直認為，那年是我作品的轉型期，例如〈土壤的歌〉（《幼獅文藝》刊出）、〈青色平原上的一個口〉（《創世紀詩刊》刊出）、〈無調樂章〉（《前衛》刊出），都是我較具代表性的作品。

雖然如此，我的創作之路依然崎嶇，而且，為了生活，我必須把每天的大部分時間放在工作上，向《現代文學》繼續投稿的願望，只好擱置下來。那時候，我的工作在西門町峨嵋街，每天我都感覺到自己像一匹被困的獸，在市聲中掙扎。於是，我十分情緒的寫了一連串的〈演出的我〉（共六輯，均刊於《創世紀》詩刊），〈豹〉詩的意念也從那時醞釀，然後受到一部描述非洲獅子生態的電影衝擊，〈豹〉詩的意念終於形成文字。

我在《現代文學》發表作品極為有限，但卻都成為我的代表作，所以我要說，《現代文學》的嚴謹審稿態度，是造就作家的一把利刃。

憶
——紀念《現代文學》創刊二十七載

蓉子

初識她，
初識她於早春微寒的夢裡。
劃開傳統天際的星月
相信她，
相信她是冷露所綠的田疇。

憧憬便從早春，
因年輕的熱力而幅射出來：
於是這裡一株薔薇　那兒

一叢黃菊　年幼的扁柏　高大的
旅人蕉以及各種花樹的形象。

雖說城市開始變化　仍然
帶著盤根錯節的過往，
自然會有一陣騷動　一些不安
終於她走過苦澀　走過翠綠
見到金黃。

從最初的一支、兩支、三數支火柴，
慢慢凝聚成一束熊熊的火焰。
然後又分散各地　不分域內域外
高高地舉起現代文學的大旗
——當人回顧便有了歷史的痕印。

我對《現代文學》的觀感
——它已成為開展中國現代文學的主力線

羅　門

如果說中國現代文學，是中國現代作家所創作的文學，則小說家白先勇等有心人士，當時（二十餘年前）所創辦的《現代文學》季刊，便是為中國現代作家提供發表現代文學作品的一個具有前瞻性、開拓性、使命感與歷史意義的文學刊物。

這本刊物，在銜接大陸三〇年代文學，轉移到受西方現代文明文藝思潮沖激後，所展開的新創作境域，使中國作家由「田園」轉型到「都市」，由「地域性」文化到開放的「世界性」文化之交流，所表現的新的創作精神意識與美感經驗，並激發當時乃至後來新一代的創作者，向充滿理想與無限展望的現代文學邁進，是的確發揮了一連貫性的強大力量的。

雖然在最近的幾年間，它停刊了，至令人惋惜，但在回顧中，它的歷史形象，仍格外的凸出與鮮明；它的貢獻，更是不可磨滅的，潛伏著對中國現代文學發展源遠流長的影響力。

二十餘年來，它除了刊登國內許許多多具有卓越創作力的傑出作家的作品；也大量介紹國外高水準的小說、散文與詩以及具學術性與前衛性的創作理論，此外，嚴肅性的批評文章，更是經常出現，就是當時大大迷住中國現代詩人的象徵與超現實主義以及相當引起爭議的存在思想與意識流的寫作觀點等所影響下的創作精神，也採取較開放與包容的態度，以理性與學術性的穩健步調來面對，來做理想的探究、抉擇、提昇與進展。

因而我覺得這本刊物，無論在藝術層面與思想內涵上，都的確達到前衛性、創新性以及深廣度與豐實感的要求，而且也是一本相當純粹的現代文學刊物；甚至已被視為中國現代文學發展過程中一條堅實強大的主力線。

在我個人從事現代詩三十多年來，於創作的態度上，比較認真與嚴謹，雖不屬於多產型的作家，但尚可是《現代文學》季刊的詩作者，發表過部分詩作，同時在我創作正值重大的轉型期，於五十三年所出版的《第九日的底流》詩集時，詩評家張健寫的評介文章，也是在《現代文學》季刊發表的，加上發行人白先勇舉辦有關《現代文學》作者聯誼座談會，也常邀請我與蓉子參加，可見《現代文學》季刊與我的文學生命，是有那份自然的感情的，尤其是在記憶中，更令我難忘的一件事，是「現代文學季刊社」與「藍星詩社」，於民國五十三年三月三十一日為紀念莎士比亞出生四百年，在耕莘文教院，所舉辦的中、英、法文現代詩朗誦會，到有國內著名詩人、學者、教授以及觀眾來賓達數百人，可謂是國內當時一次盛況空前最具規模與水準的現代詩朗誦會，會上有台大文學院院長朱立民教授與余光中教授等以英文朗誦；也有其他教授以法文朗誦，記得我發表在《現代文學》季刊的那首詩〈悼佛洛斯特〉，是由藝評家虞君質教授女兒虞蘭思小姐用中文朗誦的；這次文學性活動的熱鬧情景與盛況，除留給大家極深刻的印象；也顯示《現代文學》季刊在發表靜態的文學作品外，有時也參與推動國內有意義的動態文藝活動。

的確，當我們將時光倒流到二十餘年前，那不但可看見中國現代文學發展相當堅苦的一段旅程；也可看到中國現代作家與《現代文學》季刊，曾經共同開展中國現代文學的一段光輝且深具歷史意義的旅程。當年的作家，如今都一個個黑髮變白髮，他們永不停止的面對「生命」、「時空」、「戰爭」、「死亡」、「都市文明」、「性」、「自我」、「新的自然觀」，乃至面對西方存在思想侵襲下，由卡繆喊出的現代作家均為「美」與「沉痛」服役，或由海明威喊出的落空與迷失的一代……等這些生存的重大主題與阻力，去接受強大的考驗與挑戰，並從內在生命的深層世界，提出堅強的防衛甚至積極的反擊力，而企求建立起那充滿生命熱望與人性尊嚴以及具有思想與精神「深度」的文學創作境域，使人們的內心，仍對存在的價值世界，懷有理想、希望與「崇高」的信念，因而文學與藝術，在創作者的心目中，也一直存留著某些偉大真實的感覺，與永恆的意義。這些可貴的事實與回響，確曾在《現代文學》季刊所步過的時間與空間，留傳下來。

尤其是面臨目前精神生活層面，普遍的下降，浮面與流行性的文學大為風行；嚴肅性的文學被冷落；人們的生命空間，被「快速度」、「物質性」與「行動化」幾乎全部占領，內心已失去深入的感應力與觀照力，「存在」只是外在世界的一些直接經驗，精神的形而上性，已大大減弱，甚至更可慮的，是被「後現代」思想大師詹明信（F. Jameson）的話所擊中，他認為目前人類已活在沒有「深度」、「崇高點」與「對歷史遺忘的情況下」。像這樣，作家怎能不對人類內在生命產生質疑、警覺與反省，並回顧一下過去曾在《現代文學》季刊那段創作過程中，所投擲下的嚴肅且深厚的心力與所獲得的真實成果，來對照並向上移轉這種被「物慾」強制趨下的精神現象。甚至認明詹明信筆下的目前世界與存在情況，只是一個被指控的事實，並非生存的真理，進而重認《現代文學》季刊，過去所努力與探索的那個仍然具有精神深度」、「崇高點」與「對歷史有潛在關聯性」的創作世界，是不會中斷的；是有充分的理由與可持信的力量，去對詹氏筆下揭露的沒有「深度」、「崇高點」與「對歷史遺忘」的存在世界，提出反控的。因為誰也不會相信世界上，只有隨著潮流變化的浮淺的浪面而沒有深沉（深度）海底的海；也不會有人相信只有低高度的山腰山腳而沒有山峰（崇高點）的山。事實上，人類住的房屋，都有普通公寓與高級公寓之分，何況是人類內在的精神世界之建構，怎能沒有向下不斷深進去的「深度」與沒有向上不斷高上去的「高度」。

因而當我們站在當前的文學環境下，回顧《現代文學》季刊二十餘年來所展現的創作成果，它的確已不但構成中國現代文學發展過程中的一股主要實力，甚至已形成為中國現代文學發展進入曲折彎道時，所樹立的那面可看見「前後來車」的反射鏡，讓「流行」的，歸向「流行」；「嚴肅」的，歸向「嚴肅」；真正具有價值的文學創作，將永遠是為人類深入的精神思想與心靈活動，而在嚴肅的工作的。否則作家不如都遷散到雜耍、賣藝或綜藝節目裡去，倒輕鬆與熱鬧得多。

我輩的青春

陳映真

在戰後的台灣文學史上，《現代文學》無疑是極關重要的文學性同人雜誌之一。隨著時間的流轉，當年《現代文學》刊登的西方文學理論和批評，或者有不少翻譯和理解上的錯誤，或者論文本身早已失去了知識上的重要性，但是，而今已經卓然成家，當時方才二十出頭的文學青年們的作品所表現的活潑和創造力，和勇敢開放的實驗主義精神，特別和今天飽食富足的社會下二十幾歲一代文學青年的寥落，創作品質與熱情的比較低下相比，有滄桑今昔的感慨。

《現代文學》創始於一九六〇年，由生於一九三〇年代末的，出生於台灣或大陸的青年寫稿、翻譯、編輯。一九五〇年代末葉，這些文學青年進入二十歲的成年期，正是接受大學前兩年教育。恰值這一代文學青年的少年期和青春期的一九五〇年代，共同經歷了這些歷史和社會事件。

•一九五〇年韓戰爆發，麥克阿瑟麾下的美國軍隊以「聯合國軍」的大義名分，聯合李承晚斷然干預韓國戰後的民眾底、民族底統一運動。一九五三年在美蘇霸權對峙下，以三八度線為限，韓國分南北而治。

•韓戰爆發，美國封鎖遠東中蘇大陸的「太平洋防衛戰線」形成，島嶼台灣被編入此一戰線，台灣成為美國全球戰略線上的一個「基地國家」，國共內戰的海峽對峙，由於霸權間鮮明的「營壘」，加上一九五四年的協防條約，使我民族分離，國土分裂長期化和固定化。

•一九五三年展開土地改革，台灣地主階級和平地退下台灣社會、經濟的歷史舞台，台灣農村一夜間成為由無數獨立的小資產階級自耕農所組成的農業生產基地。

•一九五〇年前後展開的「政治肅清」（Red Purge）在恐怖的噤默中不但消滅了具有長年歷史的台灣激進政治傳統，也消滅了台灣左翼的、反帝民族解放主義的、現實主義的文學、思想和文化傳統。一九五〇年，隨著美第七艦隊之封禁海峽，和美國軍隊「軍經援助」在台灣的展開，美國文化對台灣教育、科研和文化等各方面廣泛的支配，使台灣文學、文化、思想陡變。一九五三年，現代派詩刊《現代詩》始刊；次年，另一現代派詩刊《創世紀》創刊。避世的、抒情的「藍星」詩社亦於此年成立。五五年，現代主義畫會「五月」與「東方」相繼宣告成立。

•隨著美國全面性的台灣「美國化，反共」改造，一九五七年間，美式自由主義綜合性雜誌《文星》始刊。四九冬美式自由主義政論刊物，《自由中國》創刊。

就是在這樣的背景下的一九六〇年，白先勇兄的《現代文學》創刊。於一九五九年改版刊行的、尉天驄主編的《筆匯》，和白先勇與他的同人共同經歷了這一段五〇至六〇年間的風雲。從世界史的眼光來看，整個五〇年代，恰恰是美蘇兩個霸權在全球範圍內形成全面對峙；美國星條旗隨美國軍事基地之遍布而在全球各地飄揚；美國的資金、技術、文化和意識型態隨美國的援外單位、美國文化中心、美國新聞處和情報細胞向非共的、遼闊的第三世界國家滲透，若水銀之瀉地……的時代。整個亞洲、拉美甚至非洲的非共地帶一時充斥著由美國文化新聞機構傳播出來的，紐約風的「現代主義」，則台灣焉能例外。

因為民族分裂，政治對峙，中國三〇年代以降的文學被列為嚴重禁書，加上一場徹底的肅清運動後，荒蕪的文壇上，盛開了五〇年代初開始的、模仿的「現代／超現實／實驗主義」文學。

然而，各別地看，先勇兄、我自己和天驄兄，還有春明兄，都以不同的機緣，親炙過三〇到四〇年代中國新文學。在民族分裂時代的展開中度過我們的少年期和青年期的先勇兄等我們這一輩作家，如何去回顧和評價這段歷史與社會的體驗，應該是很有興趣的一個思索題目罷。

第一次見到先勇兄是在那一年，我已不復記憶。只記得是《現代文學》創刊已數期，而

《筆匯》又停刊了一些年月的時間裡。我應先勇兄之約，到已經不記得是現在台北市的什麼路的他的家裡去。我還記得很清楚，出來應門的是一位和善的老兵，和一條高可及人的半身的狼狗。先勇兄在他那似乎是木造的他的書房接待了我。書房裡有很多洋書，錯落地擺著。先勇兄說了一些希望我為《現代文學》寫稿的話。那是一個炎熱的夏天的午後。我覺得先勇兄生得唇紅齒白，有不常的俊秀。雖然那不是一次長久、兩個哥兒們暢論天下的會見，卻留下了很深刻的記憶。

這以後，一直沒有再拾起《筆匯》停刊之後擱下來的筆。一九六三年，姚一葦師應赴美留學中的先勇兄之請，抓了《現代文學》的編務，開始了我投稿《現代文學》的寫作階段，算起來，在《現代文學》刊出的我的小說，計有：〈文書〉（十八期）、〈將軍族〉（十九期）、〈淒慘的無言的嘴〉（二十一期）、〈一綠色之候鳥〉（二十二期）、〈獵人之死〉（二十三期）、〈兀自照耀著的太陽〉（二十五期）。

一九七五年，我從綠島刑餘而還。又不記得是七幾年，我和先勇兄重逢於台北，那時兩人全是四十好幾的人了。歲月和漂泊的半生，使我們談得比較深切而暢快。而我終於看見了先勇兄那極為善良、寬厚、誠懇、不說人短、不記前嫌這些美好的性格，「感心」不已。一九八六年，他為我的《人間》雜誌寫了一篇文章。我對於先勇兄不計眾議，向徬徨於圈裡的少年伸出莊重、憂愁而人道之手，我對先勇兄暗自增添了一份敬意。

三十年過去了。驀然回首，我們看到這於歷史為短暫，於我和先勇兄卻為半生的，自己的腳蹤和台灣戰後文學的步跡時，《現代文學》永遠是實際而明顯搶眼的標誌。《現代文學》使我想起噤抑而又激盪的戰後史的原點，想起懵然無知於歷史之激變的，我輩一代文學青年，想起幾個如今已然半百，而創作上和文學研究上卓有成就的朋友。而白先勇於是便不只是戰後在台灣的中國文學中最有才華的小說家之一，而且他還表徵著七〇年代的，台灣年輕一代文學青年創作、探索和實驗的精神，因為六〇年代的《現代文學》，便是這精神的具體實踐。

《現代文學》代表一個逝去的時代；代表先勇和我們這一輩被人稱為作家者的青春……但以我個人而論，這三十年來，基本上沒有寫出真正面對一時代的人民和生活的壯闊有力的作品，而檢視更為年輕的文壇這十幾年來的收穫，似乎也很少值得我們歡呼的作品。這才是回顧《現代文學》那些歲月時，無從擺脫的憂愁罷！

《現代文學》與我

鄭樹森

在香港唸高中一年級的時候，英語課突然教起狄更斯的名作〈老古玩店〉。開始時大家都叫苦連天，覺得詰屈聱牙，沒甚樂趣。但懾於英文課的重要性，又不得不全力對付。後來還陸續唸了一些文學選本，有毛姆等的短篇和一些簡單的英詩。現在回想起來，這些選集的編者一定是「新批評」的信徒；因為附在作品後的講解和習作，都著重內在的本文分析，和當時國文課本例必大談作者生平的編例，大相徑庭。英國老師除講解這些作品的文字外，也很著重分析，對小說人物塑造、前後呼應這類問題，都有詳細說明。做學生的，一想到考試，自然把講解奉為絕對真理，又記又背。

十多歲的少年，對這些作品的意義，當然不會有太深刻的體會。但這些異國作品展現的世界，加上老師生動的講解，使我對英語課程的努力，遠超過考試的實際要求。後來甚至在課外找一些詩選和小說選來研讀。有一個新學年開始，不知道從那裡聽來，說喬伊斯是英國現代文學大師，小說語言如何「出神入化」，便上城買了部企鵝版《都柏林人》回宿舍，不巧被英文老師看到，認為「好高騖遠」，期期以為不可，勸說了好久，叫改唸些情節較為豐富的作家。少年人當然不服氣，便埋頭字斟句酌。好像第一篇是唸〈二浪漢〉。接著是〈伊芙蓮〉。看完之後不知道「偉大」的理由何在，只覺得很平淡，沒有什麼事情發生，但英文居然也看得懂。然而，買到的小說集是企鵝版「現代文學經典」系列。既然封面上已宣布了是經典，自然不敢爭辯，只好努力去思想些好處出來。

大概是同一時候吧，又風聞艾略特是現代英詩大家，自然也要試一試。結果在假期裡唸了一首〈空洞的人〉。又在什麼評介裡，發現這首詩是「講現代人的苦悶」，便竟然有點「強說愁」起來，每日傍晚去學校的海灘游泳時，對著夕陽不免要努力「悲觀」一下。

有一回很偶然得到一些過期的《現代文學》，發現好些看不出好處又奉若神明的作家，都有專輯翻譯和評介，自然不敢放過。卡夫卡的名字就是從一個特輯裡認識的。但去英文書店找企鵝版的卡夫卡英譯時，卻只買到那時剛推出的《美國》（*America*）。結果一般人都不大看的這部卡夫卡長篇，反倒成了我的卡夫卡入門。由於閱讀《現代文學》的特輯，也同時看到上面發表的中文作品。更從一則廣告上，知道武昌街明星咖啡屋前面周夢蝶書攤，代售各種前衛文學書刊。便大著膽子，寫了封信，附上港幣，請周先生幫忙購寄所有的《現代文學》。其後還陸續買了一些《創世紀》、《劇場》和不少詩集。

當時對現代詩特別有興趣，大概因為晦澀，挑戰特強。印象較深的有洛夫和羅門。小說方面，那時印象最深的倒不是白先勇，而是王文興和陳映真。王文興有一篇極為精簡，以一個年輕人自殺為題材的短篇，捧讀再三之餘，頓覺〈空洞的人〉沒有白唸。讀到陳映真〈一綠色之候鳥〉時，從他那抒情的節奏裡散發出的腐朽和衰頹，令我對都柏林的敗廢，開始有了較深的認識。

由於《現代文學》等的關係，對台北的中文刊物都很注意。這些刊物和創作，不但擴展了我的視野和閱讀興趣，更引起我到台北攻讀文學的念頭，於是下決心去學國語，後來更放棄了出國唸英國文學的計劃，一心為港澳僑生赴台升學的聯考而作準備。

來台後不久，先是加入《文學季刊》的編輯工作，後來還擔任《大學雜誌》和一些詩刊的編務。及至白先勇兄的弟弟先敬先生創辦「晨鐘出版社」，我除了原有「環宇出版社」的兼差，也在「晨鐘」擔任編輯，因此有機會直接介入《現代文學》的編務和印務，為這份年輕時熱愛的刊物，盡一份心力。

驀然回首

三毛

這兒不是泰安街，沒有闊葉樹在牆外伸進來。也不是冬天，正是炎熱的午後。

我的手裡少了那個畫箱，沒有夾著油畫，即使是面對的那扇大門，也是全然陌生的。

看了一下手錶，早到了二分鐘。

要是這一回是看望別的朋友，大概早就嚷著跑進去了，守不守時又有什麼重要呢！

只因看的人是他，一切都不同了。

就那麼靜靜的站在門外的烈陽下，讓一陣陣熟悉而又遙遠的倦怠再次掩沒了自己。

我按鈴，有人客氣的領我穿過庭院。

短短的路，一切寂靜，好似永遠沒有盡頭，而我，一步一步將自己踩回了少年。

那個少年的我，沒有聲音也沒有顏色的我，竟然鮮明如故。什麼時候才能掙脫她的陰影呢！

客廳裡空無一人，有人送茶來，我輕輕道謝了，沒有敢坐下去，只是背著門，看著壁上的書畫。

就是幾秒鐘的等待，在我都是驚惶。

但願有人告訴我，顧福生出去了，忘了這一次的會晤，那麼我便可以釋然離去了。

門開了，我急速轉身去。我的老師，比我大不了多少的啟蒙老師，正笑吟吟的站在我的面前。

我向他跨進了一步，微笑著伸出雙手，就這一步，二十年的光陰飛逝，心中如電如幻如夢，流去的歲月了無痕跡，而我，跌進了時光的隧道裡，又變回了那年冬天的孩子——情怯依舊。

那個擦亮我的眼睛，打開我的道路，在我已經自願淹沒的少年時代拉了我一把的恩師，今生今世原已不盼再見，只因在他的面前，一切有形的都無法回報，我也失去了語言。

受教於顧福生老師之前，已在家中關了三年多，外界的如何春去秋來，在我，已是全然不想知覺了。

我的天地，只是那幢日式的房子、父親母親、放學時歸來的姊弟，而這些人，我是絕不主動去接觸的。

向街的大門，是沒有意義的，街上沒有可走的路。

小小的我，唯一的活動，便是在無人的午後繞著小院的水泥地一圈又一圈的溜冰。除了輪式冰鞋刺耳的聲音之外，那個轉不出圈子的少年將什麼都鎖進了心裡，她不講話。初初休學的時候，被轉入美國學校，被送去學插花，學鋼琴，學國畫，而這些父母的苦心都是不成，沒有一件事情能使我走出自己的枷鎖。

出門使我害怕，街上的人是我最害怕的東西，父母用盡一切愛心和忍耐，都找不出我自閉的癥結。當然一週一次的心理治療只有反抗更重，後來，我便不出門了。

回想起來，少年時代突然的病態自有它的遠因，而一場數學老師的體罰，才驚天動地的將生命凝固成那個樣子。這場代價，在經歷過半生的憂患之後，想起來仍是心驚，那份剛烈啊，為的是什麼？生命中本該歡樂不盡的七年，竟是付給了它。人生又有幾個七年呢！

被送去跟顧福生老師學西畫並不是父母對我另一次的嘗試，而全然歸於一場機緣。

記得是姊姊的朋友們來家中玩，那天大概是她的生日吧！其中有一對被請來的姊弟，叫做陳繽與陳驌，他們一群人在吃東西，我避在一個角落裡。

陳驌突然說要畫一場戰爭給大家看，一場騎兵隊與印地安人的慘烈戰役。於是他趴在地上開戰了，活潑的下筆，戰馬倒地，白人中箭，紅人嚎叫，篷車在大火裡焚燒……

我不擠上去看那張畫，只等別人一鬨跑去了院子裡，才偷偷的拾起了那張棄在一旁的漫畫，悄悄的看了個夠。

後來陳驌對我說，那只是他畫著娛樂我們的東西而已，事實上他畫油畫。陳驌的老師便是顧福生。

早年的「五月畫會」稍稍關心藝術的人都是曉得的，那些畫家們對我來說，是遠天的繁星。

想都不能想到，一場畫中的戰役，而被介紹去做了「五月」的學生。

要我下定決心出門是很難的。電話中約好去見老師的日子尚早，我已是寢食難安。這不知是休學後第幾度換老師了，如果自己去了幾趟後又是退縮了下來，要怎麼辦，是不是迫瘋母親為止？而我，在想到這些事情的前一步，就已駭得將房間的門鎖了起來。第一回約定的上課日我又不肯去了，聽見母親打電話去改期，我趴在床上靜靜的撕枕頭套裡的棉絮。

仍然不明白那扇陌生的大門，一旦對我開啟時，我的命運會有什麼樣的改變。

站在泰安街二巷二號的深宅大院外，我按了鈴，然後拚命克制自己那份懼怕的心理。不要逃走吧！這一次不要再逃了！

有人帶我穿過杜鵑花叢的小徑，到了那幢大房子外另築出來的畫室裡去。我被有禮的請進了並沒有人，只有滿牆滿地的油畫的房間。

那一段靜靜的等待我亦是背著門的，背後紗門一響，不得不回首，看見後來改變了我一生的人。

那時的顧福生——唉——不要寫他吧！有些人，對我，世上少數的幾個人，是沒有語言也沒有文字的。

喊了一聲「老師」臉一紅，低下了頭。

頭一日上課是空著手去，老師問了一些普通的問題：喜歡美術嗎？以前有沒有畫過？為什麼想學畫……

當他知道我沒有進學校念書時，表現得十分的自然，沒有做進一步的追問和建議。

顧福生完全不同於以往我所碰見過的任何老師，事實上他是畫家，也不是教育工作者，可是在直覺上，我便接受了他——一種溫柔而可能了解你的人。

畫室回來的當日，堅持母親替我預備一個新鮮的饅頭，老師說那是用來擦炭筆素描的。

母親說過三天再上課時才去買，我竟鬧了起來，怕三天以後買不到那麼簡單的東西。

事實上存了幾日的饅頭也是不能用了，而我的心，第一次為了那份期待而焦急。這份童稚的固執自己也陌生得不明不白。

「妳看到了什麼？」老師在我身旁問我。

「一個石像。」

「還有呢？」

「沒有眼球的石像，瞎的。」

「再看——」

「光和影。」

「好，妳自己先畫，一會兒老師再來！」

說完這話，他便走了。

他走了，什麼都沒有教我，竟然走了。

我對著那張白紙和畫架發楞。

明知是第一次，老師要我自己落筆，看看我的觀察和表達能有多少，才能引導我，這是必然的道理，他不要先框住我。

而我，根本連握筆的勇氣都沒有，一條線也畫不出來。

我坐了很久很久，一個饅頭靜靜的握在手裡，不動也不敢離去。

「怎麼不開始呢？」不知老師什麼時候又進來了，站在我身後。

「不能！」連聲音也弱了。

老師溫和的接過我手中的炭筆，輕輕落在紙上，那張白紙啊，如我，在他指尖下顯出了朦朧的生命和光彩。

畫了一次慘不忍睹的素描之後，我收拾東西離開畫室。

那時已是黃昏了，老師站在闊樹葉下送我，走到巷口再回頭，那件大紅的毛衣不在了。我一個人在街上慢慢的走。一步一步拖，回家沒有吃晚飯便關上了房門。

原本自卑的我，在跟那些素描掙扎了兩個多月之後，變得更神經質了。面對老師，我的歉疚日日加深，天曉得這一次我是付出了多少的努力和決心，而筆下的東西仍然不能成形。

在那麼沒有天賦的學生面前，顧福生付出了無限的忍耐和關心，他從來沒有流露過一絲一毫的不耐，甚至於在語氣上，都是極溫和的。

如果當時老師明白的叫我停，我亦是沒有一句話的。畢竟已經拖累人家那麼多日子了。

那時候，我們是一週上兩次課，同學不多，有時全來，有時只有我一個。

別人是下課了匆匆忙忙趕來畫室，而我，在那長長的歲月裡，那是一週兩次唯一肯去的地方。雖然每一次的去，心中不是沒有掙扎。

有一日畫室中只有我一個人，凝望著筆下的慘敗，一陣全然的倦怠慢慢淹死了自己。

我對老師說：「沒有造就了，不能再拖累你，以後不要再來的好！」

我低著頭，只等他同意。

又要關回去了，又是長門深鎖的日子，躲回家裡去吧！在那把鎖的後面，沒有人看出我的無能，起碼我是安全的。

老師聽見我的話，深深的看了我一眼，微微的笑著，第一次問我：「妳是那一年生的？」

我又說了，他又慢慢的講：「還那麼小，急什麼呢？」

那時老師突然出去接一個電話，他一離開，我把整個的上身僕倒在膝蓋上去。

我也不要做畫家，到底要做什麼，怎麼還會小，我的一生如何過去，難道要鎖到死嗎？

「今天不要畫了，來，給你看我的油畫，來，跟我到另外一間去，幫我來抬畫——」老師自然的領我走出去，他沒有叫我停課。

「喜歡那一張？」他問。

老師知道什麼時間疏導我的情緒，不給我鑽牛角尖。畫不出來，停一停，不必嚴重，看看他的畫，說說別的事情。

那些蒼白纖細的人體，半抽象半寫實的油畫，自有它的語言在呼應著我的心，只是當時不能訴說內心的感覺。

以後的我，對於藝術結下了那麼深刻的摯愛，不能不歸於顧福生當年那種形式的畫給予我的啟發和感動。

「平日看書嗎？」老師問我。

「看的，不出門就是看書，父親面前也是有功課要背的。」我說。

「妳的感覺很特別，雖然畫得不算好——」他沉吟了一下，又問：「有沒有試過寫文章？」

「我沒有再上學，你也知道——」我吶吶的說。

「這不相干的，我這兒有些書籍，要不要拿去看？」他指指書架。

他自動遞過來的是一本《筆匯》合訂本，還有幾本《現代文學》雜誌。

「下次來，我們改畫水彩，素描先放下了，這樣好嗎？」老師在送我出門時候突然講了這句話。

對於這樣一個少年，顧福生說話的口吻總也是尊重，總也是商量。即使是要給我改航道，用顏色來吸引我的興趣，他順口說出來都是溫柔。

那時候的古典小說、舊俄作家、一般性的世界名著我已看了一些，可是捧回去的那些雜誌卻還是看癡了去。

波特萊爾來了，卡繆出現了。里爾克是誰？橫光利一又是誰？什麼叫自然主義，什麼是意識流？奧德賽的故事一講千年，卡夫卡的城堡裡有什麼藏著？D·H·勞倫斯、愛倫坡、芥川龍之介、富田藏雄、康明斯、惠特曼——他們排山倒海的向我噬了上來。

也是在那狂風巨浪的衝擊裡，我看到了陳映真寫的——〈我的弟弟康雄〉。

在那幾天生吞活剝的急切求知裡，我將自己累得虛脫，而我的心，我的喜歡，我的興奮，是脹飽了風的帆船——原來我不寂寞，世上有那麼多似曾相識的靈魂啊！

再見顧福生的時候，我說了又說，講了又講，問了又問，完全換了一個人。

老師靠在椅子上微笑的望著我，眼裡露出了欣喜。他不說一句話，可是我是懂的，雖然年少，我是懂了，生命的共鳴、溝通，不是只有他的畫，更是他借給我的書。

「今天畫畫嗎？」他笑問著我。

「好呀！你看我買的水彩，一大堆哦！」我說。

對著一叢劍蘭和幾只水果，刷刷下筆亂畫，自信心來了，畫糟了也不在意，顏色大膽的上，背景是五彩的。

活潑了的心、突然煥發的生命、模糊的肯定、自我的釋放，都在那一霎間有了曙光。

那是我進入顧福生畫室的第三個月。

每堂下課，我帶回去的功課是他的書。

在家裡，我仍是不出門的，可是對父母和姊弟和善多了。

「老師——」有一日我在畫一只水瓶，順口喊了一句，自自然然的：「……我寫文章你看好不好？」

「再好不過了。」他說。

我回去就真的寫了，認認真真的寫了謄了。

再去畫室，交給他的是一份稿件。

我跟著老師六個月了。

交稿之後的上課日，那份畏縮又回來了，永遠去不掉的自卑，在初初探出觸角的時候，便打敗了沒有信心的自己。

老師沒有談起我的稿子，他不說，我不問，畫完畫，對他倦倦的笑一笑，低頭走了。

下一週，我沒有請假也沒有去。

再去畫室時，只說病了，低頭去調畫架。

「妳的稿件在白先勇那兒，《現代文學》月刊，同意嗎？」

這一句輕描淡寫的話如同雷電一般擊在我的身上，完全麻木了。我一直看著顧福生，一直看著他，說不出一個不字，只是突然想哭出來。

「沒有騙我？」輕得幾乎聽不見的聲音了。

「第一次的作品，很難得了，下個月刊出來。」老師沒有再說什麼，他的淡，穩住了我幾乎氾濫的感觸。

一個將自己關了近四年的孩子，一旦給她一個小小的肯定，都是意外的驚惶和不能相信——更何況老師替我去摘星了。

那一場長長的煎熬和等待啊！等得我幾乎死去。

當我從畫室裡捧著《現代文學》跑回家時，我狂喊了起來——「爹爹——」

父母以為我出了什麼事，踉蹌的跑到玄關的地方，平日的我，絕對不會那麼大叫的，那聲呼喚，又是那麼悽厲，好似要喊盡過去永不說話的啞靈魂一般。

「我寫的，變成鉛字了，你們看，我的名字在上面——」

父母親捧住那本雜誌，先是愕然，再是淚光一閃。我一丟畫箱，躲進了自己的房間。

第二日，我還是照習慣在房間裡吃飯，那幾年我很少上大家的餐桌。姊弟們晚飯時講學校的事使我侷促，沈默的我總使全家的氣氛僵硬，後來我便退了。

不知不覺，我不上課的日子也懂得出去了。那時的長春路、建國北路和松江路都還沒有打通，荒荒涼涼的地段是晚飯前散步的好地方，那兒離家近，一個人去也很安全。

白先勇是我們的近鄰，白家的孩子們我們當然是面熟的。

《現代文學》刊出我的短文過了一陣子，我一個人又在松江路附近的大水泥筒裡鑽出鑽進的玩。空寂的斜陽荒草邊，遠遠有個人向我的方向悠悠閒閒的晃了過來，我靜靜的站著看了一下，那人不是白先勇嗎？

確定來的人是他，轉身就跑，他根本不認識我，我卻一直跑到家裡，跑到自己的房間裡，砰一下把門關上了。背靠著門，心還在狂跳。

「差點碰上白先勇，散步的時候——」在畫室裡我跟顧福生說。

「後來呢？」

「逃走了！嚇都嚇死了！不敢招呼。」

「妳不覺得交些朋友也是很好的事情？」老師說。

他這一問，我又畏縮了。

沒有朋友，沒有什麼朋友，唯一的朋友是我的老師和我的書。

過了一陣，老師寫了一個紙條給我，一個永康街的地址，一個美麗的名字——陳秀美。

那張地址，擱了一個多月也沒有動它。

被問了好幾次，說好已經轉人介紹了，只等我去一趟，認識一下白先勇的女同學，交一個朋友。

我迫不得已的去了，在永康街的那幢房子裡，結識了我日後的朋友——筆名陳若曦的她。

事隔多年，秀美再與我聯絡上，問起我，當年她筆下的「喬琪」曾否看見我自己舊日的影子？

當年的老師，是住在家裡的，他的畫室築在與正屋分開的院子裡。

誰都知道顧家有幾個漂亮的女兒，有時候，在寂靜的午後，偶爾會有女孩子們的笑聲，滑落到我們的畫室裡來，那份小說世界裡的流麗，跟我黯淡的生活是兩岸不同的燈火，遙不可及。

有一個黃昏，我提了油汙斑爛的畫箱下課，就在同時，四個如花似玉、嬌嬌滴滴的女孩兒也正好預備出門。我們碰到了。

那一剎那，彼此都有驚異，彼此都曾打量，老師介紹說，都是他的姊妹。我們含笑打了招呼，她們上車走了。

在回家的三輪車上，我低頭看著自己沒有顏色的素淡衣服，想著剛剛使人目眩神迷，驚鴻而去的那一群女孩，我方才醒覺，自己是一隻什麼樣的醜小鴨。

在那樣的年紀裡，怎麼未曾想過外表的美麗。我的衣著和裝扮，回憶起來只是一片朦朧，鮮豔的顏色，好似只是畫上的點綴，是再不會沾到身上來的。

在我們的家裡，姊姊永遠在用功讀書，年年做班長——她總是穿制服便很安然了。驚覺自己也是女孩子，我羞怯的向母親要打扮。母親帶著我和姊姊去訂做皮鞋，姊姊選了黑漆皮的，我摸著一張淡玫瑰紅的軟皮愛不釋手。

沒有路走的人本來是不需鞋子的，穿上新鞋，每走一步都是疼痛，可是我幾乎欣悅的不肯脫下它。

那時，國外的衣服對我們家來說仍是不給買的。

有一日父母的朋友從國外回來，送了家中一些禮物，另外一個包裹，說是送給鄰近趙姊姊的一件衣服，請母親轉交。母親當日忙碌，沒有即刻送過去。

我偷開了那個口袋，一件淡綠的長毛絨上衣躺在裡面。

這應該是我的，加上那雙淡紅的鞋，是野獸派畫家馬蒂斯最愛的配色。

第二天下午，我偷穿了那件別人的新衣，跑到畫室去了。

沒有再碰到顧家的女兒，在我自以為最美麗的那一刻，沒有人來跟我比較。

我當當心心的對待那件衣服，一不小心，前襟還是沾了一塊油彩。

潛回家後，我急急的脫下了它，眼看母親在找那件衣服要給人送去，而我，躲在房中怎麼樣也擦不掉那塊沾上的明黃。

眼看是沒有別的法子，我拿起剪刀來，像剪草坪似的將那一圈沾色的長毛給剪掉，然後摺好，偷偷放回口袋中。母親拿起來便給趙姊姊送新衣去了。

當年的那間畫室，將一個不願開口，不會走路，也不能握筆，更不關心自己是否美麗的少年，滋潤灌溉成了夏日第一朵玫瑰：

《現代文學》作品的刊出，是顧福生和白先勇的幫助，不能算是投稿。

我又幻想了一個愛情故事，一生中唯一不發生在自己身上的故事，悄悄試投《中央日報》，過不久，也刊了出來。

沒敢拿給老師看，那麼樣的年紀居然去寫了一場戀愛，總是使人羞澀。

在家裡，我跟大家一起吃飯，也會跟弟弟驚天動地的打架了。

可是我仍很少出門，仍是去泰安街，在那兒，我也是安全的。

老師自己是一個用功的畫家，他不多說話，可是在他的畫裡，文學的語言表達得那麼有力而深厚，那時候他為自己的個展忙碌，而我並不知道，個展之後他會有什麼計劃。

他的畫展，我一趟一趟的跑去看，其中有兩張，都是男性人體的，我喜歡得不得了，一張畫名字已不記得了，可是至今它仍在我的腦海裡。另一張，一個趴著的人，題為「月夢」。

沒有能力買他的畫，我心中想要的好似也是非賣品。

在去了無數次畫展會場之後，下樓梯時碰到了老師，我又跟他再一起去看了一次，他以為我是第一次去，我也不講。

那時候，我學畫第十個月了。

顧福生的個展之後，我們又恢復了上課。

我安然的跟著老師，以為這便是全部的生命了。

有一日，在別的同學已經散了，我也在收拾畫具的時候，老師突然說：「再過十天我有遠行，以後不能教妳了！」

什麼，什麼，他在說什麼？

第一秒的反應就是閉住了自己，他再說什麼要去巴黎的話，聽上去好似遙遠遙遠的聲音，我聽不見。

我一句話都沒有說，只是對他笑一笑。

「將妳介紹給韓湘寧去學，他畫得非常好，也肯收學生，要聽話，我走了妳去跟他，好嗎？」

「不好！」我輕輕的答。

「先不要急，想一想，大後天妳來最後一次，我給妳韓湘寧的地址和電話——」

那天老師破例陪我一直走到巷口，要給我找車，我跟他說，還不要回家，我想先走一段路。

這長長的路，終於是一個人走了。

一盞盞亮起來的街燈的後面，什麼都仍是朦朧，只有我自己的足音，單單調調的迴響在好似已經真空的宇宙裡。

那艘叫做什麼「越南號」的大輪船，飄走了當年的我——那個居住在一顆小小的行星上的我，曾經視為珍寶的唯一的玫瑰。

他是這樣遠走的，受恩的人，沒有說出一句感謝的話。

十年後的芝加哥，在密西根湖畔厲裂如刀的冬風裡，我手中握著一個地址，一個電話號碼，也有一個約定的時間，將去看一個當年改變我生命的人。

是下午從兩百哩路外趕去的，訂了旅館，預備見到了他，次日清晨再坐火車回大學城去。

我從密西根大道上看櫥窗，踡在皮大衣裡發抖，我來來回回的走，眼看約定的時間一分一秒在自己凍僵的步子下踩掉。在那滿城輝煌的燈火裡，我知道，只要揮手叫一輛街車，必有一扇門為我打開。

見了面說些什麼？我的語言、我的聲音在那一刻都已喪失。那個自卑的少年如舊，對她最看重的人，沒有成績可以交代，兩手空空。

約定的時間過了，我回到旅館的房間裡，黑暗的窗外，「花花公子俱樂部」的霓虹燈兀自閃爍著一個大都會寂寞冷淡的夜。

那時候，在深夜裡，雪，靜靜的飄落下來。

第一次不敢去畫室時被我撕碎的那一枕棉絮，是窗外十年後無聲的雪花。

那個漫天飛雪的一九七一年啊！

我們走出了房子，經過庭院，向大門外走去。

一個大眼睛的小女孩穿著冰鞋跌跌撞撞的滑著。

「這是八妹的孩子。」顧福生說。

望著那雙冰鞋，心中有什麼地方被一陣溫柔拂過，我向也在凝望我的孩子眨眨眼睛，送給她一個微笑。

「畫展時再見！」我向顧福生說。

「妳的書——」

「沒有寫什麼，還是不要看吧！」

「我送妳去喊車——」

「不用了，我想走一走——」

也是黃昏，我走在高樓大廈車水馬龍的街上，熱熱暖暖的風吹拂過我的舊長裙，我沒有喊車，慢慢的走了下去。

這是一九八一年九月三日。

（原收錄於三毛《快樂鬧學去》，皇冠出版社）

註：〈驀然回首〉也是白先勇的一篇文章，此次借用題目，只因心情如是，特此道謝！

那些不毛的日子

施叔青

去年底先勇來信囑我寫〈現代文學與我〉，對這位每一見面，就不忘提醒：「妳是我一手調理出來」的老大哥，當然不敢違命，立即翻出兩本早期的集子，擺在書桌一旁，每天對著，卻只是不想寫。

十二月底，帶女兒回鹿港老家，覺得想寫的又太多，幾個月過去了，始終動不了筆。

今年三月，先勇選在春天罕見的暴雨天來了香港，我告訴他，女兒比我都高了，而他歡笑給女兒取綽號「一寸青」的時候，彷如就在昨天。靜默的同時，找出抗拒不肯寫這篇小文的理由了：

何必徒增傷感，再去追憶已經過去許久的舊事，況且我正在把自己訓練成不再眷戀過去，未來也將對我刀槍不入的人。

翻開早期作品在香港重版的扉頁，我是如此喃喃自語：

想當初，我還是個穿制服的高中女生，被故鄉神祕的氛圍魘住了的女孩，唯一逃離的方式，就只有借用文字來吐訴我的驚嚇與愁情。把第一篇試著寫的小說，寄給遠在台北讀大學的姊姊，她來信問我這篇未署名的作品，是哪裡「抄」來的？驚喜之餘，立即寫了〈壁虎〉，陳映真看過之後，來了一封長長的信，以他獨特的筆調絮絮訴說他對我的期許。

〈壁虎〉登上了《現代文學》，那年我十七歲。除夕夜，捧著姊姊寒假帶回家的雜誌，坐在客廳咯吱作響的老籐椅，看著印成鉛字後陌生了的小說。

這篇慘綠少女的囈語，時隔四分之一世紀之後，出現在大陸的雜誌上，不時傳來彼岸文化人們的驚嘆，我只是很漠然，畢竟，寫〈壁虎〉的日子實在太遙遠了，出土人物是不可能再次感動的。

倒還記得，武昌街周夢蝶的書攤，一看到登載〈壁虎〉那一期的《現代文學》，擺在架上，我就很安心地微笑走開。

回想起來，實在是毫無道理，為什麼彰化女中校園，風雨一掃跌落滿地的蓮霧，只會使白衣黑裙的我，童心未泯地跳躍而去，可是，我不懂鹿港老家附近窄巷的那株楊桃，每年開花對我造成的騷亂，嚴重到使我寫了至今讀來仍會嚇著自己的〈凌遲的抑束〉。為了遮掩，故意換了個筆名，先勇來信了，一口咬定「施梓」就是我，既被打回原形，以後一直沿用原來的名字。

〈瓷觀音〉仍是持續這種被魘住了的鬼氣。

〈倒放的天梯〉的觸動，來自從旁聽到一個神經病患者，全身發抖不止。雖然那時我已是個穿著初試著的洋裝，在首善之區的台北流浪的大學女生，神祕、瘋癲、故鄉颱風來的天，七月鬼節的月光，仍然牽引著我……

〈擺盪的人〉是在《文學季刊》第一次停刊之後，又投回《現代文學》的懷抱，善忘的我，其間過程倒真的模糊不可辨識。小說借用一位去國多年的遊子，回歸的心路歷程，算是對當時瀰漫台北文化藝術圈的西風美雨比較早出現的一種反省。

有了早產的〈擺盪的人〉，七〇年春，客居哈佛康橋，才會在鄉愁氾濫的異鄉雨夜，十分懷想我的童年，記錄了自傳體的〈那些不毛的日子〉。

原名〈李梅〉的中篇，後改名〈台灣玉〉，是我七七年移居香港後第一篇作品，在重又復刊的《現代文學》登出，第一次拿到稿費。

魚香

劉大任

先勇兄來信，說請恆煒、文翊負責，重刊第一期到第五十一期的《現代文學》，並囑我寫點東西，紀念當年。於是想起了下面這一段往事。

請不要把它看成歷史。

時間是一九六〇年六、七月間。我大四唸完，距離入伍當兵，還有一、兩個月……

那天下午，總算嚐到了飢餓的滋味。

記不得是怎麼開始的，但這前後兩天的時間，無論隔了多久，好像還是自成一個單元。畢業了，不想回家，也不想到那裡去，不想做什麼，也不想不做什麼，所以依舊窩在台大男生第十二宿舍。

那天一早（意思是上午十一、二點），秀陶先來找我。我們步行到水源地，坐上往新店的小火車，去找振煌。

在我們一伙當中，振煌是唯一一個算得上有正當職業的人，他在軍中廣播電台主持「古典音樂選播」，但一星期不過兩、三次，每次只需要準備幾分鐘的台詞，其它時間，就和我們一樣，浪蕩著。

秀陶沒告訴我，他已山窮水盡；我也沒告訴他。不記得誰先提議去找振煌。也許根本不用提議，那些日子，反正一碰頭，就往碧潭走。也許，不論提了沒提，兩個人心裡都以為，到了振煌那裡，這一天的日子，才算正式開始，何不等開始了再說。

平常，我們都不太買票的。倒也不是為了省錢，只是懶得。到了非常時期，就更不用客套了。

水源地車站，那時像個君子國。但我們不是君子，所以，繞點路，走到國防醫學院附近，再從月台對面的野地裡鑽進柵欄跨過鐵軌爬上月台就是了。車是從萬華發的，到了水源地，有時票已查完，運氣好，便不用補票。可是，那天的運氣，似乎不怎麼好，車一啟動，查票的便堵住了門口。搜遍兩人的口袋，才勉強補上票。這一下，腦子裡終於產生山窮水盡的意識。

但我們並不慌張，有振煌做靠山，他是泰國華僑。那個年代的華僑，形象有點特別，西裝革履，油頭粉臉不必說，此外，彷彿每個僑生的家，都是富商。振煌倒不十分典型，但他也常常五十、一百的，收到美金支票。支票到的那幾天，大家一定快樂，有吃有喝，還有音樂。振煌有一架身歷聲電唱機（別忘了，「音響設備」這四個字，那時還沒發明），還有一落唱片。

在吊橋那一頭的右手邊山頂上，振煌租了一幢違章克難瓦房。雖然免不了潮濕、發霉、漏雨，氣派是不小的。兩間主屋，一間當臥室，一間作客廳，屋外還有庭院。院子邊上，另有兩間小屋，但面積不大，一間洗澡、燒飯，另一間也只放得下一張行軍床。有時誤了末班車，就在那兒過夜。當然，有時也故意誤掉末班車，為了月亮，為了酒。

不可能發生的事，發生了。

一進門，我和秀陶立刻兵分兩路，我搜索振煌衣服、褲子的口袋，秀陶翻查所有可能藏錢的箱、盒、瓶、罐。

「完了，」秀陶摸著自己的後腦勺：「這小子一滴油都沒有了。」

不到午後，振煌是不起床的。我們也沒敢驚動他。

形勢雖然嚴峻，我們並沒有那麼緊張。

說不定，振煌有他的辦法，例如去山東館賒個帳，或者去街上打電話，讓他的女朋友上山來一趟。

說不定，那幾名浪子，羅馬、流沙、德星、辛鬱……又會出現，總不可能全都山窮水盡。說不定黃牧心血來潮，到這裡來找攝影題材，就算身上「水乾」，那架形影不離的萊卡，至少押得出一頓大餐。說不定……。

振煌兩點多鐘起來，第一句話：「丟那媽，老子餓了一天一夜，鬼影子見一個……。」

山東館？還欠一個月帳。女朋友？剛吵完架。

只好聽拉哈馬尼諾夫。直聽到胃液冒泡，腸子打結。

於是從山東館老闆罵起，一直罵到黃牧，已經四點鐘了。

「有了，」秀陶說：「青潭那一帶，可以割筍，可以挖蕃薯，再帶上釣竿，說不定拉一條又肥又油的鯉魚回來……」

但是青潭，得坐渡船。

「扒光衣服游過去不就得了！」

我覺得有點失格。餓肚子事小，失格事大。

「格老子，」振煌說：「那就給我釣魚去，老子再睡個回籠覺。」

碧潭的漁業資源，應該是相當豐富的。初中露營，看到過半夜有人點上電石燈，在船上作業，收穫大批麥魚。在瑠公圳閘口的堤面上，在水廠入水口附近的岩石上，常看人拉起來尺把長的鯉魚。深水區潛泳，看到身上遇有黑色豎紋的小魚，有人說就是鱸。既有小魚，便應有巨口細鱗的美味。只可惜我們的漁具，略有局限性。

魚竿是籬笆拆下來的。魚線是水邊撿到的斷線接起來的。只不過兩公尺。浮標是掃帚的殘肢，魚鈎是大頭針的變體。所以，只能捲高了褲腳管，去淺水處奮鬥。

然而，天未黑，便滿載而歸。

蛇籠築成的堤壩下方，水流湍急，水位陡降，河床上布滿了大小不一的卵石，這是釣者不太涉足的淺水區，因為幾乎無魚可釣。但有一種魚，現在想來，可能是鮈魚（Cobi）的一種，卻專揀這種地方生存。行家偶而釣上牠，一定自認倒霉，因為這種爛魚，骨多肉少，還有些苦味，連魚餌都不抵，魚鈎上取下以後，一般都又扔回水裡。這種魚，不但沒有肉用價值，長相也不算十分體面，放在盤子裡委實有失尊嚴。體積不大，長度如手指，粗細也相若，全身披著一座痲皮，頭寬尾尖，肚子上長著吸盤，牠經常躲在石頭縫裡，水既沖牠不走，水底縱有天敵，也尋牠不著。因此，在還沒有見過工業汙染的碧潭上下游淺水急流區，幾乎繁殖到無一石無此魚的地步。

吃這種魚，也需要一點技術。如果煮湯，湯味便苦而難嚥；如果乾煸，則骨未酥而皮已焦。清燉每嫌肉少；紅燒又怕浪費了作料。因此，我們作出了最智慧的選擇，裹上一層厚厚的麵粉油炸。麵粉還有半罐。事實上，不是釣完魚才找麵粉，是先在廚房裡找到上次包餃子沒用完的麵粉，才想到去釣這種魚的。是因為推敲了半天，發現這點麵粉要包餃子又無餡要擀餅也擀不出兩張才天才地想出了釣魚的。

在普羅科菲耶夫的伴奏下，三條漢子一舉消滅了一桶魚半罐麵粉——連皮帶骨。

一夜無話。

第二天一早，羅馬終於自投羅網。經過徹夜搜身，湊出了一張回水源地的單程車票。我感覺任重道遠。

到現在還記得很清楚。我走進台大外文系圖書館，一面若無其事地翻書，一面若無其事地「碰」到了老孟。記得還閒扯了一些什麼，應該不是存在主義，因為那時候還沒有什麼人談存在主義。也許是卡夫卡，因為《現代文學》剛介紹過。總之，我「順便」領了我的稿費。

詳細數額記不清了，但留下一個印象是夠賣五十碗陽春麵，再每碗加一個滷蛋。

走回碧潭，走上堤壩，便遠遠看見秀陶與羅馬泡在水裡釣魚。

我坐在堤壩上看。

的確是大半個身子泡在水裡。也許是想把釣鈎拋向較深的水中，找更肥的魚肉吧。

那天晚上，又是一次盛宴，但無魚，已經吃怕了魚。

德星、辛鬱也來了。不明白他們怎麼聞到香味的。他們的部隊駐紮在苦苓林。

末班車的最後一節車廂裡，只有我們一群。一人占一個座位。我很難告訴你，酒醉飯飽，躺在小火車的木板凳上，一路接受有節奏的顛動，是什麼滋味。總之，那滋味很好，比手淫還美妙。

然後我們下車。大大方方往查票口走去。

「票呢?」查票員問。

我往後一指。

「票呢?」查票員再問。

秀陶往後一指。

最後問到羅馬。

「票呢?」查票員去抓羅馬的胳膊。羅馬的胳膊並不粗,但語調莊嚴,不可侵犯。

「沒買票,那來的票!」

遂揚長走出車站。

巷子裡,紅棉彈子房的燈還亮著,但我們幾個人,確實一身上下,一文錢也沒有了。

(一九九一年一月二十五日,紐約)

念舊

張　錯

我十八歲來台北，不知地厚天高，所謂天地，正是六〇年代的文學天地，那時現代主義思潮高漲，以現代為名的《現代文學》更是水漲船高，自有一番領導氣概，回想當年外文系（我念的是政大西語系）大一、大二課程，文學實在少之又少，現代文學更是只有絕無，沒有僅有，一個文藝青年的文學環境，除了自己去圖書館選書閱讀，其他的課外讀物便端靠報章副刊以及文藝雜誌了，而西方文學的介紹，在《現代文學》一開始便自成一脈，非常特出，譯介了西方現代作家與思潮，我還記得一些溫馨的下午，蹲在武昌街周夢蝶先生的書攤旁，有時詩集已沒有什麼好買了，便買幾本早期的《現文》回家，發展到後來，竟成為收集早期的《現文》了，他手上的雜誌也不全，並不是每期都有，有時他也會寄一張明信片之類的短簡，告訴我又有新的舊刊了，我便會懷著尋寶的心情找到武昌街去。

這種例子絕不會只發生在我一人身上，我想在今天追述與現文因緣時，一定會出現彼此相同情境，我常想如今台北市有意劃分西門町為文化保留區，我覺得更有需要去保留明星咖啡店和夢蝶先生當年茶莊旁的書攤位置，就像上海的內山書局，以讓後人有機會作懷古的追憶與考證，我甚至想說的是，這種與《現文》結緣的例子很多，但是以我今天依然走在文學路上，與早期這類環境培養密不可分，我已經不記得第一篇稿子在《現文》發表是什麼時候了，但已經並不重要（尤其改名以後，自己更有點藉口了），重要的是我必須誠懇地承認，《現代文學》在西方文學的介紹開闊我的視野，在創作上衝擊和啟發了我。

也許早已有人說過，我還想在這裡不厭其煩再說一遍，也許說法和別人也不一樣，這本雜誌的名是《現代文學》，其外號卻可叫做白先勇，這是顛破不倒的道理，為世人所公認，因為這本雜誌之所以成功，並且成為中國現代文學史的一部分，實在受惠於他無私的奉獻，以及鍥而不捨的堅持，當然，我們也可以說這是群策群力的結果，但是以我而言，我對《現文》的感情卻包涵著我對先勇一份深厚的感情，我是一個非常念舊的人，雖然警覺在先勇的故舊友群中，我不知要排到那一條長龍的末尾，但這是他的長龍，我的龍尾很短，他並不是我文學生涯最早認識的人，卻是我多年能去惦念的朋友，而時光迢轉，風雲聚散，這些朋友不多了，再加上三兩故友凋零，更有趨弱之勢，先勇的擇善固執以及有情一面，讓人傾心，尤其近年我們被定位為海外作家，更是孤臣孽子，物以類聚，他每次給我溫馨的感覺，就像早年我翻閱《現代文學》的心情一樣——今生能在如此的現代相識，實在難得，理宜珍惜。

《現代文學》是雪地的陽光

鍾　玲

我第一次在《現代文學》刊出的作品，不是散文、也不是小說，而是詩，最能表現我當時內心感受的雪地詩篇。六〇年代末期，我在冬季長達五個月的威斯康辛攻讀博士。自幼在亞熱帶長大、在父母師友呵護下的我，突然之間，不但身體得忍受前所未嘗的冰雪，心靈上還得承受飄泊和孤絕，活得相當艱辛。

在那冰雪的年代，《現代文學》像是雪層中射下的金陽。登了我的詩，它不僅只是肯定我初次嘗試的另一種文體，而且，更重要的是，它給我一種心理上的歸依。這本雜誌是大學時我與摯友方瑜發現的寶藏。原來我們台灣也有一批優秀的年輕前衛作家！於是在寫作方面，有了當代的楷模。而在寒涼的異國，因為白先勇誠摯的邀稿信，因為他對文學的堅持和熱忱，當我見到自己的詩白紙黑字印在《現代文學》上，突然間，覺得自己已置身一群創作者之中，這麼優秀的一群人，他們會因為我的東西在《現代文學》中刊出而接納我。其後，我真的在愛荷華城，在加州的聖巴巴拉，享受到溫暖的友誼，那是我雪地的陽光。

一G絃單音

楊　牧

我和《現代文學》的關係，若從複雜那方面看，主要是因為除了是一個作者之外，我也曾掛名擔任過它的編輯委員，甚至真正地動手為它糾集約稿，編了一期專號以回顧現代詩在台灣（到那時候剛好才）二十年的發展。然而，我喜歡從簡單一方面看：我和幾乎所有全部為《現代文學》的創刊，休刊，復刊有關係的朋友一樣，我們都不約而同保有一份對新文學之現代精神的期待，所以在一長期，延續的過程裡，我和他們曾經確切地以這刊物為重心，在互相嘘問關照著，互相激勵，安慰著。

這麼多年以後，忽然必須回憶年輕時代所耿耿於懷的文字，篇幅，以及朋友對那文字和篇幅的品評，若說「恍若隔世」並不為過，何況台灣在這三十年間變化太大了，超越想像，更何況有些共同介入其中的朋友已前後作古！這時觸動往事之絃，但聽得一低沉黯微之聲幽幽響起，是「六〇年代」的絕響，啊！我們的六〇年代——從狂烈、激越、進取、虛無，遞出一悠遠、溫暖的G絃單音。
這是多麼值得思念的一件事。
這是多麼值得我們自豪的一件事。

（一九九一年一月，西雅圖）

我與《現文》

叢甦

幼時讀朱自清的散文〈匆匆〉，對作者感時傷懷的喟嘆雖然能朗朗上口，但是並沒有切己的體會。隨著日月的消逝，這體會卻日益敏厲。這「匆匆」來去不只是「光陰」，更是這時光湍流裡的因緣，偶駐，或雪泥鴻爪。但是有些事物在這不永恆的「大幻」裡還是有些永恆的價值的。《現代文學》——這本在四分之一世紀前對中國文學的「現代化」有催生作用的雜誌就是實例之一。

「匆匆」的，《現代文學》的誕生已是三十一年前的事了，當時幾位年輕的台大學生——白先勇和他的朋友們，憑著一腔坦誠，幾許辛酸，為了這份雜誌，也改變了台灣的中國文學的近代風貌。

一九六〇年我尚在西雅圖的華盛頓大學的英文系與卡夫卡，福克納拚搏。當時收到先勇為《現代文學》創刊號的邀稿信後，在異國異鄉的孤異心情下，一氣呵成一篇短短的小說

〈盲獵〉。在故事的後記中我提到卡夫卡的影響。一個二十歲出頭的人對「存在」的一知半解的焦灼與疑慮在故事中也畢露無遺。

自那以後，隔洋寄來的《現文》也就成為這個異鄉人在孤異旅程中的殷殷期望與寄託。在以後幾年裡《現代文學》發掘了在六〇年代在台灣文壇上活耀的作家群，與以後七〇年代裡的「鄉土作家」，如王禎和、陳映真、黃春明等。總之，六、七〇年代台灣文壇上的主要作家或多或少曾為《現文》的作者與讀者。而《現文》當時對二十世紀西方文學的主流與巨匠有系統的介紹也開拓了台灣文壇的視野與胸襟。

我前後大概為《現文》寫了五、六篇小說，一九八〇它復刊後又為它寫了一篇散文及一個劇本。總之，我自己懶散的寫作生涯的起步，不提小學時向報章的「兒童園地」投稿，與《現代文學》有相當的淵源。當然，該提的是，早在《現文》問世之前數年，我的「正式露面」是在夏濟安先生主編的《文學雜誌》。《現文》的發行人，編委，與大部分的作者皆曾為夏先生的學生。作為讀者與作者，我由《文學雜誌》到《現代文學》也是順理成章的事了。在《文學雜誌》夭折後，先勇與他們的朋友們有見識與勇氣負起了在台灣荒瘠文壇上耕植的擔子，我當時是深深感激的。

七〇年代初期興起的「鄉土文學」論戰中曾有人詬病「現代派」所代表的「西化意識」，「小資產階級意識」，與「虛無」「蒼白」等。這些批評，個別的，微觀的說或許有某些真實性；但是宏觀地看，卻欠中肯。因為文學反映時代，六〇年代青年人的世界觀有五〇年代的「冷戰」，「韓戰」、「越戰」與「核戰陰影」夾縫中不可避免的虛無感與反叛感。「敲打的一代」（Beat Generation），「存在主義」，與「憤怒的年輕人」（Angry Young Men）是時代的產兒。如果套用英詩人華茲華斯的詩句的話，也同時孕育了時代（The Child Is The Father of The Man）。

「現代派」在台灣文壇在四九年後與母體文化斷層後的產生不是偶然。這正如「三〇年代文學」、「抗戰文學」、「鄉土文學」等在其特定的歷史空間內的誕生是必然的一樣。

法哲人伏爾泰在論及「神」的存在時曾瀟灑地說「如果沒有神，我們非去發明祂不可！」同樣地，我們也可以說「如果沒有《現代文學》，我們應該去發明它不可！」先勇與他的朋友們在那令人緬懷的歲月裡，就曾捧著顆顆年輕的心去活生生地「發明」了一片奇葩豔放的園地。

（一九九一年一月十五日，紐約）

第二輯

一九八〇——《現代文學》創刊二十周年紀念專文

三毛
水晶
王文興
王禎和
白先勇
朱西甯
何欣
余光中
李昂
李黎
李歐梵
杜國清
辛鬱
林清玄
林懷民
姚一葦
施叔青
柏楊
柯慶明
夏志清
夏濟安
奚淞
荊棘
張錯
陳雨航
陳映真
陳若曦
楊牧
葉維廉
蓉子
劉大任
劉紹銘
歐陽子
鄭樹森
戴天
鍾玲
叢甦
羅門

弱冠之年
——《現代文學》二十周年紀念

白先勇

今天是《現代文學》創刊二十周年。回想民國四十九年我們幾位台大外文系同學一同創辦這本刊物之時，大家也不過二十上下，轉眼之間，沒料到這本雜誌竟也有了二十年的歷史。如同父母看到自己的孩子已屆弱冠之年，心中除了驕傲、喜悅、興奮之外，難免也有一股莫名的惆悵。二十年到底是一段漫長的日子，何況《現代文學》一直是在千辛萬苦中掙扎成長。值得慶幸的是，不管環境如何艱難，總還有一批狂熱於文學的朋友，不計名利，不計成敗，前仆後繼，將他們的生命才華投注於這本雜誌，哺育它、扶持它，使它不致枯萎飄零。我們這個地方畢竟是可愛的，就是因為有這一群有傻勁、有幹勁，不肯妥協的人，孜孜矻矻，在追求他們認為有意義有價值的理想。他們大概也就是我們中國傳統中所謂的弘毅之士吧，他們確實是任重而道遠的。

二十年間，《現代文學》出刊到五十一期，因為經濟拮据曾經停刊三年，民國六十六年再度復刊，復刊後共發行十一期。復刊的特色是增加了許多台灣年輕一代作家的生力軍。這批作家，如宋澤萊、吳念真、古蒙仁、陳雨航、黃凡等，一上場便來勢洶洶，不禁令人感到長江後浪推前浪。他們的作品確實比我們當年寫得要好，穩練、犀利。我們那時還在摸索期間，各人的風格都不穩定。二十年來，台灣的文藝創作環境畢竟改善了許多。我為朝氣蓬勃的台灣新文學而欣喜，更為意氣興揚的台灣新生代作家感到驕傲。當然，復刊後，《現文》的許多老作家殷勤如故。他們對這份刊物的深情令人感動。尤其是有幾位長居海外的作家，停筆數年，經過幾許波折，居然重新執筆，寫出了歷盡滄桑的作品，我們這個時代變動太大、太快，在現實世界中，追求永恆，大概是難的，可能只有文學藝術才能給予我們靈魂些許昇華解脫的慰藉吧。

今年夏天真是難得，好幾位《現代文學》的創刊人及老作家都翩翩歸來，李歐梵、陳若曦、葉維廉、叢甦來自美國，馬森來自英倫。冥冥中大家如同倦鳥投林，不約而同又飛回到自己這個老窩裡來。因為我們的根到底紮在這片土地上，在這裡我們曾經渡過我們那段浪漫、理想、狂喜而又帶點憂鬱的青少年時期。人到中年，才懂杜詩。「人生不相見，動如參與商」，人生聚散如此匆匆，於是我們決定趁著《現代文學》二十周年紀念，珍惜此刻，邀請《現代文學》的舊雨新知，相聚一堂，把酒言歡，緬懷既往，憧憬未來，為現在這二十生辰高舉一杯，慶祝這本雜誌，再接再厲，為中國文壇培育更多的文學奇葩。

（一九八〇年八月五日，《中國時報》）

老兵誌感
——為《現代文學》二十周年而寫

姚一葦

我是《現代文學》的一位老兵。自從民國五十一年王文興找我為它寫稿，我即正式加入它的陣營，成為基本作者，而且相當長的時間擔任編務，迄今仍未退役。由於我和它的淵源的深厚，對它的成長過程，以及它所經歷的艱難困苦，存亡絕續，除了最初的二、三年，大都參與其事。就像養育一個孩子一樣，當它二十歲生辰，感慨之深，似不下於白先勇和原始的幾位創辦人。

像《現代文學》這樣一份嚴肅的文學刊物，沒有接受過任何形式的推銷或補助，沒有一文錢的廣告收入（因為根本不登廣告），它的虧損自是必然的，自第一期開始到今天，它虧損了二十年，還要一直虧下去！在一般人眼中，應該是天大的傻事。所以沒有幾位大傻瓜，那來《現代文學》！其次，有相當時間，它是沒有稿費的雜誌，一個作者得賠上稿紙和郵費。但是在這樣的情況下，出現了像白先勇、王文興、陳若曦、歐陽子、叢甦、陳映真、王禎和、水晶、七等生等許許多多優秀作家的作品，成為我國文學的里程碑。所以沒有天生傲骨的作家，何來《現代文學》！

今天《現代文學》的情況已經大為改善，有出版社為它出版，也有了稿費，而重要的，他已經成為海內外一個重要的文學雜誌。自最近幾期的情形來看，它的稿源幾乎三分之一來自海外，而且有許多是來自不相識人的投稿。它的廣泛受到重視，應是不爭的事實。因此我相信，再假以時日，它的重要性與影響力，將會與時俱增。

今天的《現代文學》有三個重要的原則：

第一，它是創作的刊物；除了特殊的例外，所刊登的乃海內外中國人的文學創作。我們覺得以有限的一點錢，應該用來發掘和培養我們自己的文學，成為我們自己的文學園地，至於翻譯和介紹性的工作，此時實在無力兼顧。

第二，它是建設性的刊物；我們絕不喊口號，也不標榜什麼。我們認為口號不是文學，主張亦不能代替文學。我們不願說教，因為與其教別人如何寫，何不教自己如何寫。我們一切以作品是尚。我們不打筆戰，不捲入是非。我們只埋頭寫自己的作品。

第三、它永遠門戶開放；我們絕無門戶之見。我們願意刊登老作家的作品，我們更願意刊登年輕人的作品。不問它是古典的或現代的，寫實的還是幻想的，鄉土的還是海外的，只要它有創發性的表現，我們一定要用。所以它是屬於所有文學愛好者的雜誌。

因此在它的成長慶典上，我這位老兵由衷的期望，那些早已擱筆的作家，再拿起筆來；同時希望年輕的一代加入我們的陣營，老兵不會死，但是他會衰老，必定要有繼起的一代，代代相傳，使《現代文學》的傳統維持永遠！

（一九八〇年八月六日）

喜悅、祝福、盼望

柏楊

中國傳統文化中，文學是不受重視的，受重視的是經學。感情是不受重視的，受重視的是理智。曾有人責備孔丘先生不應該用「思無邪」的觀點去刪詩，但我們必須感謝他的一刪，經他老人家一刪，一部民間純樸的歌謠，變成了「經」，好像舊約全書所羅門之歌，因列入宗教書而變成了「經」一樣，立於神聖不可侵犯地位，亦能保持流傳到今天，成為國家的瓌寶。否則的話，三百篇恐怕早被打入十八層地獄。而經學的特質是泛道德的兼泛政治的，勢力龐大。文學在於表達感情，除非這感情皆合當時道德和現實政治的利益，諸如我們在古文觀止中所拜讀的一些奏議詔令，其他任何純潔的喜怒哀樂文章，都是被認為左道旁門。

事實上經學沒有能力負起傳統文化所加給它的責任，文學雖受盡輕視，仍應運而生，代替它擔當這個重擔。不過它一直不能居於主流，小說之被稱為「小」說，可顯示高級知識分子對它的評估，以致真正的知識分子，往往以不看小說為榮，更進一步以看小說為一種不可告人的罪惡。賈寶玉見了林黛玉立刻把書揣在懷裡，唯恐她看不起他，所藏的就是文學作品。這種情形使中國人的心靈在很年輕的時候就老朽了，並且醬在那裡，暮氣沈沈，造成兩千年來中國故步自封的慘局。

「五四」是一個很大的突破，剎那間，經學全軍覆沒，文學經過革新，突破醬缸之後，迅速的成長茁壯。「五四」在實質上不過是文學的運動，但文學的力量是如此的雷霆萬鈞，以致輻射所及，帶動歷史巨輪，使古老的中國，尤其使中國人的意識形態完全換了一副新的內涵和面貌，與以前迥然不同。

《現代文學》在二十年前，就開創了一個新的天地，在場的四位創辦人，有台灣省人，也有其他省人。而他們現在雖然天南地北，但仍親如手足，狹窄的地域觀念，早在他們身上化為無形。胸襟開闊和感情奔放，是構成偉大人物的要素，我不是說沒有地域觀念的人就一定偉大，但他們更覺得他們是中國的知識分子，事實上他們正往更大貢獻的目標前進，這不僅是一項範例，也是一項鼓舞。

《現代文學》銷路並不廣，但銷路最廣的不一定是影響最大的，一種思潮是莊嚴的，不同於情緒的激動。少數具領導地位人的意識形態，往往能產生最大的力量。

在今天發行的《現代文學》，我不是它的作者，也不是它的忠實讀者，但從它引起的反應上，我感到它的貢獻很像「五四運動」給我們的貢獻。四位創辦的年輕朋友中，現在雖散處四方，但仍親如手足，當二十年前省籍觀念尚未全泯的時代，他們已融合為一，這種開闊的胸襟和超越的見識，是中華民族潛力的基石。而他們在赤手空拳中，受到中國時報和遠景出版事業公司無私的幫助，不僅是人性的溫暖，也是文化的一種愛心，固是《現代文學》作者和讀者的幸運，更是中國文化的幸運。二十年來，這本雜誌結集了青年精英，做「五四」的再傳播，傳播民主和科學——現代化的種子，影響力普遍而深遠。我不是說其他一些優秀的刊物沒有這麼做，而是其他一些優秀的刊物，沒有《現代文學》這麼早和這麼認真。

《現代文學》誕生二十年，二十年就是二十歲，二十歲已經成年，成年人需要更多的謙卑、更多的努力、更多內省到使命的艱鉅。所以我在寫出我的喜悅之後，並寫出我的祝福盼望。

（一九八〇年八月六日，《中國時報》）

繩索上的歡躍

——現代人的困窘（為《現代文學》二十周年紀念而寫）

叢甦

「人之偉大在於他是一個橋而不是一個終點。」——尼采（*Thus spoke Zarathustra*）

人是橋，人是延展，人是伸向無垠的彩虹，人是永恒的過度，探索與可能，在永遠的醞釀，永遠的塑造中。

在伊甸之東，樂園之外，二十世紀的人已不再有神的庇護或一己的無辜。尼采的瘋子在市場宣布神之死亡。二十世紀的存在主義發現人之極端自由——一如被遺棄在宇宙的「荒原」裡的孤兒的「自由」；他必須對一己的行為後果負責。而沙特的「委身」的人更必須對他的社會，他的同類，他的宇宙負責。

然而他的宇宙，也正如浮士德的實驗室，充滿了自然萬象的奧妙伏險。人的存亡與人類的延續都在那千萬奧邃險象中的微妙平衡。

人，也正如尼采說的，「是一條繩索——拴在野獸與超人之間——一個在懸谷上空的繩索。」或，他是拴在拯救與毀滅之間的繩索。但是在他被遺棄的現狀中，他也必須對他險峻的存在加以接受與肯定。因為他沒有選擇——他的肯定在於他接受他是那緊拴在兩谷之間的繩索的高空獨行人。他不僅獨行，他必須小心翼翼，他必須平衡，他必須歡欣。當他扛負那孤寂的蒼穹，俯視足下無底的黑暗與毀滅，他必須如卡繆的推石上山的西西弗斯，瞬間對自我無奈的掙扎感到榮譽與驕傲；他也必須如喬伊斯的茉莉．布魯姆（Molly Bloom）對生命做永恒的肯首而最終說「是的」。[1]

1 喬伊斯（James Joyce）的龐然鉅書《尤利西斯》（*Ulysses*）結束在茉莉．布魯姆獨白的「yes」上。

霎眼間事

戴　天

一霎眼，就是十年了。

再一霎眼，恐怕又不知多少年。

廿年，《現代文學》開創了一個局面：成績俱在，影響也有公論，而且無疑走入了歷史，最少是中國現代文學發展史的一個篇章。當時，談及雖是「現代」，主要的是拓展；畢竟，思想是嬗變的，認識是漸進的，年輕的人，敢於動起手來，寫自己所信的，就透著對文化的關心和熱心。「現代」也許有流弊，但掌握在中國青年的手裡，也只不過利用了技巧，吸收了其中較好的成分，終於寫出了數量不少的優秀作品。

假如說，過去的廿年，是開創的，那麼往後的年月，就該是包容的。廿年來長大了的一個精壯小伙子，也到了周遊八出，馳騁天下的時候了。首先，「現代」代表的，不一定是「觀念」，還可以是「時代」、「地域」。其次，「文學」也不是孤立的，而是整個人類思想、感情、生活，牢牢不可分割的部分。講包容，當然不是觀念遊戲，應當拿出做法；在全人類的層次，不能忘了中華民族的根——磅礡的文化源流；於文學之外的各種學科，不可鄙視，以為文學高於一切。文學其實只是「一科」；文學家也是人，而且是社會人、文化人、歷史人，所以平等待人，客觀「格物」，當是包容的基本態度。

開創與包容，再一霎眼，我們就有偉大的作品了。

《現代文學》二十周年

——懷張先緒

李歐梵

現代文學廿周年了。我在此卻想紀念一個默默無聞的人——張先緒，他是第一期《現代文學》的封面設計者，後來也翻譯了不少篇外國論文和短篇小說。

《現代文學》的創始人都還健在，唯有張先緒去世了，而且據說還是死在新婚燕爾的時候。如果他是自殺的話，他當時的心境恐怕是任何「意識流」小說家都寫不清的。

張先緒生前不大講話，每一次我們這幾個人聚會，都是別人高談闊論，而他只是默默地聽，偶爾才插進去一兩句妙語，引得全場大笑。然而我總覺得他是孤獨的，他說一兩句笑話，不過是證明他的存在，使別人暢談下去，不會因冷落他而難堪。

張先緒對於《現代文學》的貢獻，比我大的多。他看起來「大智若愚」，但是主意特多，而不爭著做「主角」，當別人精疲力竭或無計可施的時候，他才挺身而出，記得《現代文學》的封面設計就是這樣完成的。

先緒不能算是「現代派」，事實上當時除了王文興和白先勇外，我們對於西方文學談不上有什麼瞭解。先緒涉獵的書極多，而且中英文的造詣都很高，記得有一次上翻譯課，他學嚴復和林琴南，以流暢雋永的古文譯出一篇英國散文，全班大驚。他對於西洋文學的興趣，可能主要是在十八世紀的英國文學——特別是散文，他給自己一個英文名字 Charles，可能是他私淑 Charles Lamb 的關係，他在我的意象中，也像這位英國散文大師一樣，溫文爾雅。

我提到先緒的興趣，因為《現代文學》初辦時，我們這一群人中也有不失落，不苦悶，不談「存在主義」，不虛無也不憤怒的，先緒就是一個例子。然而每當我們興高采烈，大談卡夫卡、喬伊斯的時候，我們從沒有想到——也沒有料到——在先緒心靈的深處，可能潛藏著難以表白的 anguish，我與他最熟，相交也最深，但他的死訊傳來，最吃驚的也是我。

先緒從來不把文學上的「傳統」和「現代」對立起來，也從來不表現「現代」人的狂傲，他對於人生似乎不願意過問，有時候我向他苦訴人生的「大問題」，他也不激動，只是默默地安慰我，現在想來，我當時實在很淺薄，而先緒卻是深刻的。

杜斯妥也夫斯基的小說中常有一種角色，看似被動，但並不厭世，他從不扮主角，然而每一個人和他在一起都會感到一種安慰，他好像對自己毫無所求，然而對於他人卻充滿了同情心，這一個「大智若愚」的人，是杜氏心目中的聖人。先緒是一個「聖人」型的人，正像杜氏小說中的聖人一樣，他內心的痛苦，凡人看不出來，也從來不關心。

在《現代文學》二十周年紀念的茶會上，我突然感到張先緒的存在，所以在我的「演說」中提到他，頓時回憶如潮湧，使我幾乎不能自持，講完後，我似乎感到先緒如在場，也會默默地站在我旁邊，甚至還會稱讚我兩句。

我深感慚愧，台大畢業後，非但對《現代文學》毫無貢獻（從來沒有投過稿），而且也沒有和我的好友張先緒保持聯絡。我在這裡借《現代文學》寶貴的篇幅紀念他，實在不能將內心的歉疚表達於萬一。如先緒在世，他可能也會淡淡地說：「不必了。」不過他還會仔細推敲這篇文章——文體對不對，字句是否恰當，是否有神來之筆。

記得當年和先緒同學英文時，我最喜歡用形容詞，他稱我是「三段論」者，因為我常常在一個名詞前一連加上三個形容詞，而且一個比一個長。這篇文章也許會令先緒失望，我用的形容詞很少。

張先緒是無法形容的。

（一九八〇年八月十二日，台北）

冠禮

——記《現代文學》創刊二十周年茶會

林清玄　筆記

二十年前，在「五四」時代文學脫胎蛻變求創新、日據時代台灣文學艱苦卓絕找突破這兩股文學潮流交會激盪下，台大外文系的幾位同學創辦了《現代文學》雜誌。

經過了二十年，台灣在文學、藝術、科技現代化的運作下，整個社會已經邁入現代化的進程，文學思想的追求前衛與現代，無疑的在台灣追求現代化的過程中，有其不可磨滅的主導作用。

二十年來，台灣文學的發展固然有「現代」與「傳統」之辯，有「鄉土」與「現代」之爭，但是這些爭辯都是為了使文學朝向更自由、更廣闊的天地邁進。《現代文學》雜誌是二十年前唯一標榜「現代主義」的文學刊物，在整個自由中國的文學發展與爭辯中，它一直扮演著相當重要的角色。

在這個風雲擾嚷的世代裡，二十年不是一段短時間，它足以使黃髮垂髫的兒童長成意氣風發的成人了，對於《現代文學》雜誌，也足以留下豐富的文學創作與史料，並帶來深厚的影響。

民國六十九年八月三日，《現代文學》創刊屆二十周年，當年創辦這本雜誌的白先勇、李歐梵、陳若曦、王文興等人，正好都因事回國，在台北碰面，為了紀念《現代文學》對中國當代文學的這番建樹，《中國時報》人間副刊和《現代文學》雜誌社、遠景出版事業公司，決定聯合辦一項茶會，邀請全國文藝界人士齊聚一堂，共敘文心。

茶會設在南京東路再保大樓頂層，未及三點，來自各地的貴賓紛紛抵達，半小時不到，會場已經坐滿了二百餘位文藝界的朋友。最引人注目的是「五四」時代的文學健將梁實秋先生，與日據時代台灣文壇碩彥楊逵先生。此外，新聞界與出版界人士、詩刊及雜誌負責人、風起雲湧的文學新生代，都使這個十年來僅見的盛會更顯出濟濟一堂的和樂氣息。

曾以〈吾土〉得第一屆時報文學獎第二名的洪醒夫，遠從台中趕來，去年他曾因輕微的多氯聯苯中毒而中斷寫作，這次在會場遇到文友，每個人都先問一聲「近況如何?」洪醒夫說，幸好發現得早，中毒不深，目前已恢復寫作了。

在會場的入口，擺了許多各界人士贈送的花藍，其中最受矚目的是吳基福先生分別以《台灣時報》和《遠東時報》的名義送了兩個花藍。吳先生是有名的眼科博士兼《台灣時報》

董事長，《遠東時報》是《台灣時報》所成立的關係企業，年底以前將在美國正式發行。

洪順隆先生接到人間副刊精心設計的請帖之後，還特別帶了兩位研究中國文學的日本朋友齋藤道彥、梅田由美子一起來參加盛會；旅美作家叢甦也帶了他的兒子一道來，在門口簽名處，這個拿著拍立得相機到處捕鏡頭的小男孩，一直嚷著要媽媽幫他用中文在上面簽個名。

設計家黃華成拿著攝影機見人就拍，他直呼好過癮，從來沒有過這等機會把全國的文壇知名之士兜攏了來。

《聯合報》副刊主編瘂弦和丘彥明也來參加了這項盛會。

作為主人的白先勇，穿著他慣穿的「白」長褲，神態飄逸的和文友們在會場內話舊寒喧。茶會一開始，白先勇興奮不迭的向所有來賓致詞。白先勇說：

首先，我感謝《中國時報》和遠景出版事業公司為《現代文學》二十周年紀念舉辦的茶會。

記得當年，我、陳若曦、李歐梵、王文興等好友都是二十歲上下的青年，轉眼雜誌已經創辦二十年了，二十歲對一個人正是人生的開始，對雜誌已是一段悠長的歷史了。

當年，幾位同學由於共同的愛好舉辦了《現代文學》，那時的文學環境不像現在出版社林立、文學書籍眾多，景況可以說是非常艱困。我們創辦《現代文學》時沒有什麼崇高的使命；只是為了對文學的興趣，沒想到能延續二十年。

人的生命是父母給的，雜誌的生命是作家、編輯、讀者給的，所以我要藉著這個機會感謝《現代文學》的作者、編者、讀者。今天很高興梁實秋先生也來參加這個茶會，使我好像回到「五四」那個充滿了文學新生的時代，使我們感覺到《現代文學》雖然經過悠遠、崎嶇的道路，還是值得欣慰的。

另外，國外作家馬森、叢甦分別從英國、美國回來，當年的創辦人陳若曦、李歐梵也回來聚在一起，他們都出國十幾二十年了，今天正好像飛鳥歸林，回到老窩。我每次回台灣，看到文學、藝術、音樂都有蓬勃發展，心裡很感動，我覺得台灣是個充滿希望的地方，我們的文學藝術在這裡生了根，即使我們分散各地，根還是永遠紮在這裡。

我希望《現代文學》經過二十年，還能繼續下去，培養更多的新作家，創出文學的新事業。

白先勇的一席話，沒有慷慨激昂，一番由衷的說詞，贏得與社會人士的熱烈鼓掌。

掌聲之後，白先勇特別請《中國時報》董事長余紀忠先生說幾句話。余董事長說：

今天在《現代文學》二十周年紀念會上，海內外作家聚集一堂，能在這裡說話，我感到很高興。

做一個辦報的人，新聞是個人的愛好，文學也是我的愛好，我認為，文學最能達到人的心靈深處，文學就是自然的心聲，它從心裡發出來，表現人最自然、最真摯的情感。

可以說，古今中外文學的作品都是出於這種心情的流露，也展現出對時代的深思與期望。《現代文學》雜誌的幾位創辦人，不但有曹雪芹的技巧、杜工部的情懷，也有陸放翁同樣的故國之思；他們為文學界帶來了深遠的影響。尤其是白先勇過去辦雜誌花費的心血和遠景出版事業公司的支持，使《現代文學》延續到今天，使我們深感佩服，我們也希望它能有更大的發展、更美麗、更燦爛的文學遠景。

余董事長一席語重心長的致詞，贏得與會作家的紛紛讚揚。大家接著邀請梁實秋先生說話，梁先生表示：他近來很少參加公眾的聚會，並不是因為走不動路，而是耳朵重聽，別人說話他聽不清楚，常常所答非所問，聽起話來很不方便。今天是梁先生多年來第一次在公共場所講話。他說：「今天是《現代文學》創辦二十周年紀念，我想，如果下一次聚會要等二十年，一生也沒有幾個二十年可以過，所以我今天還是來參加了。」梁實秋先生的幽默，使與會來賓都禁不住哈哈大笑。他接著表示，今天能看到很多老朋友和新朋友，心裡十分高興。梁先生對於《現代文學》有一點感想，他說：「『文學』作品如果成為『現代』，經過二十年它還是現代，再經過二十年它還是現代，因為現代是永遠存在的。所謂《現代文學》不要只注重時間的現代，還要時常推陳出新，精神上永遠現代。」梁先生表示，他從《現代文學》第一期出版就是忠實的讀者，他知道《現代文學》銷路不好，是由很少幾位熱心文藝的人來編來印，堅持下去，二十年還是如此，很不容易。梁先生最後幽默而語重心長地強調：「希望再過二十年，或者四十年，還要再來參加《現代文學》聚會。」

梁實秋先生說完了話，本省日據時代的老作家楊逵也應邀致詞。這位台中「東海花園」的主人，年高七旬，瘦骨嶙峋，頗具仙風道骨之姿。楊逵先生說：「我自己不能稱為作家，因為我沒有寫過很多東西，除了創辦《台灣新文學》雜誌十五期以外，一直住在東海花園四十多年，我只是個園丁。」

楊逵先生風趣的說：「我今天帶了三位保鏢，從台中趕來參加，因為近年來有頭昏的毛病，可能隨時會有倒下去的危險，所以要有保鏢隨行，在我倒下去時可以送我去醫院。」對於《現代文學》，楊逵先生也是忠實的讀者，他說：「讀《現代文學》這麼多年，我看到今天來參加的幾乎是比我晚一、二、三代的作家，我希望大家對現代的文學環境有一點體會，今後可以寫出更好的作品。」

楊逵先生和梁實秋先生一樣老當益壯，他們多年來為中國文學耕耘的貢獻，都是不會磨滅的。楊先生說完後，大家請《現代文學》的三位創辦人陳若曦、王文興、李歐梵說幾句話。陳若曦回國半個月，這是陳若曦第一次在公開場合出現和說話。她說：

我平常話很多，一到麥克風前話就少了，但是今天《現代文學》創辦二十周年，於公於私都非常盛大，所以願在這裡說幾句話。今天我最高興的是，梁實秋先生是「五四運動」的文學家，楊逵先生是抗日時代的文學家，我覺得他們的精神都能啟示我們，值得我們學習。

我在這裡談一點我個人的感想，前幾年台灣的鄉土文學論戰，《現代文學》好像也被捲進去了，我覺得鄉土文學和現代文學毫無爭論與對抗的必要，我記得最初有一些鄉土文學作家也在《現代文學》雜誌發表作品。

文學應是一家的，絕無鄉土與現代之分，我希望我們的文學將來可以在這個精神下繼續發展。

現在台大外文系執教的王文興說：

談到《現代文學》創刊，我內心十分感慨，因為二十年前我們還是年輕人，現在已經步入了中年，有的頭髮白了，有的少了很多頭髮。剛創辦時，我們沒有想到《現代文學》對中國文學會有什麼影響，現在聽得多了，連我自己也相信它對中國文學是有一點貢獻，這種喜悅之情使我的自信也提高了，我想，說不定《現代文學》對中國文化和台灣現代化都有貢獻。二十年前，《現代文學》是台灣標榜「現代主義」的唯一團體，二十年來，它多多少少應該對台灣的現代化運動有一點帶動作用，因為我覺得所謂現代化，科技現代化當然重要，可是精神的現代化更重要，大陸現在雖然實行「四個現代化」運動，他們最缺乏的還是這一點——精神的現代化。

在今天《現代文學》的創刊二十周年酒會上，我們邀請到梁實秋先生，我希望，二十年後還能請到他，參加我們在台北的聚會。

回國參加本屆國建會的李歐梵說：

我不敢稱為《現代文學》的創辦人，因為我不寫小說，由於當年《現代文學》的創辦人都是我的好友，我才加入《現代文學》，我只是在裡面搖旗吶喊的角色。我在早期的《現代文學》雜誌只發表過翻譯西方作家的作品，事實上當時我自己也不太了解，等到我到國外很多年以後，才發現當時已闖出幾條路，值得重視。我自己是研究現代中國文藝思潮和文學史的人，我相信《現代文學》對中國文學的發展自有其不可忽視的貢獻。

前些天，我看到二十年前《現代文學》同仁合照的一張照片，裡面的人有的在國外，有的在國內，大部分還健在，只有一位張先緒先生不在了，我希望藉這個機會來紀念這位為中國現代文學奉獻的朋友。

聽完三位創辦人的談話，我們隱隱約約感受到創辦一份雜誌的辛苦。接著，眾人請當年《現代文學》的作家，也是後來《文學季刊》的健將陳映真先生致詞。陳先生表示他參加這個聚會，完全沒想到會被邀說話。他說：

我曾經在姚一葦先生的鞭策下，在《現代文學》寫過幾篇文章，後來又和朋友們創辦了《文學季刊》，這幾個文學雜誌曾給我最美好的回憶，想起當年在沒有稿費、沒有報酬的情況下，我們懷著對文學的熱愛與理想來辦雜誌，生活卻過得非常充實，那一段時間，成為我四十幾年生命裡最重要的篇章。

我贊同剛剛王文興先生說的自信，我更相信在局勢瞬息萬變的今天，我們更需要的是謙卑的心情，中國人為了文化理想，應該抱著團結的心、愛的心、謙卑的心共同來實踐。

《現代文學》自創刊以來，先後負責編務的有白先勇、姚一葦、何欣、余光中、王文興、柯慶明、高信疆諸先生，其中以姚一葦先生負責的時間最長，大會請姚先生站在編輯的立場，說幾句話。姚先生說：

我是《現代文學》的老兵。

我雖然沒有參加創辦，但是民國五十一年王文興來找我為《現代文學》寫稿，一直到今天它從小孩到成年了。《現代文學》創辦的種種艱難困苦都經歷過，但是它終於成長了。我是老兵，老兵不死，可是老兵會老，必須要有新的一代結合起來，文學生命才會永恆。

現在最重要的是，希望大家寫稿，多多寫稿，辦文學雜誌最苦的不是錢，苦得不能再苦，苦得睡不著覺的是稿件，我希望現在在寫的人能繼續寫，擱下筆的人能再拿起來。

《現代文學》經過二十年，已經成為國內外的重要雜誌，它訂戶雖然少，該看的人都看了。

《現代文學》的園地永遠開放，我希望《現代文學》的朋友們回去就開始寫稿，讓這個雜誌能辦得更好。

導演胡金銓先生的文藝品味「無言而獨化」，夫人鍾玲女士更是古典文學的辛勤研究者，他們連袂出席了今日良會，正在與朋友殷殷問訊，卻被邀以《現代文學》長期讀者的身分說幾句話。胡導演說：

我不是文學家，我拍的片子也不很文藝，但是我和《現代文學》的幾位創辦人都是好友，也是長期讀者，每一次到了出刊的時間，我總是盼望雜誌能馬上寄到，光憑這一點，它已經辦得很成功了。

我以讀者的立場，祝賀《現代文學》創刊二十周年，並希望它的生命能無窮無盡。

最後一個發言的是作家尼洛先生，他說：

我也是《現代文學》的忠實讀者，誠如王文興先生所講的，二十年來《現代文學》雜誌為中國文學帶來了現代化，對於國民，《現代文學》也有相當的鼓舞力量。誠如余紀忠先生說的，文學對人生、社會、國家、文化都有影響的力量，今天《現代文學》在中華民國文學界占了相當重要的地位，它銜接了「五四」以來的中國文化，並且向前開創，使得從事文藝的人口倍增，讓我們看見了繁華的文學。今天，我為《現代文學》道賀之餘，更希望《現代文學》能領導年輕作家繼續前進。

致詞完畢以後，由《現代文學》的創辦人白先勇、王文興、李歐梵以及叢甦切蛋糕，這個蛋糕是特從明星咖啡屋訂購的。遙想當年，明星咖啡屋是《現代文學》及台灣文學界朋友的大本營，如今二十年過去，老店生意日益興旺，現代文學也走到時代的場景中，它的意義相當重大。

會後，在王正良先生的主持下，由詩人管管、民歌手韓正皓、鍾少蘭夫婦表演餘興節目，使會場洋溢著熱鬧的氣氛。聲樂家姜成濤本來帶了他的琴師要為《現代文學》歌一曲，因為沒有鋼琴而作罷。清歌不續，高談相繼，與會作家新知舊識，相晤言歡，一直到黃昏日斜才紛紛離去。

從與會來賓的談話中，我們不難發現當年創辦文學雜誌的艱辛，也可以看出這二十年努力為我們鋪陳的道路——中國文學不但要追求現代精神，而且要在博愛的胸懷中開創文學恆久的生命。

我們從與會的作家群，可以看出《現代文學》在此時此地舉辦二十周年紀念的意義，它讓我們長憶既往——追慕梁實秋先生彼一時代的「五四文學」，與楊逵先生時代「台灣文學」的兩股巨潮；讓我們體驗現在——目前正是各種文學流派匯集的時機；並讓我們瞻望來茲——自由中國文學經過三十年努力，屢挫屢奮，已經使我們的文學紮根於深壤，仰曙光、霑雨露而且結出豐美的果實。

三十年來，中國文學經過時代潮流多方的衝擊錘鍊，這些錘鍊使文學從起步漸趨圓熟，在文學現代、博愛與恆久的理想下，這些錘鍊都是短暫而渺小的，因為文學有更長遠的道路要走，一直走到有中國人的地方就有文學，走到連海峽對岸的中國人也見到文學的天光。

（一九八〇年八月五日，《中國時報》）

青春之獵

陳雨航

民國五十四年我在花蓮中學唸高二。記得是一個冬日的下午，一位同學很神祕地向我說他家裡有一本借來的小說，內容非比尋常，相當有趣。

「裡面有一篇是說一群人在一個黑色的森林裡狩獵，打一隻羽毛漆黑的鳥兒，我看得胡裡胡塗；還有一篇是說一個老畫家要畫青春，可是老調不出青春的色彩來，……」同學描述著：「裡面還有一篇英文老師的作品哩！」

「你是說王禎和。」我想我那時一定是張大了嘴巴。

那天放學後，我迫不及待的與那位同學一道走，去看據說充滿「神祕奇趣」，並且有「王禎和寫的」那本小說，由於當晚同學要將書還給原主人，我便在搭末班車回鄉下家中之前，飛快地看了幾篇，包括同學特別推薦的叢甦的〈盲獵〉、白先勇的〈青春〉、王禎和的〈鬼．北風．人〉以及因為最短而印象深刻的王文興的〈最快樂的事〉。

那本書叫做《現代小說選》，是「現代文學叢書」，等我知道有一本文學雜誌叫做《現代文學》還是以後的事。彼時，對一個喜歡閱讀文學書籍的小市鎮少年來說，《現代文學》仍是十分陌生的。

十年之後，我擁有了一本《現代小說選》，那時我隨姚一葦先生學戲劇，而對《現代文學》已經相當熟悉，並間或從其中汲取一些文字營養。有一天，我們在姚老師的書房裡談起文學的種種，與《現代文學》淵源深厚並主編過一段時期的姚老師見我對小說興趣的濃厚，便從他書架上抽出一本《現代小說選》送給我。

不必再飛快地看，我可以躺在床上優游地閱讀了。

六十六年初《現代文學》醞釀著復刊時，擔任編務工作的高信疆先生有一次問我願不願意助編《現代文學》，當時我因入伍在即，無法做這份相當有意義的工作，如今想來，不免有一絲遺憾，但在高先生及目前又重新負責主編的姚老師鼓勵之下，我先後在《現代文學》上發表了兩篇小說，姚老師更曾一度邀我助理《現代文學》的編輯工作，先後兩次，我幾乎有幸參與《現代文學》的編務，說來也是有緣。

《現代文學》二十歲了，在它的慶生會上，看到多位當年《現代文學》的健將，以及許多與他們一樣，致力於文學耕耘的前輩，他們的丰采逼人，筆力依然雄健。《現代文學》以及其他文學雜誌的努力，我相信已經感染了年輕的一輩，在回憶及瞻望之後，我們可以預期一個更為煥發的文學天地。

（一九八〇年八月五口，《中國時報》）

第三輯

一九七七——《現代文學》復刊紀念專文

三毛
水晶
王文興
王禎和
白先勇
朱西甯
何欣
余光中
李昂
李黎
李歐梵
杜國清
辛鬱
林清玄
林懷民
姚一葦
施叔青
柏楊
柯慶明
夏志清
夏濟安
奚淞
荊棘
張錯
陳雨航
陳映真
陳若曦
楊牧
葉維廉
蓉子
劉大任
劉紹銘
歐陽子
鄭樹森
戴天
鍾玲
叢甦
羅門

《現代文學》的回顧與前瞻

白先勇

民國四十九年，我們那時都還在台大外文系三年級唸書，一群不知天高地厚一腦子充滿不著邊際理想的年輕人，因為興趣相投，熱愛文學，大家變成了朋友。於是由我倡議，一呼百應，便把《現代文學》給辦了出來。出刊之時，我們把第一期拿去送給黎烈文教授，他對我們說：「你們很勇敢！」當時他這話的深意，我們懵然不知，還十分洋洋自得。沒料到《現代文學》一辦十三年，共出五十一期，竟變成了許許多多作家朋友心血灌溉而茁，而開花，而終於因為經濟營養不良飄零枯萎的一棵文藝之樹。對我個人來說，《現代文學》是我的一付十字架，當初年少無知，不自量力，只憑一股憨勇，貿然揹負起這付重擔，這些年來，路途的崎嶇顛躓，風險重重，大概只有在台灣辦過同人文藝雜誌的同路人，才能細解其中味。

台大外文系一向文風頗盛，始作俑者，首推我們的學長詩人余光中，那時他早已名振詩壇了。夏濟安教授主編文學雜誌，又培養不少外文系作家。高於我們者，有葉維廉，叢甦，劉紹銘。後來接我們棒的，有王禎和，杜國清，潛石（鄭恆雄），淡瑩等。然而我們那一班出的作家最多：寫小說的，有王文興，歐陽子（洪智惠），陳若曦（陳秀美），詩人有戴天（戴成義），林湖（林耀福）。還有許多桿好譯筆如王愈靜、謝道峨，後來在美國成為學者的有李歐梵，成為社會學學者的有楊美惠。這一夥人，還加上另外幾位，組成了一個小社團叫「南北社」（詳情見歐陽子〈回憶《現代文學》創辦當年〉）。我們常常出去爬山遊水，坐在山頂海邊，大談文學人生，好像天下事，無所不知，肚裡有一分，要說出十分來。一個個胸懷大志，意氣飛揚，日後人生的顛沛憂患，那裡識得半分？陳若曦老鬧神經痛，但爬山總是她第一個搶先上去。王文興常常語驚四座，一出言便與眾不同。歐陽子不說話，可是什麼都看在眼裡。大家一時興起，又玩起官兵捉強盜來。怎麼會那樣天真？大概那時台北還是農業社會——清晨牛車滿街，南京東路還有許多稻田，夜總會是一個神祕而又邪惡的名詞，好像只有一兩家。台大外文系那時也染有十分濃厚的農業色彩：散漫悠閒，無為而治。我們文學院裡的吊鐘樓一直是停擺的，圖書館裡常常只剩下管理員老孟（蘇念秋）一個人在打坐參禪，而我們大夥卻逃課去辦《現代文學》去了。幸虧外文系課業輕鬆，要不然那裡會有那麼多的時間精力來寫文章辦雜誌？而且大家功課還不錯，前幾名都是南北社的人囊括的。

四十八年大二暑假，我跟陳若曦、王愈靜通了幾封信，提出創辦《現代文學》芻議，得到南北社社員熱烈支持。於是大家便七手八腳分頭進行，首先是財源問題，我弄到一筆十萬塊的基金，但只能用利息，每月所得有限，只好去放高利貸（後來幾乎弄得《現文》破產，全軍覆沒，還連累了家人）。歐陽子穩重細心，主持內政，總務出納，訂戶收發由她掌管。陳若曦闖勁大，辦外交，拉稿，籠絡作家。王文興主意多，是《現文》編輯智囊團的首腦人物，第一期介紹卡夫卡，便是他的主意，資料也差不多是他去找的。封面由張先緒設計。我們又找到兩位高年級的同學加盟：葉維廉和劉紹銘。發刊詞由劉紹銘主筆，寫得倒也鏗鏘有聲。葉維廉是創刊詩一首：〈致我的子孫們〉，氣魄雄偉。我們那時只是一群初執筆桿的學生，《現文》又沒有稿費，外稿是很難拉得到的，於是自立更生，寫的寫，譯的譯。第一期不夠稿，我便化一個筆名投兩篇。但也有熱心人支持我們的，大詩人余光中第一期起，從〈坐看雲起時〉一直鼎力相助。另一位是名翻譯家何欣先生，何先生從頭跟《現文》便結下不解之緣，關係之深，十數年如一日，那一篇篇紮硬的論文，不知他花了多少心血去譯。我們的學姊叢甦從美國寄來佳作一篇〈盲獵〉，外援來到，大家喜出望外。於是由我集稿，拿到漢口街台北印刷廠排版，印刷廠經理姜先生，上海人，手段圓滑，我們幾個少不更事的學生，他根本沒看在眼裡，幾下太極拳，便把我們應付過去了。《現文》稿子丟在印刷廠，遲遲不得上機，我天天跑去交涉，不得要領。晚上我便索性坐在印刷廠裡不走，姜先生被我纏得沒有辦法，只好將《現文》印了出來。民國四十九年三月五日出版那天，我抱著一大疊淺藍色封面的《現代文學》創刊號跑到學校，心裡那份歡欣興奮，一輩子也忘不掉。

雜誌出來了，銷路卻大成問題。什麼人要看我們的雜誌？卡夫卡是誰？寫的東西這麼古怪。幾篇詩跟小說，作者的名字大都不見經傳。就是有名的，也看不大懂。我們到處貼海報，台大學生反應冷淡，本班同學也不熱烈。幾個客戶都是我們賣面子死拉活拖硬抓來的。教授我們送了去，大都不置可否。但也有熱心的，像張心漪教授，替我們介紹訂戶，不惜餘力。殷張蘭熙女士，百般衛護，拉廣告。黎烈文教授對我們十分嘉許，其實只要有人看，我們已經很高興了。雜誌由世界文物供應社發出去。隔幾天，我就跑到衡陽街重慶南路一帶去，逛逛那些雜誌攤。「有《現代文學》麼？」我手裡抓著一本《今日世界》或者《拾穗》一面亂翻裝做漫不經心的問題。許多攤販直搖頭，沒聽過這本東西。有些想了一會兒，卻從一大疊的雜誌下面抽出一本《現代文學》來，封面已經灰塵僕僕，給別的暢銷雜誌壓得黯然失色。「要不要？」攤販問我。我不忍再看下去，趕快走開。也有意外：「現代文學嗎？賣光了。」於是我便笑了，問道：「這本雜誌那麼暢銷嗎？什麼人買？」「都是學生呢。」我感到很滿足，居然還有學生肯花錢買《現代文學》，快點去辦第二期。第一期結算下來，只賣出去六、七百本，錢是賠掉了，但士氣甚高。因為我們至少還有幾百個讀者。其實《現文》銷路一直沒超過一千本，總是賠錢的。因此攤販們不甚歡迎，擺在不起眼的地方。可是有一位賣雜誌的，卻是《現文》的知音，那就是孤獨國主詩人周夢蝶先生，他在武昌街的那個攤位上常常掛滿了《現代文學》，我們賣不掉的舊雜誌，送給他，他總替我們擺出來。有時經過武昌街，看見紅紅綠綠的《現文》高踞在孤獨國的王座上，心裡又感動，又驕傲。我的朋友女詩人淡瑩說，她是在周夢蝶那裡買到整套《現文》的。

雖然稿源困難，財源有限，頭一年六期《現文》雙月刊居然一本本都按期出來了。周年紀念的時候，還在我家開了一個盛大慶祝會。除了文藝界的朋友，又請了「五月畫會」的畫家們。像顧福生、莊喆、韓湘寧都替《現文》設計過封面，畫過插畫。張心漪老師、殷張蘭熙女士也來捧場，大家真是高興的，對《現文》的前途充滿信心。而我們那時也快畢業了，大家回顧，都覺得大學四年太快，有虛度之感。對我個人來說，大學生活最有意義的事，當然就是創辦了這本賠錢雜誌。家中父母倒很支持，以為「以文會友」。確實，我辦這本雜誌，最大的收穫之一，便是結識了一批文友，使得我的生活及見識都豐富了許多。

到了第九期，《現文》遭到頭一次經濟危機。我拿去放高利貸的那家伸鐵廠倒掉了。《現文》基金去掉一半，這一急，非同小可。那一段時期我天天如同熱鍋上的螞蟻，五內如焚。數目雖小，但是我那時是一個身無分文的學生，同學們更不濟事。父母親的煩事多，那裡還敢去擾他們。我跑到伸鐵廠好幾次，也夾在債權人裡跟鐵廠索債。別人拿回錢沒有我不知道，我那張借據一直存了好幾年。有時候拿出來對著發呆，心裡想：這個鐵廠真可惡，這筆文化錢也好意思吞掉。但雜誌總還是要辦下去的。幸虧我們認識了當時駐台的美國新聞處處長麥加錫（Richard McCarthy）先生。他是有心人，熱愛文學，知道我們的困境，便答應買兩期《現文》。於是第十、第十一期又在風雨飄搖中誕生了。同時《現文》男生也入了營，編務的重擔便落到了《現文》女將們身上。《現文》女將，巾幗英雄，歐陽子坐鎮台大，當助教，獨當一面。陳若曦在外做事，仍舊辦她的外交。我們的學弟們，鄭恆雄、杜國清、王禎和也正式加盟，變成《現文》的第二代。我在軍營裡無法幫忙，只有稿援，在那樣緊張的生活裡，居然擠出了兩篇小說來：〈寂寞的十七歲〉，和〈畢業〉（後改為〈那晚的月光〉），那是拚命擠出來的。等到女將們出國，朝中無大臣，《現文》的人事危機又到了。十五期半年出不來，形勢岌岌可危。一直到我們受訓完畢，出國留美，《現文》的形成期終於結束，改為季刊，邁入了一個新的紀元。

我臨出國，將《現文》鄭重託付給余光中、何欣、姚一葦三位先生。余何一向與《現文》淵源甚深，姚先生則是生力軍，對《現文》功不可滅，值得大書特書。除了自己撰稿——他那本有名的《藝術的奧祕》便是一篇篇在《現文》上出現的——又拉入許多優秀作家的文稿來；如陳映真、施叔青、李昂等等。有了這三位再加上《現文》第二代，編輯危機，算是解決。至於財源，出國後，便由我一個人支撐。家裡給我一筆學費，我自己則在愛荷華大學申請到全年獎學金。於是我便把學費挪出一部分來，每月寄回一張支票，化做白紙黑字。在國外，最牽腸掛肚的就是這本東西，魂牽夢縈，不足形容：稿子齊了沒有？有沒有拉到好小說？會不會脫期？印刷費夠不夠？整天都在盤算這些事。身在美國，心在台灣，就是為了它。這段期間，《現文》開始起飛，漸趨成熟。一方面是《現文》基本作家本身的成長，另一方面是余何姚三位在編輯方面，改進內容，提高了創作水準。這個時間，佳作真多。據咪咪（余光中太太）說，三位太太也動手幫忙，寫封套，送雜誌。《現文》第二代杜國清他們騎腳踏車，奔跑印刷廠，大家幹勁十足。我在愛荷華每次接到台北寄來的《現文》，就興奮得通夜難眠，恨不得一口氣全本看完。看到陳映真的小說，心裡有說不出的感動，又難過。〈壁虎〉的作者是誰，我打聽。原來是一個還在中學唸書的小姑娘，我很詫異。施叔青初執筆便器宇不凡，日後果然自成一家。施家文學風水旺，妹妹李昂後來居上，風格特殊。

此後，《現文》的編輯人事，經過幾次大變動，王文興、余光中、柯慶明都輪流當過主編及執行編輯。這幾位編輯勞苦功高，筆難盡述。只有傻子才辦文學雜誌，只有更傻的人才肯擔任這吃力不討好的編輯工作，而且是不支薪水的。《現文》之所以能苦撐十三年，第一要靠這批編輯們的烈士精神，除了上述幾位外，台大外文系的助教王秋桂、張惠鎮，還有中文系的師生都曾出過大力。此外，那時候的作家，對《現文》真是義薄雲天，不求稿費，不講名利，他們對於《現文》都有一份愛心與期望，希望這份文學雜誌能夠撐下去。五十九年，《中國時報》余紀忠先生，聞悉《現文》財政拮据，慷慨贈送紙張一年，使《現文》渡過危機。然而在工商起飛的台灣，一本農業社會理想的同人雜誌，是無法生存下去的。跟我們同時掙扎的《文學季刊》、《純文學》都一一英勇的倒仆下去。《現文》的經濟危機又亮起了紅燈。六十二年世界通貨膨脹，台灣的紙價印刷費猛增。我在美國教書的薪水，怎麼省也省不下這筆費用來。我有一位中學好友，也是《現文》的忠實讀者，知道我的困境，每個月從他的研究費捐獻一百二十塊美金，但是兩個人合起來的錢，仍然無濟於事，第五十一期出畢，我只好寫信給當時的編輯柯慶明，宣布《現文》暫時停刊。柯慶明來信，最後引了白居易的詩：「野火燒不盡，春風吹又生。」我則回以岳飛的〈滿江紅〉：「待從頭，收拾舊山河，朝天闕。」岳武穆的這首〈滿江紅〉是小時候父親教授我的，這也是他唯一會唱的歌，常常領著我們唱。後來無論在那兒聽到這首歌，我總不禁感到慷慨激昂。

總觀五十一期《現代文學》，檢討得失，我們承認《現文》的缺點確實不少；編輯人事更動厲害，編輯方針不穩定，常常不能按期出刊，稿源不夠時，不太成熟的文章也刊登出來。然而《現文》沒有基金，編輯全是義務，行有餘力，則於編務。我對於編輯們除了敬佩外，絕不敢再苛求。《現文》又沒有稿費，拉來文章全憑人情，大概也只有在我們這個重義輕利的中國社會，這種事情才可能發生。因此，除掉先天的限制外，我肯定的認為《現代文學》在六〇年代，對於中國文壇，是有其不可抹滅的貢獻的。

首先，是西洋文學的介紹。因為我們本身學識有限，只能做譯介工作，但是這項粗淺的入門介紹，對於台灣當時文壇，非常重要，有啟發作用。因為那時西洋現代文學在台灣相當陌生，像卡夫卡、喬伊斯、湯瑪斯曼、福克納等這些西方文豪的譯作，都絕無僅有。喬伊斯的短篇小說經典之作《都柏林人》我們全本都譯了出來。後來風起雲湧，各出版社及報章雜誌都翻譯了這些巨匠的作品，但開始啟發讀者對西洋現代文學興趣的，《現文》實是創始者之一。譯文中，也有不少佳作。舉凡詩，短篇小說，戲劇，論文，犖犖大端。名譯家有何欣、朱立民、朱乃長等，此外台大外文系助教學生的豐功偉蹟也不抹煞，尤其是張惠鎮，她的翻譯質與量在《現文》所占的篇幅都是可觀的。

當然，《現文》最大的成就還是在於創作。小說一共登了兩百零六篇，作家七十人。在六〇年代崛起的台灣名小說家，跟《現代文學》，或深或淺，都有關係。除掉《現文》的基本作者如王文興、歐陽子、陳若曦、及我本人外，還有叢甦、王禎和、施叔青、陳映真、七等生、水晶、於梨華、李昂、林懷民、黃春明、潛石、林東華、汶津、王拓、蔡文甫、王敬義、子于、李永平等，早已成名的有朱西甯、司馬中原、段彩華。這些作家，或發軔於《現文》，或在《現文》上登過佳作。更有一些，雖然沒有文名，而且在《現文》上只投過一兩篇，但他們的作品，有些絕不輸於成名作家，只可惜這些作家沒有繼續創作，他們的潛力，已經顯著，要不然，台灣文壇上，又會添許多生力軍。我隨便想到的有：奚淞、東方白、姚樹華、張毅、黎陽、馬健君等。

《現代文學》的現代詩，成就亦甚可觀，有兩百多首，舉凡台灣名詩人，一網打盡。《藍星》、《創世紀》、《笠》、《星座》等各大詩社的健將全部在《現文》登過場，還有許多無黨無派的後起之秀。《現文》對台灣詩壇的特別貢獻，是四十六期詩人楊牧主編的〈現代詩回顧專號〉，對台灣過去二十年現代詩的發展成長，做了一個大規模的回顧展。這種兼容並蓄的現代詩回顧展，在台灣當時，好像還是首創。楊牧編輯這個專號，頗花心血，值得讚揚。

《現文》登載本國批評家的論文比較少，但名批評家夏志清、顏元叔、姚一葦、林以亮都有精采作品，在《現文》發表。夏志清教授，對《現文》從頭到尾同情鼓勵，呵護備至。他在一篇論文裡提到：「現代文學，培養了台灣年輕一代最優秀的作家。」

其次，《現文》另一項重要工作，則是中國古典文學研究，這要歸功台大中文系的師生。《現文》後期執行編輯柯慶明，當時在台大中文系當助教，向中文系師生拉稿，有十字軍東征的精神，四四、四五兩期〈中國古典小說專號〉從先秦到明清，對中國古典小說的發展，作了一項全盤的研究，中國古典小說在台灣學界如此受到重視，《現文》這個專號，又是首創。在此特別值得一提的，是夏志清教授那本用英文寫成的鉅著《中國古典小說》，在《現文》幾乎全部譯完登出，這本文學批評，在西方漢學界早已成為眾口交譽的經典之作，使西方人對中國古典小說刮目相看。

其實五十二期的稿子，當時已經完全收齊發排了，但因經費問題，始終未能出刊。為了寫這篇回憶，我又從箱篋裡翻出一些有關《現文》的資料來，有一張發了黃的照片，是《現文》創刊時，當時的編輯們合照的，一共十二人：戴天、方蔚華、林湖、李歐梵、葉維廉、王文興、陳次雲、陳若曦、歐陽子、劉紹銘、我本人及張先緒。那時大家都在二十上下，一個個臉上充滿自信與期望。自信，因為初生之犢，不懂事；期望，因為覺得人生還有好長一段路，可以施展身手，大幹一番。我看看照片下面印著的日期：一九六〇年五月九日。算一算，竟有十七年了，而我們這一批人都已進入了哀樂中年。對著這張舊照，不禁百感叢生。我們各人的命運，當初誰能料及？替《現文》設計封面的張先緒，竟先去世，而且還死得淒涼。張先緒有才，譯文真好，然而個性內向，太敏感。陳若曦勇敢，又喜歡冒險，所以她的一生大風大險多，回到大陸七年，嚐盡艱苦，居然又全家出來了。這就是陳若曦，能做出常人所不能及者。去年她到加州大學來演講，我們相見，如同隔世。她走路還是那樣不甘落後，共產黨給了她胃病及失眠症，但並未能鬥倒她。她現在執董狐之筆，向歷史作證，批判二十世紀的秦朝暴政。王文興、林湖、陳次雲都在母校教育下一代，成為台大外文系的中堅分子。葉維廉、劉紹銘、李歐梵在美國大學教書，各有所成，是美國漢學界後起之秀。方蔚華曾執政政大，已為人父。很多年沒有見到詩人戴天，去年到香港，他請我吃飯，兩人酩酊大醉，因為大家都有了「今夕復何夕，共此燈燭光」的感慨。十七年前，戴天到我家，煮酒論詩，醺醺然，不知東方既白，少年情懷，畢竟不同。十七年，時間的擔子，是相當沉重的。歐陽子在美國除寫作外，相夫教子，家庭美滿，然而卻遭天忌，患了嚴重的眼疾，網膜剝落，雙目都動過大手術，視力衰退。一九七四年，我到德州去探訪她，我們同時都感到，時間的壓迫，愈來愈急促，於是我們覺得要趕快做一些有意義的事。歐陽子以超人的勇氣，在視覺模糊的狀態下，完成了她的論文集《王謝堂前的燕子》，接著一鼓作氣，又單獨編輯了這本《現代文學小說選集》。編選這本集子，歐陽子真花了不少心血，她把《現文》上二百多篇小說全部仔細看過，經過深思熟慮，挑出了三十三篇精作，每篇都加以短評，她的短評，寥寥數語，便將小說的精髓點出，對讀者大有幫助，而且她的書後目錄作得特別詳細完整，書後附有《現文》所有的小說篇名，以及每位作者名下所投《現文》之小說篇目，對於日後研究《現文》小說及作家的人有莫大方便。她這種編選態度之嚴謹認真，堪為楷模。

重讀一遍這本選集的小說，更肯定了我對《現文》的看法，《現文》最大的貢獻，在於發掘培養台灣年輕一代的小說家。這本選集中三十三篇小說，大多傑出，可以稱為六〇年代台灣短篇小說的優秀典例。其中有數位早已成名或日後成名的，但是他們投在《現文》上的小說，卻往往是他們最好的作品。如朱西甯的〈鐵漿〉，我認為是他所有短篇中的佼佼者，主題宏大：中國傳統社會與現代文明的衝突；形式完整：以象徵手法，乾淨嚴謹的文字，將主題意義表達得天衣無縫。這真是一篇中國短篇小說的傑作。又如陳映真的名著〈將軍族〉，正如歐陽子所評：「這是一篇感人至深的佳作。」他的人道主義在〈將軍族〉中兩個卑微的角色身上，發出了英雄式的光輝燦爛。這一篇，應當是他的代表作。再如黃春明的〈甘庚伯的黃昏〉，雖然這是他投到《現文》唯一的一篇，但是這篇感人肺腑的小說。以藝術形式來說，我覺得是他最完整的一篇，無一贅語，形式內容互相輝映。還有幾篇，在台灣小說發展史上，有其特殊意義。叢甦的〈盲獵〉，無疑的，是台灣中國作家受西方存在主義影響，產生的第一篇探討人類基本存在困境的小說。王禎和的〈鬼．北風．人〉是他初登文壇，在《現文》所投的第一篇。王禎和以前，當然還有許多本省作家描寫台灣鄉土色彩的作品。但王禎和所受的是戰後教育，國語應用純熟。他這篇小說台灣方言的運用，以及台灣民俗的插入，是他刻意經營的一種寫實主義，他這種鄉土寫實作風，對日後流行的所謂台灣鄉土文學有啟發作用，而選集中這篇〈鬼．北風．人〉則是始作俑者。但《現文》這本小說選集，另外更重要的一個意義，是收集了許多篇文名不盛作家的佳品。因為成名作家，個人都有選集，作品不至湮沒，但是名氣不大的作家，他們這些滄海遺珠，如果不選入集內，可能就此埋沒，在中國文學史上，將是大大損失，因為他們這幾篇作品，寫得實在好，與名家相比，毫無遜色。例如奚淞的〈封神榜裡的哪吒〉，從中國傳統神話中，探索靈肉不能並存的人生基本困境，歐陽子認為「其表達方式與主題含義，皆具驚人的獨創性」。又如黎陽的〈譚教授的一天〉，我認為是描寫台灣學府知識分子小說中的上乘作品，筆觸溫婉，觀察銳利，從頭至尾一股壓抑的感傷，動人心弦。東方白的〈□□〉，研討人類罪與罰的救贖問題，含義深刻，啟人深思。姚樹華的〈天女散花〉，刻劃社會階級間，無法跨越的障礙，感人之至。綜觀選集中三十三篇作品，主題內容豐富而多變化，有研究中國傳統文化之式微者，如〈鐵漿〉、〈遊園驚夢〉；有描寫台灣鄉土人情者，如〈鬼．北風．人〉，陳若曦的〈辛莊〉，林懷民的〈辭鄉〉，嚴的〈塵埃〉；有刻劃人類內心痛苦寂寞者，如水晶的〈愛的凌遲〉，歐陽子的〈最後一節課〉；有研究人類存在基本困境者，如〈盲獵〉，〈封神榜裡的哪吒〉，施叔青的〈倒放的天梯〉。有人生啟發故事（initiation stories），如王文興的〈欠缺〉；有讚頌人性尊嚴者，如〈將軍族〉，〈甘庚伯的黃昏〉；還有描述海外中國人的故事；如於梨華的〈會場現形記〉，吉錚的〈偽春〉。三十三位作家的文字技巧，也各有特殊風格，有的運用寓言象徵，有的運用意識流心理分析，有的簡樸寫實，有的富麗堂皇，將傳統溶於現代，借西洋揉入中國，其結果是古今中外集成一體的一種文學，這就是中國台灣六〇年代的現實，縱的既繼承了中國五千年沉厚的文化遺產，橫的又受到歐風美雨猛烈的衝擊，我們現在所處的，正是中國幾千年來文化傳統空前劇變的狂飆時代，而這批在台灣成長的作家亦正是這個狂飆時代的見證人，目擊如此新舊交替多變之秋，這批作家們，內心是沉重的、焦慮的。求諸內，他們要探討人生基本的存在意義，我們的傳統價值，已無法作為他們對人生信仰不二法門的參考，他們得在傳統的廢墟上，每一個人，孤獨的重新建立自己的文化價值堡壘，因此，這批作家一般的文風，是內省的，探索的，分析的；然而形諸外，他們的態度則是嚴肅的，關切的，他們對於社會以及社會中的個人有一種嚴肅的關切，這種關切，不一定是「五四」時代作家那種社會改革的狂熱，而是對人一種民胞物與的同情與憐憫——這，我想是這個選集中那些作品最可貴的特質，也是所有偉大文學不可或缺的要素。在這個選集中，我們找不出一篇對人生犬儒式的嘲諷，也找不出一篇尖酸刻薄的謾罵。這批作家，到底還是受過儒家傳統的洗禮，文章以溫柔敦厚為貴。六〇年代，反觀大陸，則是一連串文人的悲劇，老舍自沉於湖，傅雷跳樓，巴金被迫跪碎玻璃，丁玲充軍黑龍江，迄今不得返歸，沈從文消磨在故宮博物館，噤若寒蟬。大陸文學，一片空白。因此，台灣這一線文學香火，便更具有興滅繼絕的時代意義了。

《現代文學》六一年停刊，於今三載半，這段期間，我總感到若有所失，生命好像缺了一角，無法彌補。有時候我在做夢：到那裡去發一筆橫財，那麼我便可以發最高薪水請一位編輯專任《現文》，發最高稿費，使作家安心寫作，請最好的校對，使《現文》沒有一個錯字，價錢定得最便宜，讓窮學生個個人手一冊。然而我不死心，總在期望那春風吹來，野草復生。其實《現文》這幾位基本作家，個個對文學熱愛，都不減當年。王文興寫作一向有宗教苦修精神，前年《家變》一出，轟動文壇。歐陽子寫作不輟，《秋葉》集中，收有多篇心理小說佳作。陳若曦兜了一大圈，還是逃不脫繆斯的玉掌，又重新執筆，《尹縣長》像一枚炸彈，炸得海外左派知識分子手忙腳亂。至於我自己也沒有停過筆，只是苦無捷才，出了一本《台北人》，一個長篇，磨到現在。按理說，我們人生經驗豐富多了，現在辦一本文學雜誌，應當恰逢其時。

去年返台，遠景出版社的負責人沈登恩，來找我，遠景願意支持《現文》復刊。我跟幾位在台的《現文》元老商量，大家興奮異常。施叔青請我們到她家吃飯，在座有多位《現文》從前的作家編輯，酒酣耳熱，提到《現文》復刊，大家一致舉杯支持，姚一葦先生竟高興得唱起歌來，我從來沒見他那樣青春，那樣煥發過。而我自己，我感到我的每個細胞都在開始返老還童。

復刊後的《現文》，我們的期望仍只是一個：登刊有價值的好文學，發掘培養優秀的青年作家。我相信現在台灣的優秀作家，比我們當年一定要多得多。《現文》將繼承我們以往兼容並蓄的傳統，歡迎有志於文學的作家，一同來耕耘，來切磋，來將《現文》的火炬接下去，跑到中國文學的聖壇上，點燃起一朵文藝火花。《現文》發刊詞裡有一段話，我引下來，做為本文的結束：

> 我們願意《現代文學》所刊載的不乏好文章。這是我們最高的理想。我們不願意為辯證「文以載道」或「為藝術而藝術」而花篇幅，但我們相信，一件成功的藝術品，

縱使非立心為「載道」而成，但已達到了「載道」目標。……

（一九七七年二月二十二日，美加州）

回憶《現代文學》創辦當年

歐陽子

算起來，那差不多是二十年以前的事，可是在我個人感覺上，卻好像是前一世紀似的。民國四十八年一月廿九日，我們「南北社」的社員十餘人，一同到陽明山郊遊。那是寒假的頭一天，我們剛唸完大二上學期。途中，我們在公路局車子上大戰橋牌，抵達草山，到台大招待所吃午餐，後來又到陽明山公園的廣大草地上，玩起「官兵捉強盜」、「丟手帕」、「成語猜謎」等遊戲。我們盡情歡樂，完全和小孩子一樣。

回家的路上，大家互相感嘆著說，要是我們這些人，到年老時，還有機會相偕出遊，那該是多麼富有情趣！時光荏苒，誰曉得以後的日子是怎樣的？就在這個時候，白先勇作夢一般發言道：「真希望我們這些人，能在一起辦同一件事，比如辦一份報紙，或一份雜誌。」

這是我記憶中首次聽到關於辦雜誌的事。當然，那時還只是白先勇一個人的「幻想」。第二次聽到辦雜誌的消息，是在半年之後。那天，我們考完英國文學史，大家鬆了一口氣，迎接著暑假來臨。南北社員聚在台大教員休息室開會，選舉新任社長，結果白先勇當選。當新社長「致詞」時，白先勇煞有介事地，滿腹宏志地，正式提出了創辦一份文學刊物的構想。

說到這裡，我覺得必須先解釋一下「南北社」的來歷，因為論起《現代文學》的創辦，實在和「南北社」有十分密切的關係。我想我們可以說，現代文學雜誌是由南北社逐漸醞釀演變而成的。

台大外文系，遠在我們那個時代，就是一個十分熱門的學系，收容的學生也特別多。我們是民國四十六年秋季入學的，同屆共有一百多個學生。由於人數過多，同學之間就很疏離，上課聚在一堂，下課各自分散，毫無「團體」的感覺，也沒有什麼聯誼活動。如此到了次年五月，陳若曦（秀美）和陳次雲二人，忽然異想天開，發起組織一個綜合性的小型「俱樂部」，主要活動包括打橋牌、旅行、讀書會等，會員資格則是特別邀請，才能加入。就這樣，民國四十七年五月廿日，我們在台大圖書館的休息室首次開會，正式定名「南北社」，並推舉王愈靜為第一任社長。當時最初社員，共十一人，男同學有陳次雲、方蔚華、白先勇、李歐梵、張先緒和吳祥發，女同學有陳若曦、王愈靜、謝道峨、楊美惠和我自己。王文興、林耀福、戴成義（戴天）、席慕萱、郭松棻等人，則是後來加入的。

「南北社」的早期活動，多是遊樂聯誼性質，比如打橋牌，開座談會，郊遊。台北附近可玩的地方，碧潭、圓通寺、觀音山、陽明山、大屯山、福隆、基隆，我們都去過一次或兩次。然而因為我們社員，幾乎全體都對文藝感興趣，我們不久就在一次社務會議中，表決通過每月舉行一次學術研討會，聚會之日，每人必須用英文發表一篇演說或讀書報告，並交出一篇中文或英文之文學創作或翻譯，讓全體社員傳閱觀摩，互相批評。這一決議案，後來實行得很不徹底，英文演講一次都沒舉行過，作品傳閱也常有人抵賴不交。我是比較「規矩」的社員，必按期交作品，記得一共交出過五篇中英文習作。當時我還從社員朋友的評語中，獲得不少鼓勵和啟示。

可惜這一決議案，不很久以後即被「推翻」，作品傳閱的成規也就從此廢除。但那個時候，我們已經開始籌劃《現代文學》之創辦，而《現文》早期的創作稿及翻譯稿，實際上也多由南北社員親自執筆寫成，所以我們的寫作並沒有中斷，反而是再接再厲。

民國四十九年初，「現代文學雜誌社」正式成立，「南北社」便在無形中解散。但雜誌社的同仁，也正是南北社的那批人，所以我們可以說，《現代文學》的創辦，是由「南北社」逐漸醞釀形成的。

話說回來，民國四十八年七月，南北社的新任社長白先勇，正式向社員提出了創辦一份文學刊物的構想。由於只是一個「構想」，缺乏周密的計劃，當時大家還是認為只是白先勇一個人的夢想，或根本無法企及的理想。在緊接而來的暑假期間，白先勇又先後和王愈靜、陳若曦聯絡，商量策劃，並籌得了一筆錢做為基金。如此，創辦雜誌的構想才逐漸有了雛形。

我記得八月下旬某日，我同白先勇、陳若曦和方蔚華一起到侯健教授家去拜訪的情形。當時夏濟安老師剛離國，《文學雜誌》的編輯重任落在侯先生一人肩上。侯先生教過我們英國維多利亞時期的小說，平時對待學生非常和氣，對編輯工作又有經驗，我們很自然的首先就想到去請教他一些辦雜誌的事情。侯先生果然很好意地接待我們，給了我們不少值得參考的意見。

另一位給予我們鼓勵和幫助的教授，是張心漪女士。大三開學後，她教我們「翻譯」一課，得知我們正在籌辦《現代文學》，很熱心地鼓勵我們，等到雜誌辦成，她更是十分努力地幫助我們推廣這份刊物。還有當然就是殷張蘭熙女士。早在那個時候，她即十分熱衷於文藝活動，人緣好，交遊廣，給過我們多方面的助益。

在種種繁雜的準備工作完成後，《現代文學》創刊號終於在民國四十九年三月五日誕生。當時，我們這一批毫無經驗的年輕人，利用課餘時間，辦出這份文學雙月刊，實在不是預料中那樣容易的。事情之多之雜，不可想像。到內政部登記之類的事，想起來很簡單，卻也幾經波折。找適當的印刷廠也不容易。此外當然是稿源問題。我們經費有限，付不起稿費，而且創辦之初，也沒多少外面的人自動投稿，所以我們除了懇求文界的先輩朋友幫忙外，大多數的稿件都由南北社員親自執筆。西洋名著的翻譯，如果篇幅長，有時就由社員數人合譯，然後共同想出一個筆名來發表。校對、編目以及出書後寫封袋、裝釘、寄發等雜務，也由南北社員一同擔任。陳若曦、王愈靜和我，早在大一時候就參加過當時的台大校刊「大學雜誌社」，有過校對版樣的經驗，多少有些幫助。

《現代文學》創辦之初，編輯工作主要是王文興、白先勇、陳若曦三人擔任。其中王文興的意見最多，也最常被採用，例如創刊號介紹德國作家卡夫卡，第二期介紹美國作家湯瑪斯·吳爾夫，都是王文興的主意。至於對外宣傳與人事聯絡等工作，則多由白先勇和陳若曦二人擔任。

我自己，責任也不小，除了和方蔚華分擔總務，和白先勇同管財務，所有訂戶之登記與收費，以及收支記帳等事，都由我一人包辦。此外當然還要寫稿和譯稿。也要上課和考試。回想起來，那個時候台大外文系的課業，一定輕鬆得不像話。否則，時間怎麼夠分配呢？學業成績也不受影響呢？

現在一般人談起《現代文學》，總以為我們當年辦這份刊物，一點都沒有經濟上的困惱，這實在是誤解。我因為也管理一些財務，這方面的事知道得比較清楚。白先勇籌得的基金，大約是台幣十萬元，我們不能動用本金，只能靠利息。白先勇便把錢分成兩批，放在伸鐵公司及大秦紡織公司兩處放高利。依照當時的行情，每月可得利息三千元，《現代文學》

是雙月刊，所以每期有六千元可以使用。但六千元是不夠的。比如《現文》第二期，我們印兩千冊，每冊一百三十頁，結果帳單下來，居然高達一萬一千多元。那時跑過幾次「台北印刷廠」，想和主管人姜老先生殺價，卻總也不得要領。

錢既不夠用，解決的方法有三：一是自掏腰包，二是多拉訂戶，三是爭取廣告。我們自己拿得出來的錢，實在有限得很，我只記得當時和陳若曦二人，各捐出一個月的家教薪水。白先勇家境比較富裕，當然是捐得最多的一個。其次是拉訂戶。當時我們雜誌，每冊零售六元，一年六期是三十元，半年十六元。這樣小的數額，拉起訂戶來，卻也不是怎樣容易的呢！就我個人來說，倒還順利，因為親戚多，我一家一家叩訪，請求訂閱，都沒有遭到拒絕。法學院的學生來看我父親，有時我也厚著臉皮當場硬拉，也沒人好意思拒絕我。可是如果向一般同學或同輩朋友推銷，卻總是碰壁的時候居多。《現代文學》的早期訂戶，從未超過三百名，雖然「贈閱」的名單總是相當的長。

還有一種解決經濟困難的方法，當然就是拉廣告客戶。我們那個時候，台灣工商業遠不如今日繁榮，競爭也不激烈，何況《現代文學》又是那種銷路狹窄的刊物，根本不會有人自動向我們購買廣告版面。如此，我們取得的廣告，全是靠人情贈送，有點受人施捨的性質。多則一、二千元，少則三兩百元，差不多都是只登一次就作罷。我記得的幾位幫忙拉廣告的恩人，是張心漪教授，殷張蘭熙女士，方蔚華的父親和吳王亨齡女士。

民國五十年夏，當我們剛畢業而雜誌出版到第九期的時候，我們遭遇到一次十分嚴重的經濟危機。伸鐵廠突然宣告「改組」，其實大概就是「破產」。那幾天，白先勇慌慌張張，愁苦滿面，從早到晚東奔西跑，各處拜託，想把存放的本錢領取出來，卻沒有結果。這事拖延甚久，後來白先勇入伍受訓，我自己也去過三重埔討債，也到稻江會堂參加過什麼「伸鐵公司債權人大會」，同樣是白費功夫，一分錢都沒討回來。

幸好我們有緣結識了當時美國新聞處處長麥加錫先生（Richard McCarthy）。麥先生一向喜好文學，對台灣文藝界的活動十分感興趣，當他得悉我們面臨的經濟窘況，慨然應允購買《現代文學》第十、十一兩期各六百冊，如此才暫時解救了我們的困難。麥先生在民國五十一年離職返美之前，確實替國內文壇做了不少好事，例如撥出一筆經費，出版一系列「Heritage Press」書籍，使台灣的文學作品首次大規模以英譯出現。（最近美國卻有人翻舊帳，指責ＣＩＡ以前曾經「浪費」金錢，在世界各地出資印刷「無關」書籍，應該「檢討」。可見今日一些美國人，是多麼現實與短視！）麥先生對我們雜誌社員的個人前途，也有過影響。他自己就是愛荷華大學出身的，和該校「作家工作室」主持人保羅・安格爾教授（Paul Engle），是很要好的朋友。白先勇、王文興和我，便是由於他的推薦鼓勵，才入這所大學的。當時除了我們三人，和一位受英國教育的印度女作家，「小說組」好像沒有其他外國學生。據說後來增設一個「國際作家創作班」，每年都有台灣的文人參加，真是再好不過。

在美國友人中，當年給過《現代文學》鼓勵的，還有那時的亞洲基金會主任派克先生（Edgar Pike），和一位英美文學交換教授兼小說家，艾希米先生（John Ashmead）。後者對我個人的前途，影響特大。當初如果不是他看上我的短篇小說〈網〉，極力勸我出國深造，指點我去參加Fulbright獎金的考試，我大概是不會來美國的。

早期的《現代文學》，在編輯或寫稿方面，特別出力幫助我們的，有何欣、朱乃長、余光中、葉維廉、劉紹銘、叢甦、王乃珍等人。其中余光中和何欣二位，在我們出國數年後，都曾擔任過一段時期《現文》主編，十分用心，成績也很可觀。

畢業以後，我在台大外文系當了一年的助教。那時男同學入伍受訓，女同學或出國，或就職，不容易聚在一起，於是雜誌業務上的重任，和聯絡工作，就自然而然地落在我的肩膀上。陳次雲因為入師大英語系研究所，免受軍訓，時常來幫忙。楊美惠也常幫忙。陳若曦在美國文教機關做事，有時也能抽空幫忙。比我們晚兩屆的鄭恆雄（潛石）、王禎和、杜國清和沈萍，當時已加入現代文學雜誌社，很樂意地幫做一些校對工作。可是碰到鄭恆雄等考試，或聯絡不便，我就只好一個人來回的跑印刷廠。孟祥軻（孟絕子）當時在系圖書館任職，有時看我可憐，就陪我一同做封裝、寄發等雜務。如此，由於人手不夠，稿件又不足，《現代文學》辦到第十三期，頭一次沒能準時出版，延誤一個月，到五十一年四月才出來。第十四期倒是準時在六月趕出。七月間，我忙著結束助教工作，並辦理出國手續，只得把雜誌的事擱置下來。陳若曦、楊美惠和我，都是那個時候出國的；男同學的軍訓尚未結束，也無法顧到雜誌。所以第十五期一拖就是半年，直到十二月間，才由一批新人編輯出版，同時由雙月刊正式改成季刊。

出國後，我和《現代文學》的關係便疏離了不少。除了繼續發表過幾篇小說創作外，我只在四十二期主編過一次〔亨利．詹姆斯研究專號〕。想起來就使我感覺慚愧。反觀王文興與白先勇，前者學成歸國，授課寫作之餘，十分用心地擔任過一段時期的《現文》主編；後者更是精神可嘉，珍惜《現代文學》如同自己的生命，不但在編輯業務方面始終關心求進，在經濟上也一直獨自苦撐，直到三年前，辦到第五十一期，實在撐不下去才不得已停刊的。

寫到這裡，我停筆凝思，心中湧起「不堪回首」的感觸。那些逝去的日子，真是多麼多麼的遙遠！人類的記憶實在不大可靠，這次若非為了搜集資料，拆封重閱大學時代的日記，許多事情真的已經想不起來了。甚至有些當時認為天大的事，絕不可能忘記的事，也在不知不覺中從記憶中隱退，只剩下一團模糊不清、似有似無的幽影。

我特別懷想著「南北社」十餘人，那天到陽明山郊遊的情景。當時我們都才二十歲左右，嘴裡雖然嘆息著說「時光荏苒」，那裡真懂得什麼！現在真的懂了，卻欲說還休罷了。只是當時說過的年老以後再度同遊的理想，到底不過是一場空夢。台大畢業以後，我們四處分散，各奔前程，十幾年間，每個人的遭遇都不相同。有的現住台灣，大多留居美國，有的成了名學者、名作家，有的則改行在別方面謀得了新發展。有些人運氣好，比如我，一直就過著平靜幸福的日子；有的人卻歷盡滄桑，比如陳若曦，到中國大陸吃了好幾年的苦頭。當年替《現代文學》設計封面的張先緒，竟然已先離開人世。他是我們之中最有美術天才的一人。記得那時候，為了想拓展雜誌銷路，他還很費心地畫過一幅介紹《現代文學》雙月刊的電影廣告，在新生戲院裡連日放映哩！

過去的日子終是過去了，幸好我們還有下一代可期望。前不久，我聽到《現代文學》終於能復刊的消息，一陣興奮，在那瞬間，我突然有種錯覺，好像自己又年輕了，又回到台大時代一般。

本來，人類的生命就是如此的前仆後繼。我衷心祈盼《現代文學》的光輝生命，也同樣的能夠長久持續下去。

（一九七六年秋末，美德州）

第四輯

一九七六——歐陽子編選《現代文學小說選集》專文

三毛
水晶
王文興
王禎和
白先勇
朱西甯
何欣
余光中
李昂
李黎
李歐梵
杜國清
辛鬱
林清玄
林懷民
姚一葦
施叔青
柏楊
柯慶明
夏志清
夏濟安
奚淞
荊棘
張錯
陳雨航
陳映真
陳若曦
楊牧
葉維廉
蓉子
劉大任
劉紹銘
歐陽子
鄭樹森
戴天
鍾玲
叢甦
羅門

關於《現代文學》小說的編選

歐陽子

這次為了編輯這一選集，我蒐羅《現代文學》全套，把上面刊載的小說創作，從頭至尾很仔細地又讀過一遍。過了這麼些年，今日重新接觸這一連串幾乎全已忘了的小說，我心裡一次又一次感到驚奇，並深受感動。竟然有這許多高明的作家！這許多難得的佳作！

《現代文學》雜誌，自民國四十九年三月創刊，至六十二年九月停刊，持續十三又半個年頭，出版了五十一期。小說創作一共刊登二百零六篇，作者有七十位。這七十位當中，四十一人僅登一篇，其他二十九人則登兩篇以上。

環顧今日台灣文學界知名的小說作家，我們發現大多數都和《現代文學》有過一段緣。而他們在《現文》發表的小說，往往又是他們的成名之作或寫得較好的作品（雖然也有幾個例外）。如此，今日我們以回顧的眼光來自省與評價，實在可以問心無愧地說，《現代文學》儘管有一些缺點，可是單就小說寫作人才的培育來論，已是功德無量的！

《現文》當年的七十位小說作者當中，今日成名的固有不少，但大多數是無名的或是不甚有名的默默耕耘者。這次我重閱《現文》小說，對於成名作家的篇篇傑作，固然嘆賞不已，但最高興的還是發掘出幾篇出於無名作者手筆的佳作。例如第二十一期的〈□□〉。作者東方白，不知是何許人，也不知是否仍在寫作，但他以戲劇手法探索生與死、罪與罰的嚴重課題，寫得十分生動。小說末尾「餘音」一節中，作者對於主角自知身患絕症的事實揭曉，具有如此的震撼力，讀後使我難過得整夜失眠。我想這位作者大概正如小說主角，對人類的痛苦具有深切的感受，才能表現如此的悲憫胸懷，以及基督受難的精神。小說題〈□□〉，大概是「無題」之意，但比「無題」二字別致而有力，似有「無語問蒼天」的含意，也彷彿在暗示著說，人類的悲苦真是沒有任何的文字可以表達的。

又如四十五期的〈譚教授的一天〉，四十七期的〈天女散花〉，都是難得的好作品。作者黎陽和姚樹華，大概也沒什麼名，至少在隱地、鄭明娳合編的《近二十年短篇小說選集編目》裡，我就找不到他們的名字。但這兩位作者在樸實文字中透露出來的高明敘述手法，比起許多成名作家，真是有過之而無不及。第五十期上，一個筆名「嚴」的無名作者所寫的〈塵埃〉，也是相當成功，幾乎可比王禎和的〈鬼・北風・人〉。現在一般人論起《現代文學》的小說創作，總是說晚期的作品寫得不如早期、中期好。據我看，倒也並不一定是如此。（像〈甘庚伯的黃昏〉、〈圍城的母親〉、〈辭鄉〉、〈封神榜裡的哪吒〉等成名佳作，也都是晚期的作品。）

我編輯這一部《現代文學小說選集》，大概必須分印二冊，採用的作品一共是三十三篇。這並不就是二百零六篇中最好的三十三篇，因為出版社規定的篇幅十分有限，而我又想盡量多包羅幾個作家，多展現不同的風格和題材，所以勉強決定同一作家的作品，一律不採用一篇以上。儘管如此，七十位作者當中，還是有半數以上未能入選，其中也有寫得相當不錯的。

作品錄用的標準，除了一人一篇的最大限制，作者發表篇數之多寡，以及作品本身的長度，也常在考慮之內。假如一個作者的幾篇作品，成功程度都差不多，我選擇的若非呈現該作者慣用主題的一篇，很可能就是較短的一篇。同理，假如兩位作者的作品，寫得差不多一樣好，卻必須取一捨一，較短的一篇入選的可能性較大。這當然是不公平的，但實在是受限於篇幅，沒有辦法。

為了便於參考，我特別編做了一份〈《現代文學》第一期至五十一期的小說目錄與作者篇目索引〉，附在選集末端，讀者可以注意一下。在各篇入選作品前端，我都附有幾行作者簡介（隱地兄也幫忙追查），以及我個人對該作品的幾句短評。這樣三言兩語的短評，只能略提一下小說的特點，或闡釋一下主題，無法涵蓋小說形式的複雜全貌。所以讀者只宜做參考，不當視為對於作品整體的準確評價。

最後，我還想靦覥地說幾句私心話。像往常我做任何事一樣，這次我編輯這部選集，也得到外子祥霖的大力幫助。比如我選用的三十三篇小說，全都是祥霖跑腿到影印行，親手替我從《現代文學》舊雜誌上，一頁一頁影印出來的。有時印了回來，我卻改變主意，覺得應該換用一篇，祥霖就又跑回去替我重印。而他自己每日的教書研究工作，以及自動幫做的種種家事與庭院工作，本來就足夠把他累壞的！

我常想，要不是祥霖在日常生活上，對我這般的體貼入微，供給我如此一個安定舒適的靠背，我即使有心，也無法執筆寫作或編什麼書。所以說，假使今日我真有那麼一點成就的話，祥霖真正是有其中一份的。

（一九七六年秋末，美德州）

給歐陽子的信

王文興

智惠：

很高興聽到你要給《現代文學》編一部小說選集。你要我也寫一篇〈序言〉，我覺得理所當然該由你，選集的負責人，來寫；——如果一定也要當初的創辦人之一寫一點什麼，我想以別的方式「出台」也許更恰當些。所以，我想到給你寫這樣的一封信。你一定要我在選集前（或後），露面說幾句話，就將這封信印刊上去好了。此外，寫信的方式，對我還有一些好處，這幾個月，我正在旅行期間，要坐下來正正經經，一筆不苟地寫一篇散文，恐怕抽不出空來，倒是寫信容易多了。不知為什麼，寫信，對我來說，比其他的任何文體都來得容易。大概這不同，就像聊天和上台講演的不同：寫正式的散文就像上台演講，一會兒咳嗽，一會兒拉領帶，彷彿如臨大敵；聊天——不難口若懸河，滔滔不絕。你看，不及五分鐘，我已經寫了三百多字。

你信上說要編一部《現文》選集的時候，我又一次——是的，記不得已是第幾次——感到《現文》已是個歷史案件；每次遇到這種感覺時，我心中的滋味都是羞愧多於驕傲，傷感多於羞愧。我想我們都不可能為《現文》感到有什麼大不了的驕傲的。當初編這份刊物時，我們編來得心應手，水到渠成——這並非因為我們能力過人，相信只是我們編得馬虎所致。而我的傷感，在於——我知道：《現文》之所以成為「歷史案件」——最大的原因在於我們每一個人都「老大」了。幾年前，我的學生跟我說話，都面帶笑容，但是都不鞠躬。現在，我的學生和我說話時面露嚴峻之色（此所以表露其尊敬也），行了一個大鞠躬，我寧可不要這個鞠躬，寧可要那個笑容。沒想到老去了的人非僅失去自己當有的笑容，也失去了別人的笑容了！

年輕的人如果羨慕我們有什麼成就，那是誤解。他們把歷史特別鍍上了一層光彩。他們對自己，依我看，也相對低估得過分了一些。我的學生經常問：「為什麼台大再也沒有過辦《現代文學》那樣的學生？」我驚訝萬分，因為我反認為台大學生的素質一年好過一年，別的大學也一樣。我擔任過六年「小說創作」的課程，其間優秀的作品，比我們當初寫得好多了的作品，比比皆是。我不知道何以他們那樣自謙。仔細想一想，原因可能在於他們沒有一份可供發表的雜誌。我知道班上寫出來的某些佳作，曾投向幾家大報，幾家文藝刊物，但是都遭退稿之難——就因為此，這些年輕的朋友們便輕易失去了信心。他們應該知道，錯不在他們，錯在編輯。不妨這麼說，多數的編輯祇是編輯而非文藝編輯。

固然，我深信，未獲機會發表是他們自謙的原因，但有些年輕朋友又有另一番解釋，雖然該解釋我也不能苟同。他們說：「是不是你們當初文學課程少，所以反而寫得來，今天我們文學課程重，反而寫不來？」言下之意，就是書讀得愈多，愈不成，書讀得愈少，寫得愈好。這一點我絕對不能予以苟同。我只能說，當初我們要是書讀得更多，一定寫得更好。「許多大作家都沒讀過大學。」接著他們說。可是那些作家私下閱讀的書祇怕比十個大學生加起來的還多。海明威，福克納，費茲傑羅，史坦貝克，讀過的名著數量但恐腐儒都有愧色。我絕對不相信荒荒蕩蕩玩他幾年，一覺醒來就可以成為大作家的神話。

從作家的讀書與否，我的學生也常討論到經驗之重要與不重要的問題。可以想見的，他們都推崇經驗，抱怨自己生活範疇的狹隘。我跟他們一樣相信經驗重要——只是，我認為經驗有兩種，一種是現實的經驗，一種是浪漫的經驗；如果我是經驗的信徒，我祇是現實經驗的信徒，而非浪漫的信徒。革命，戰爭，饑餓，五角戀愛，重婚，諸般經驗非人人可得，但是普通人的周遭事故，成長，職業，婚嫁，生老病死，普通人垂手可得，普通的作家都可採用——而作品未必普通。太多的名字可供佐證：奧斯汀，福樓拜，莫泊桑，契可夫，亨利·詹姆斯，喬伊斯，卡夫卡，湯瑪斯曼，索爾貝婁……

我擔心我寫得太多了。你告訴我只寫千字以內的。我就「就此擱筆」了吧。寫信的好處就是這樣。可以不管該不該停，來個「就此擱筆」。

祝

儷祺

文興

一九七六年九月，旅次

一個里程碑

陳若曦

我在台大四年，最值得紀念的恐怕是與幾個要好的同學創辦了《現代文學》雜誌這件事。雖然對編輯工作有偏愛，早在大一時就參加了台大的《大學雜誌》，自己辦雜誌倒有些偶然。不記得是那天，與先勇騎車經過新生南路，說起夏濟安先生出國，《文學雜誌》可能停刊的事。先勇志氣大，有取而代之的雄心；我雖躍躍欲試，究竟擔心經費無著。其時，先勇已是同學中的「財閥」，籌財有道，加上熱心者眾，很快便湊成班底，興沖沖辦起一份追求自己理想的純文學雜誌來。

自從辦了雜誌，生活秩序都改變了，記得剩下的幾年大學生涯全是以它為中心，寫稿，拉稿，印刷，校對外，還兼推銷。歐陽子兼任會計，每宣告增加客戶，大家都喜上眉梢。那時候，那怕只要有一個人賞識，也覺得汗水沒有白流了。我生平沒做過生意，但總覺得《現代文學》那幾年很像經營了一個小本買賣，嚐遍了甜酸苦辣，而且是心甘情願地做著賠本生意。我還有一件得意的事便是給歐陽子取了這個筆名，她沿用至今，而且一天比一天響亮，連給她取名的人都沾染了光彩。

一晃十幾年，雜誌能支持這麼久，卻非始料所及。這當中，本著「讀萬卷書，行萬里路」，編輯們紛紛出國唸書。我自己走得比較遠，為追求一份政治理想，一九六六年去了大陸。雖然消息中斷了七年，我仍一直惦念著這份雜誌和這批同甘共苦的朋友。七三年底再出大陸，見到成義，問起了雜誌，知道才停刊不久，真是感慨多端。令我驚喜的是它堅持了這麼久，培養了很多年輕的作家，對台灣文壇作出了不小的貢獻，不枉當年一番苦心。

我曾想在海外辦份類似的純文學刊物，今春旅遊加州時，也乘機訪問了不少新友舊知，徵求他們的意見。可惜困難重重，不是預言出力不討好，便是擔心長久入不敷出，甚至害怕牽涉到政治。這個時候，又是先勇長袖善舞，夏天返台時，幾經籌措，竟使中斷的《現代文學》重又復刊，而且爭取到經驗豐富的高上秦君主編。消息傳來，海外的朋友莫不額手稱慶，一致寄望它能開創文壇新風，為台灣的文學作出更大的貢獻。

歐陽子精心編輯《現代文學小說選集》，正是及時總結這一階段的辛勤耕耘，做為這個雜誌成長壯大中的一個里程碑。這套小說選僅是個開端，相信中興後的《現代文學》會繼續推出更好的作品，謹拭目以待。

（一九七六年秋，溫哥華）

附錄

水晶
王文興
王禎和
白先勇
朱西甯
何欣
余光中
李昂
李黎
李歐梵
杜國清
辛鬱
林清玄
林懷民
姚一葦
施叔青
柏楊
柯慶明
夏志清
夏濟安
奚淞
荊棘
張錯
陳雨航
陳映真
陳若曦
楊牧
葉維廉
蓉子
劉大任
劉紹銘
歐陽子
鄭樹森
戴天
鍾玲
叢甦
羅門

白先勇的baby

劉紹銘

白先勇近年跟青年朋友聚會，愛拿他當年跟台大同學創辦《現代文學》時經歷過的種種辛酸，用勵志故事的口吻一一覆述出來。那是上世紀五〇年代尾六〇年代初的陳年舊事了。白先勇跟陳若曦、歐陽子、王文興和李歐梵等外文系同班同學，課餘之閒，總愛談文說藝。聊得多了，不覺技癢，決定辦一本風格跟老師夏濟安主編的《文學雜誌》略有不同的文學期刊。

除《文學雜誌》外，那時在知識界流傳的文學刊物還有《文學季刊》，以創作為主，熱心培養「鄉土」作家。《文學雜誌》雖然也刊載文藝創作，但因為濟安先生是學界中人，雜誌難免先入為主予人「學院派」的印象，重頭文章也多是論文。

為了在夾縫中顯特色，《現代文學》只好標榜現代主義。一九六〇年的創刊號就推出了卡夫卡特輯，應該是中文世界首次譯介這位德籍猶太作家的作品。

白先勇怎麼「辛酸」？跟他一起籌辦雜誌的同學，一窮二白。編、寫、譯都自己來。義工不拿錢，可惜義工沒有一個開印刷廠的。怎麼辦？大概他家中長輩看到孩子可憐，給了他一些「私房錢」，精打細算後，他決定把錢放「高利貸」！希望藉以支付《現代文學》的運作經費。誰料「遇人不淑」，弄得血本無歸。

這還不算。白公子為了創刊號如期刊出，為錢傷腦筋之餘還要鼓其餘勇，寫稿和向老師同學拉稿。這還不算，他還兼跑腿。白先勇跟同學憶苦思甜說到辦雜誌切身經驗時，都愛提到他跑印刷所這段往事。

> 印刷廠經理姜先生，上海人，手段圓滑，我們幾個少不更事的學生，他根本沒看在眼裡，幾下太極拳，便把我們應付過去了。《現文》稿子丟在印刷廠，遲遲不得上機，我天天跑去交涉，不得要領。晚上我便索性坐在印刷廠裡不走，姜先生被我纏得沒有辦法，只好將《現文》印了出來。

跟白先勇有過一面之緣的讀者，可以想像四十多年前〈玉卿嫂〉的作者是個什麼模樣。一個唇紅齒白、上海話又「靈光」的雙十青年，坐在你的店鋪就「賴」著不走！你不把我帶來的稿件排印出來，我就不離你的店子一步，看你把我怎樣！在那印刷廠的老闆看來，白先勇交來的，顯然是一筆雞毛蒜皮的小生意，上機的排期自然放在各大戶之後。想不到這位「少不更事」的大學生背城借一出奇兵，把他的領土占領了，逼他就範。

《現代文學》是白先勇的baby。愛之不深不會出此「下策」。他對這「孩子」的感情，可從他〈《現代文學》的回顧與前瞻〉一文看出來。這是一本以手工業形式經營的同人雜誌。白先勇在六〇年代離開台灣到美國唸書教學後，將軍一去，刊物也跟著失去凝聚力。不過，即使他沒有離開，雜誌也不能以「同人」的方式經營了，因為台灣自六〇年代中後期開始，經濟結構和社會生態已起變化。代同人雜誌而起的是背後有大機構支持的刊物，如聯合報系內的《聯合文學》。

在文章早非經國之大業的時代，白先勇對自己的和別人的文字寶貝得像baby，突出他對文學的「癡」。癡其實也是「癖」。張岱（一五九七—一六八〇？）有名言：「人無癖不可與交，以其無深情也；人無疵不可與交，以其無真氣也。」在消費社會中，還有人不死心繼續「從事」文藝工作，只能解說他以身染此「癖」，「沉痾」已深，不能自拔。哪一天此「癖」在我們的社會完全消失，我們熟悉的文明面貌，亦已蕩然無存了。

（原載《香港文學》總第二六九期，二〇〇七年五月）

誰要辦《現代文學》？

陳若曦

陳正一教授來信，說讀到《傳記文學》五九三期陳芳明教授今年五月在紫藤廬茶館演講〈台灣的族群飄移與民國記憶〉的記錄稿，其中提到白先勇為何辦《現代文學》一節，恐會讓我「掃興」一番。我路過書局時買來一讀，豈止「掃興」，著實驚訝，蓋因果顛倒，誤會大矣！

陳芳明教授的文章一向令人佩服，解析台灣文學史公允、公正，譬如提到我們這一代讀到許多美國翻譯作品，美國介紹進來的就是「現代文學」，所以大家開始受到現代主義影響，相當符合事實。筆者難以苟同的是這一句：「白先勇創辦《現代文學》雜誌，我們如果知道它背後是怎麼一回事的話，也許覺得很掃興，事實上是美國新聞處提供資金讓他去辦這個雜誌。」（第六十六頁）

十月二十一日，我們這屆外文系同學在台北舉行畢業五十年的首次同學會，白先勇因忙著寫父親傳記，不克前來赴會，而王文興、歐陽子、李歐梵、林耀福、楊美惠等都來參加。二十二日，台大外文系梁主任為我們在文學院舉辦「系友會」，讓我們和師生聯誼。會上，主持人要幾個學長回憶半世紀前的求學點滴，特別要我談談當年辦《現代文學》的祕辛。

一九五七年入學後，上述幾位愛好文學的同學，加上方蔚華、吳祥發、張先緒等，因好文也好玩，就組成「南北社」（我取的名稱，即省籍不同，天南地北走到一起之意），時常郊遊，也交換創作以供欣賞評論。這成了後來辦雜誌的班底。大一的國文課老師是葉慶炳教授，上下學期都要求學生交一篇作文，我都以小說應付，全被老師拿給外文系夏濟安教授主編的《文學雜誌》發表。白先勇因投稿而認識夏老師，並奉命帶我去見他。夏老師當時曾教導文字要簡短，「凡能用一個字表達的，就不要用兩個字」，我終身受用。

大二，夏老師教我們上學期的「英國文學史」，下學期就飛去美國，聽說不會返台了。其時我住永康街，白先勇住松江路，騎腳踏車沿新生南路上學時，有時會碰到一起，順便聊幾句。有一回談到《文學雜誌》，我擔心夏老師走了，雜誌是否繼續辦下去，水平又不知如何維持。

我感嘆了一句：「可惜我沒錢，否則我也想辦一份這樣的雜誌。」

白先勇沉吟了一下說：「錢，我也許有辦法。」

一年後，他真有了錢，並張羅要辦雜誌了。聽說是父親白崇禧先分一份家產，放在什麼基金裡，他拿去伸鐵工廠放高利貸，利息用來支付紙張和印刷費。

我們組成了編委會，僑生戴天加入，並把高班的劉紹銘和葉維廉請來加強陣容。社址在白家，分頭組稿，王文興和我負責小說，戴天是詩，其他人找現代主義的評論，包括翻譯在內；創作比照《文學雜誌》，對外支付千字四十元，自家無償效勞；雙月刊，每期印兩千本，歐陽子負責會計；系圖書館管理員孟絕子常讓我們在館內校對及雜誌封寄等雜務。我因家貧要自己負擔學雜費，天天做家教，沒空幫忙翻譯，只能應付王文興的小說規定，我和白兩人「至少隔期一篇」，旨在節約稿費支出。

編委會僅兩名女性，我們都用了筆名，目的是掩蓋性別。歐陽子一名是我取的，因前夜正讀歐陽修的〈秋聲賦〉，開宗首句「歐陽子方夜讀書」，信手拈來。上世紀九〇年代，去德州看歐陽子，提到代取筆名，她將信將疑。事後翻查日記，果然是經過徵求並投票，我取的筆名多獲一票，從而終身定調。

經費有限，我們除了必須的印刷費，能省的都省了，自己約稿、校對、包裝、付郵……盡量有錢出錢，有力出力。我首先捐出台大的書卷獎獎學金。

林耀福在系友會上表示，學生時代他並不寬裕，但也勉力捐了三百元。

友人殷張蘭熙勸我們找美國新聞處幫忙。社裡以為我有外交能力，讓我約了劉紹銘去見麥加錫處長。處長允諾協助，考慮訂閱或購買雜誌。

不久，伸鐵工廠倒債，我們經費無著，編好了稿子卻無錢印刷。再去找新聞處，他們買了九百本。

歐陽子在系友會上說明，美新處買了九百本，價錢剛好夠支付那期印刷的一千本雜誌。她清楚地交代說：「美新處一共就買了那九百本，以前和以後都沒買。」她還說，曾和楊美惠去伸鐵工廠討債，發現大廳裡擠滿了債權人且吵成一團，顯然沒指望。為此，白先勇被父親罵了一頓，但老將軍還是掏出錢來補足了基金，讓兒子設法把雜誌辦下去。

以上是我的回憶，以及歐陽子、林耀福的補充說明。誰想到辦《現代文學》不重要，重要的是：美國新聞處沒叫我們辦雜誌，也沒拿錢讓我們辦雜誌，只買過九百本助我們度過難關。

王文興和我以為，當年美國駐台機構對台灣的年輕文化人很友好，時常邀約藝文人士，我就在他們的宴會上認識席德進和鍾肇政等人。諸如此類可能給後來人造成一點誤會。這種友好，出於外交或私人因素都有可能。麥加錫處長本人愛好文學，曾是愛荷華大學「作家坊」主持人安格爾教授的學生，在他推薦下，白先勇、王文興、歐陽子、聶華苓和我都獲得「作家坊」的獎學金，只有我另擇他校就讀，其他人都從「作家坊」獲得碩士學位，聶華苓還改嫁安格爾教授。

當年的「南北社」和《現代文學》雜誌社，有幾個老同學已不在人間，我們倖存的有機會澄清一點誤會，著實感恩不盡。

（二〇一一年十一月十二日，《聯合報》）

《現文》憶往

——《現代文學》的資金來源

白先勇

去年十月間，一九六一年畢業的台大外文系同學在台北相聚開同學會。可惜我臨時有事，沒能參加這次盛會。歐陽子、陳若曦、王文興都去了，半世紀後老同學重聚一堂，自然要敘舊一番。陳若曦和歐陽子都談到當年創辦《現代文學》的往事。陳若曦交給歐陽子一份影印資料，是陳芳明教授發表在《傳記文學》第九十九卷第四期上的一篇演講稿，時間是二〇一一年五月二十日，地點在紫藤廬。講題為〈台灣的族群飄移與民國記憶〉，其中有一節「台灣現代主義運動的意義」，談到台灣在一九五〇至一九七〇年代，如何受到美國政經方面的影響控制、文化方面的侵略，以及美國新聞處扮演的角色，尤其是現代主義文學的引進，他如此結論：「白先勇創辦《現代文學》雜誌，我們如果知道它背後是怎麼一回事的話，也許覺得很掃興，事實上是美國新聞處提供資金讓他去辦這個雜誌。」

歐陽子返美後寄給我這一份影印資料，我閱後駭異萬分，陳芳明所說的完全不是事實，美新處從來未供給我資金辦雜誌，只買過一些《現文》，據歐陽子日記上記載，由殷張蘭熙女士介紹，美新處處長麥加錫（Richard McCarthy）承諾購買《現文》第十、十一期各六百冊。歐陽子當年掌管《現文》財務，她有記日記的習慣，她在日記裡甚至沒有記下收到美新處的購書款項。我們跟美新處的關係僅止於此。我跟歐陽子討論，我們都認為陳芳明的誤會茲事體大，不知情者，讀到他的演講稿，會誤以為美新處在背後掌控《現文》。在陳芳明的《台灣新文學史》中，論到《現代文學》也有類似說法：「現代主義運動誠然是多層面的。一個思潮的介紹與接受，也許可以化約成為『全盤西化』的傾斜，或是『美帝國主義』的文化侵略。在某種程度上，這種說法大概是能夠成立的。例如，歐陽子在〈回憶《現代文學》創辦當年〉就承認，這份刊物曾經受到美國新聞處的資助。」歐陽子這篇文章中僅提到美新處購買《現文》一事，陳芳明的結論容易讓讀者誤會《現代文學》是「美國帝國主義」文化侵略的產物。我與歐陽子決定分別去函，向陳芳明說明事實真相。我的信中如此解釋：

《現代文學》的創刊資金，完全是由我向家中友人籌募來的。《現文》自始至終從沒接受任何外資的援助。後來是靠我的薪水及父親留下的一棟房子全部貼了進去。美國新聞處是我們創刊一年多後才有接觸，因為美新處要翻譯我們幾個《現文》年輕作家的小說，美新處跟《現文》的關係是曾買過《現文》幾百本雜誌，發行到東南亞去，僅此而已。你的說法似乎在說我們辦雜誌是由美新處在背後控制的。我們幾位《現文》的創辦人認為這種說法嚴重扭曲事實，並對我們當初創辦《現文》的理想造成很大的傷害。《現文》最值得驕傲的地方就是保持文學獨立的尊嚴，不受任何政治因素的干擾，不管左、右或者外國。我們怎麼可能會為「美帝」做任何宣傳。

我們希望你能把這項錯誤改正過來，因為你正在撰寫台灣文學史，如果這樣的論點寫到書中去，那問題就嚴重了。《現文》曾有許多作家投過稿，如果他們看了你的講稿，發覺他們曾為「美帝」工作，那也是不得了的事。我知道你寫台灣文學史盡量做到公平，希望你也能以公平態度看待《現代文學》。

陳芳明於二〇一一年十一月十日給我回函中，承諾在他的《台灣新文學史》再版時，將錯誤更正。陳芳明教授的《台灣新文學史》是部皇皇鉅著，影響必然深遠，引述者眾。有關《現代文學》資金來源的誤解，更有澄清更正的必要。事實上陳芳明對《現代文學》的成就是肯定的，對《現文》的歷史地位也有相當公平的評價。

套句姚一葦先生的話說：「《現代文學》是本窮得不能再窮的雜誌。」當年《現文》經常有「經濟危機」，全靠同仁們眾志成城，硬撐過來，那時《現文》的編寫、校對等所有工作都是無償的，有時候連家人也貼了進去。余光中、何欣、姚一葦三位先生輪流當編輯，三位太太就幫著寫訂戶封套，坐三輪車去送雜誌。那一股克難精神，都是為了追求一種文學的理想。我自己為了這本雜誌，可說是「傾家蕩產」。那時我們有一共同的信念，文學至高無尚，絕對獨立，不應受任何政治勢力干擾。所以《現文》也從來沒有捲入任何政治紛爭中。

《現代文學》最具特色的是譯介了不少西方現代主義的作家。第一期便介紹了卡夫卡，英國作家有喬伊斯、吳爾芙、勞倫斯，法國有沙特、卡繆，德國有湯瑪斯曼——這些現代主義大師都是歐洲人，雖然我們也譯介了一些美國作家如福克納、費茲傑羅等，但就現代主義的作品而言，歐洲的比重遠大於美國。雖然五〇、六〇年代美國在台灣政經、文化各方面有舉足輕重的影響力，但我們那時在文藝思想上並非親美派。我們喜歡看歐洲電影，如法國的新浪潮電影，我在「台北戲院」看雷奈的《廣島之戀》受到的震撼至今難忘，柏格曼、費里尼、維斯康堤——這些大師的電影正是我們「現代意識」的營養劑。我們也關心歐洲的「荒謬劇場」，貝克特、尤涅斯科、布萊希特的劇作令我們無限驚奇，「存在主義」哲學透過卡繆的《異鄉人》給我們很大的衝擊。是歐洲現代主義的文藝思潮，在六〇年代給我們上了啟蒙的一課。

我跟當時在台的美國新聞處處長麥加錫認識，是由於殷張蘭熙女士的引介。大約是一九六一年，殷張蘭熙約我見面，告訴我她要翻譯我發表在《現文》第一期上的一篇小說〈玉卿嫂〉，收入美新處支持出版的 *New Chinese Writing* 一書中，由 Heritage Press 印行。殷張蘭熙女士的英文造詣深，譯筆流暢優美。〈玉卿嫂〉她譯成 "Jade Love"，譯得很俏，她自己也頗得意。接著她又編譯了一本 *New Voices* 收集了王文興、歐陽子、陳若曦等《現文》作家的小說，我的一篇是〈金大奶奶〉，這本英譯選集也是美新處支持出版的，由此，《現文》的一些年輕作家才開始與麥加錫處長有接觸。麥加錫本人熱愛文學，自己曾在愛荷華大學「作家工作坊」讀過書，本來有志寫作的，因此他對於作家特別友善，他非常欣賞張愛玲，支持她出版《秧歌》與《赤地之戀》。他在港、台擔任美新處處長期間，的確做了不少文化交流的工作。在他支持下，美新處出版了大批美國文學經典譯著，舉凡美國重要作家如海明威、福克納、費茲傑羅、梅爾維爾、華頓夫人等的代表作都選入這套譯叢，而且譯者皆為當時港台一時之選：喬志高、吳魯芹、林以亮、張愛玲、王敬羲。喬志高譯的費茲傑羅扛鼎之著《大亨小傳》本身就是一本翻譯典範，張愛玲也譯過海明威的《老人與海》。這套譯叢水準之高，今天出版界還很難超過。

麥加錫為人熱心，後來我與王文興、歐陽子等人到愛荷華「作家工作坊」念書也是他推薦的。到了美國，我與他還保持聯絡。一九八一年我應聶華苓之邀，重返愛荷華大學，聶華苓與麥加錫是舊友，那次麥加錫也去了，相隔二十年我們在愛荷華又重逢，那是我最後一次看見他。麥加錫雖然跟《現文》同仁有來往，但從來沒有企圖影響我們辦雜誌的方針，以我們當初不知天高地厚，以自由主義信仰者自居的一群年輕人，也絕不會聽從任何政治外力的干預。我們與麥加錫的交往只能說是一段文學因緣。

當然，美國新聞處本來就是一個情報機構，美國在全世界設立新聞處，主要負責蒐集情報，實行「文化侵略」。但是像麥加錫這樣一位美國情報官員，本身的文化素養卻如此深厚，為人又熱情正派，實在難得。他對美國文學引進台灣是有貢獻的。

（二〇一二年三月十二日，《聯合報》）

關於《現代文學》創辦時期的財務及總務

歐陽子

去年（二〇一一年）十月下旬，我們一九六一年畢業的台大外文系同學在台北舉行了首次的同學會，慶祝我們畢業五十周年。好些同學整整半個世紀互相沒見面，又能相聚一堂，敘舊言歡，快樂之情不在話下。

開會期間，卻有一件事，引起我內心的若干困擾。是關於五十多年前我們創辦《現代文學》雙月刊時候的事。

陳若曦拿給我一篇文章，勾出其中的一段教我看。是陳芳明在二〇一一年五月二十日發表的一篇演講稿，後由郭昭君整理而刊登在《傳記文學》第九十九卷第四期，講題為〈台灣的族群飄移與民國記憶〉。此文有一節，標題「台灣現代主義運動的意義」，陳若曦教我看的，便是其中的這幾句：

……白先勇創辦《現代文學》雜誌，我們如果知道它背後是怎麼一回事的話，也許覺得很掃興，事實上是美國新聞處提供資金讓他去辦這個雜誌。

我看了，大吃一驚。怎會有這樣的事?!《現代文學》的創辦資金，怎麼會是美國新聞處供應的？

陳芳明的這一資訊，完全不對。

一九六〇年，我們創辦《現代文學》，大家分配責任時，我被分派與白先勇同管財務，與方蔚華同管總務。所以我對《現文》創辦時期財務及總務的大要，知道得相當清楚。此外，我身邊還留著當年的舊日記，雖然已有數十年沒碰，仍可翻出來尋找對證的資料。我覺得有必要執筆說明，交代一下那個時期的情況，俾能澄清化解陳芳明的講詞所可能造成的——或已經造成的——錯誤印象。

《現代文學》雜誌社成立於一九六〇年一月間，而第一期《現代文學》在同年（即民國四十九年）三月五日誕生。雜誌的資金，是白先勇向他家一位友人的信託基金借用的，說好只能用利息，不動本金。資金大約是十萬元台幣，白先勇分開放在兩處孳生利息：較大的一筆放在「伸鐵廠」，較小的一筆放在「大秦紡織公司」。現回想，那是高利貸，因為每月一共可收得大約三千元。《現代文學》當初是雙月刊，每期便有六千元可用，加上一些訂戶的收入和一些靠人情拉來的廣告收入，就可以支付紙張、印刷與裝釘的費用。（開頭我們社員，也曾自掏腰包「奉獻」，比如捐出當家教的薪水。）至於校對、包裝、郵寄等雜務，及寫稿、譯稿等，幾乎全由我們自己動手，所以這方面的開支不多。（記憶中，我們只支付過少數幾篇外稿的稿費。現代主義文學評論的翻譯，則獲得數位熱心學長的參與及幫助。）

《現代文學》創刊號出版時，新聞局尚未核發執照給我們，故原則上只能在校內推銷。出版才兩天，突然傳來消息，說內政部在考慮查封我們的雜誌，原因是我們在自由派刊物《自由中國》刊登了《現代文學》創刊的廣告。熱心的學長何欣先生，拿著一本剛印出的《現文》趕到內政部解釋這是一種純文學的刊物，竟發現他們手中早已有了一冊！當時王文興半玩笑地說：「不要把我們抓去關就好了！」

一個多月後，即一九六〇年四月十六日，我們好不容易才領到了出版《現代文學》的執照。

「台北印刷廠」印《現文》第一期（大概是印一千五百本），帳單是五千七百元。當時我手頭有一千八百元（包括訂戶收入、廣告收入等），資本的利息收入有兩千多元，不夠的就由白先勇設法補貼。我們在一九六〇年三月二十一日結清了這筆帳。數日後，張心漪老師熱心地幫我們拉到一筆兩千二百五十元的廣告費，給予我們不少經濟上的安全感。《現文》第二期，我們印兩千冊，每冊一百三十頁，結果帳單下來，居然高達一萬一千多元，把我們嚇倒。以後每期就印一千五百冊或一千冊。

這就是我們創辦《現代文學》最初的情況。其後，遇到經費不足，我們就調整印刷的冊數或減少雜誌的頁數。例如第三期，頁數減到只有九十三頁。

一九六一年七月下旬，我們剛從台大外文系畢業而《現代文學》辦到第九期的時候，《現文》遭受到首次的經濟大危機。伸鐵廠突然宣布「改組」，大概就是破產，停止支付利息。那幾天，白先勇慌慌張張，面色土灰，四處奔跑設法，想把存放該廠的本金領出來，卻毫無結果。不久男同學們入伍服兵役，我自己在十一月間也跑過兩次三重鎮，到伸鐵廠企圖討債，第二次去時，見廠內空無一人，已沒人上班。這事拖延甚久，在一九六二年一月十五日，我還和楊美惠到「稻江會堂」參加「伸鐵公司債權人大會」，偌大的會堂中，坐滿了債權人，開會沒多久，就秩序大亂，好像在吵架鬥爭。當然又是沒有結果。對於當時全無社會經驗的我，那是一次很奇怪的體驗。

白先勇擔心大秦紡織公司也會倒閉，便託我到這公司，把本金領出來。我跑了兩次，終於成功領出，本金加利息。至於白先勇如何處理這筆錢，我不大清楚，但一定是用來應付其後《現代文學》的出版費用。

我們是一九六一年夏天，即大學剛畢業那時候，才首次認識美國新聞處處長麥加錫先生（Richard McCarthy）。他出身愛荷華大學的「作家工作坊」（The Iowa Writers' Workshop），深愛文學創作，大概是從殷張蘭熙女士口中得知《現代文學》有一批年輕作家，他想閱讀我們的作品，因而相識的。那時期，《現文》正遭到伸鐵公司倒閉的厄運，熱心的殷張蘭熙女士說要替我們打探看看美國新聞處肯不肯購買《現代文學》的舊期存書或新印的書，幫助我們度過難關。

在同年（一九六一年）八月十九日的日記中，我寫著這樣的兩段：

> 下午，到張心漪老師家參加tea party。參加的人有俞大綱、孟瑤、殷張蘭熙、白先勇、王文興、陳秀美、我，及一位鋼琴家。
>
> 俞大綱要設法幫我們雜誌拉長期廣告：McCarthy已答應買《現代文學》第十期和第十一期各六百冊。我們得救了！

關於麥加錫先生或美國新聞處答應買《現文》第十期及十一期各六百冊之事，我們是在那天茶會中首次得知，想必是殷女士傳達的訊息。至於那兩期出版之後美新處是否真的有買，我已無記憶，也找不到任何紀錄。如果有買，錢並不是由我經手。

麥加錫先生是一位友善可親的人，在他任美新處處長時，由於自己對文藝創作深感興趣，結識了不少台灣當時的作家、詩人和畫家。我個人，及《現文》的其他幾位作家，都受到過他熱心的關照及鼓勵。若非他的推介，我們根本不會知道世界上有「愛荷華作家工作坊」這樣一個地方，我們之後的一連串年輕作家們也不會知道。若如此，我們許多人的一生走向，不知會有怎樣的不同呢！

然而，就《現代文學》雜誌來說，麥先生或美新處除了很可能購買過第十期及十一期各六百冊，以及採用過幾篇刊於《現文》的小說作品讓吳魯芹、聶華苓及殷張蘭熙編入他（她）們的英譯選集中刊印出版，實在沒有其他的任何關聯。我們認識麥先生，是在《現文》創刊約一年半之後，相識之後，他也只對我們的文學創作品感興趣，根本不曾對我們譯介西洋現代主義文學的選擇或編輯方針說過一句話。我們一切是自主決定的，從來沒有受過任何外力的牽制或干涉。

我在一九六二年夏天出國後，就沒有再碰《現代文學》的財務。但據我所知，直到一九七三年《現文》停刊，經濟上一直是白先勇一人用他在美國教書的部分薪水辛苦支撐的。一九七一年，白先勇出售他父親留給他的一棟房屋而創辦「晨鐘出版社」，目的就是想長期「供養」《現代文學》雜誌。當時我讓「晨鐘」出版《秋葉》小說集，接著又和楊美惠、王愈靜合譯西蒙．波娃的《第二性》下半部（分印三冊）出版，我們都沒有拿半分錢的版稅，無非也是想幫助奠定《現代文學》的經濟基礎。可惜事與願違，晨鐘出版社沒有成功，《現代文學》辦到第五十一期，在一九七三年秋，終因財力不足而被迫停刊。

多年以後，有一次我與白先勇閒談，講起當年仲鐵廠倒閉的事。他對我說，那時失去了他向家裡友人的信託基金借用的資本，他父親非常生氣，責罵他一頓，只好把錢賠給了信託基金。

回顧《現代文學》創辦時期，悠悠已過半個世紀。這次在台北的同學會中，見到好幾位《現文》同仁，那時才二十出頭，現在已經是白髮蒼蒼的老人了。雖然不免感嘆華年易逝，但憶起當年創辦雜誌的那股熱勁和理想，心裡便湧起無限溫暖與快慰。

註：去年（二〇一一）十月二十二日，我在台大「系友會」的談話中，說美國新聞處購買了九百冊《現代文學》第九期，這是我說錯。我回美國後翻查舊日資料，得知麥先生並沒買第九期，而是答應第十期和十一期出版之後，各買六百冊。又，《現文》當初的資金是放在「仲鐵廠」，不是「唐榮鐵廠」。特此更正。

（二〇一二年三月十二日，《聯合報》）

現文因緣

2021年9月二版　　定價：新臺幣550元

編　者	白先勇
叢書編輯	陳逸華
校　對	朱瑞翔
封面設計	兒日
封面題字	董陽孜

出版者	聯經出版事業股份有限公司
地址	新北市汐止區大同路一段369號1樓
叢書主編電話	(02)86925588轉5305
台北聯經書房	台北市新生南路三段94號
電話	(02)23620308
台中分公司	台中市北區崇德路一段198號
暨門市電話	(04)22312023
台中電子信箱	e-mail：linking2@ms42.hinet.net
郵政劃撥帳戶	第0100559-3號
郵撥電話	(02)23620308
印刷者	文聯彩色製版印刷有限公司
總經銷	聯合發行股份有限公司
發行所	新北市新店區寶橋路235巷6弄6號2樓
電話	(02)29178022

副總編輯	陳逸華
總編輯	涂豐恩
總經理	陳芝宇
社長	羅國俊
發行人	林載爵

行政院新聞局出版事業登記證局版臺業字第0130號

本書如有缺頁，破損，倒裝請寄回台北聯經書房更換。　　ISBN 978-957-08-5781-8 (精裝)
聯經網址：www.linkingbooks.com.tw
電子信箱：linking@udngroup.com

本書圖片來源由白先勇提供

國家圖書館出版品預行編目資料

現文因緣/白先勇編．二版．新北市．聯經．
2021.09．328面．14.8×21公分
ISBN 978-957-08-5781-8（精裝）
[2021年9月二版]

855　　110005270